던전의 주인님

DUNGEON MAJESTY

2 글 박제후
일러스트 PIRATA

길찾기

나와 용병들은 아르탈란의 외곽을
나란히 걷고 있었다.
터널스피더인 웨어 랫맨 둘이
경쾌한 군악을 연주하며 흥을 돋웠다.
하나는 북을 쳤고
다른 하나는 피리를 불었다.
미노타우루스 귀족들은 힘차게
그들의 군가를 불렀다.

"두려워하라!
동향에서 뭉친,
고귀한 혈통의 용사들이
그대의 금고를 털러 나간다!"

우리는 발령지를 향해 발걸음도 가볍게 나아갔다.
다들 큰돈을 벌고 성공하길 꿈꾸면서 말이다.

-잘해.
그 한 마디가 갖는 무게는 엄청났다.
마음속이 쿵, 하고 울린다.

CONTENTS

일러스트 PIRATA   교정 김원재   마케팅 이승우   편집·주간 홍성완

던전의 주인님

DUNGEON MAJESTY

2

1. 프롤로그

아르탈란으로의 여정, 나흘째.

나와 보비는 여행자를 노리는 강도들과 만나게 되었다. 하지만 웨어 블랙팬서란 강한 육체 탓인지 별로 두렵지 않았다.

오히려 이 힘을 자랑하고 한바탕 휘젓고 싶단 생각까지 들었다. 이게 치기 어린 감정이란 건 알지만 마음 속에서 흥분이 피어올랐다.

"마침 잘됐군. 여비에 여유가 없었는데 말이지."

현재 내가 가진 돈은 67밀이다. 두 사람의 여행비로는 간당간당한 느낌이었다. 하니 이 기회에 저 강도들을 털어서 돈을 충당하면 좋을 것 같았다.

어차피 노상강도의 수준이란 게 뻔하니까.

"보비 너는 일단 숨어서 저격을 부탁할게."

"알았어요."

그녀는 석궁 연습을 시작한 지 얼마 되지 않았다. 2주하고 사흘이 그녀가 십자궁을 단련한 기간이다. 하지만 엘프는 엘프인지라 벌써부터 괜찮은 솜씨를 보여주고 있었다.

보비는 사격하기 좋게 높은 지대로 올라가 두꺼운 석순 뒤에 몸을 숨겼다.

나는 그사이 앞쪽이 소란스러워지는 것을 느끼고 전투 준비를 했다. 나는 어둠 속에서도 낮처럼 깨끗하게 볼 수 있는 시야를 이용해 다가오는 놈들을 확인할 수 있었다. 모두 도감이나 지하 종족 관련 서적에서 한 번씩 봤던 것들이라 바로 알아보았다.

총 열다섯 마리였는데 록투가 열두 마리로 가장 많고 전기 개구리가 두 마리, 킬러 워터버그가 한 마리였다.

이 근처에 습지가 있는지도 모르겠다.

일단 몬스터에 대해 책에서 봤던 적에 대한 정보를 곱씹었다.

먼저 열두 마리로 가장 많은 록투.

녀석들은 쉽게 말해 도롱뇽 인간이다. 두 발로 걸어 다니는 도롱뇽인데 나름 쓸 만한 전투력을 지니고 있었다. 완력은 별로지만 날카로운 발톱을 감추고 있다.

또한 싸움을 할 때 끈끈이를 쏴서 상대를 잡아당기는데 한두 마리라면 모르겠지만 열 마리 이상이라면 보통 골치 아픈 게 아니다.

특히 포유류의 입장에서는 전혀 이해할 수 없는 사고와 논리를 가지고 있어 협상이 거의 불가능하다. 록투들이 화를 낼 때 그 이유에 대해 이해하는 자는 그들의 양서류 친족밖에 없다. 저렇게 무기를 들고 온다면 그냥 싸우는 게 최선이다.

그리고 두 마리인 전기 개구리는 록투들보다 더 까다로운 상대다. 녀석들은 걸어 다니는 개구리 인간인데, 키는 150센티미터 정도지만 체구가 단단하고 점프력이 대단하다. 특히 몸에서 일으키는 전기가 제법 무서워서 상대하기 껄끄러운 적이다.

마지막으로 킬러 워터버그. 녀석들은 록투가 기르는 거대한 사냥용 몬스터다. 흔히 우리가 아는 물장군을 거대화해놓은 것과 비슷한데, 저 무리 중에 가장 무서운 적이었다.

대낮처럼 거대한 앞발은 갑주도 단번에 찌그러뜨릴 정도고, 체액을 빨아먹기 위해 발달한 뾰족한 주둥이는 어느 창보다 날카로웠다.

게다가 물장군처럼 체고가 평평하고 낮은 게 아니라 다리가 길쭉한 게 문제였다. 앞다리와 주둥이가 사람 키 높이라 그냥 달려와서 사냥감을 먹어치운다.

두두두둣!

적의 발소리가 빠르다.

"참푸참푸 첨푸르!"

록투 특유의 언어도 앞쪽에서 들려왔다. 학자들의 기록을 보니 록투의 말은 뭔가 물이 첨벙거리는 소리 같다고 했는데, 정말 그랬다.

그때 조련사로 보이는 록투가 킬러 워터버그를 내 쪽으로 보냈다. 녀석은 굶주려서인지 요란한 소리를 내며 곧장 달려오기 시작했다.

씨에엑!

진짜 무섭다.

2미터짜리 물장군이 앞발을 쳐들고 오는 모습은 실로 괴상했다.

그래도 대응 자체는 어렵지 않다.

저 흉악한 놈은 그냥 지나쳐 버리면 된다.

"크르르릉!"

내 입에서 포효가 터져 나왔다. 그리고는 정수리부터 터지듯 갈라지더니 2.3미터의 흑표범 인간으로 변했다.

기본적으로 웨어 블랙팬서는 이족 보행이지만 필요하면 네 발로 달릴 수 있다. 그래서 변신이 끝난 순간, 질주해서 다가오는 킬러 워터버그를 뛰어넘어 버렸다.

그 모습을 지켜보던 록투와 전기 개구리들이 탄성을 터뜨린다.

"와리와리!"

반면 거의 지능이 없는 것과 마찬가지인 킬러 워터버그는 그냥 계속 앞으로 달려나갔다. 저렇게 10미터만 더 나가다 보면 자기가 왜 달리는지 잊어먹는다. 그리고 20미터를 더 나가면 주인을 잊어버린다. 30미터 더 질주하면 그대로 자기 길을 찾아 떠난다.

참으로 독립심 강한 녀석이 아닌가.

나도 배고픔에 뛰쳐나간 그 친구를 잊어버렸다.

"크르르릉!"

사납게 울부짖은 나는 적의 대열에 곧장 뛰어들었다. 노상강도들이 당황하는 게 보였다. 즉각 앞발을 휘둘러 쇠창을 든 록투 우두머리의 관자놀이를 강타했다.

퍼억!

둔탁한 소리와 함께 우두머리의 어깨 위가 폭발하듯 사라졌다.

뭐지, 이 호쾌한 기분은?

설명하기 어렵지만 오랜 세월 내 마음속의 응어리진 무언가가 풀리는 느낌이었다.

핑!

그사이 볼트가 날아들어 전기 개구리 하나를 즉사시켰다.

"펙! 낄렵!"

녀석은 혀를 빼물고는 발랑 뒤집어져서는 대자로 발을 뻗은 채 죽었다. 하지만 무리에 난입한 나 때문에 록투들은 그런 것도 알아채지 못하고 있었다.

그들은 경악과 공포로 가득 찬 소리를 내며 창을 찔러왔다. 그도 그럴 것이 하나 있던 습격자가 갑자기 변신해서 달려들어 왔으니 말이다.

나는 여러 번 창에 찔렸으나 상처 하나 나지 않았다. 록투의 무기는 아주 조악하다. 물가에 사는 녀석들은 수석(水石)을 날카롭게 다듬어 창날로 사용할 정도로 원시적이다.

이놈들은 금속을 다루는 기술을 갖고 있지 않다. 양서류의 피부에 화염은 치명타인지라, 불을 쓸 생각을 하지 못하는 것 같았다.

그나마 우두머리만이 쇠로 된 창을 들었는데 불운한 희생자에게서 약탈한 물품일 것이다. 이들의 무기 보급은 그 정도가 전부였다.

"크아아앙! 크르릉!"

상처를 안 입는다고 해도 아프지 않은 건 아니다. 성질을 내며 앞발을 휘두르자 창대 여러 개가 나무 부스러기를 흩뿌리며 분질러졌다. 록투 한 놈의 머리를 통째로 물어뜯었다.

으엑 – 맛이 더럽네.

도롱뇽을 입에 넣은 느낌이 이런 건가.

그래도 표범의 성정 때문인지 입에 뭘 넣고 물어뜯는 게 크게 거부감이 느껴지진 않았다. 미각 역시 굉장히 둔해져 있었고 느낌은 별로지만 따뜻한 체액이 내 거친 혀를 적시는 게 마음에 들었다.

좀 더 괜찮은 동물의 피라면 맛있겠는데.

나는 그런 생각을 하다 문득 이상하다고 느껴서 고개를 흔들었다. 좀비일 때와 또 다른 감각의 육식 욕구가 피어오른 것이다.

"마라라르! 아므부부부! 참푸참푸!"

주변의 록투 중에 선임으로 보이는 녀석이 소리를 지르더니 손을 내민다.

끈끈이를 쏘려고 하는구나.

재밌게도 록투들은 끈끈이를 어떤 미국의 거미 히어로처럼 손목에서 쏜다. 그렇다고 그걸 이용해 동굴 위를 날아다니는 건 할 수 없다. 그 끈끈이의 사정거리가 3미터 정도로 턱없이 짧기 때문이다.

그래도 여럿이서 사냥감 하나를 제압하기에는 제격이다.

물론 그것도 상대 나름이지만.

"감히 이딴 *끈끈이* 따위로!"

거의 10여 마리의 록투가 내게 *끈끈이*를 쏘고는 힘겨루기에 들어가 있었다.

"크르르릉!"

능지처참이라도 당하는 것 같군. 하지만 이 정도로는 어림없다. 나는 주먹을 꽉 쥐고 두 팔을 뻗었다. 그리고 있는 힘껏 회전시켰다. 그 폭발적인 회전 때문에 10여 명의 록투들이 모조리 끌려왔다.

"차프ㅇㅇㅇㅇ!"

당황한 녀석들이 알 수 없는 기성을 냈다. 마치 돌개바람에 쏠리는 낙엽들 같았다. 그들은 내 바로 앞까지 딸려 와서는 계속 회전 중인 내 앞발에 얻어맞고 추풍낙엽처럼 쓰러졌다.

"크르르릉!"

압도적인 힘이었다.

다만 한 가지 문제가 생겼으니 몰려든 적들 때문에 내 몸도 온통 끈끈이에 휘감긴 것이다.

하지만 이 정도는 내게 아무것도 아니었다.

회전하던 그대로 뛰어 용오름처럼 솟구쳤다. 그렇게 5미터 이상 풀쩍 뛰어 끈끈이의 무덤을 탈출했다.

사뿐.

나는 가볍게 착지했다. 돌아보니 10여 명의 록투들이 끈끈이로 엉켜있었다.

나는 주위에 남은 록투 둘의 머리를 손으로 날려버리고 집채만 한 바위를 들어 올렸다. 그리고는 덩어리가 되어 뭉쳐있는 록투들 위에 집어던졌다.

쿠웅! 뿌찍-!

그걸로 끝이었다.

"크르릉!"

만족감이 넘친다. 그런데 그때 옆구리가 화끈했다. 쳐다보니 전기 개구리가 달라붙어 있었다.

"크!"

빠지지직!

현기증이 나는 느낌이다. 순간 다리가 풀릴 뻔했다.

"크르릉!"

깜짝 놀란 나는 녀석을 떨어뜨리고 뒤로 뛰었다. 살짝 점프했는데

10미터나 멀어졌다.

그러자 이 전기 개구리는 돌았는지, 아니면 원래 그렇게 지능이 부족한 건지, 두 팔을 뻗고 미친놈처럼 달려 들어왔다. 어찌나 급했는지 내민 혀가 뺨 쪽으로 길게 늘어져 있었다.

너무 혐오스럽다.

그런데 그때 시위가 팅기는 소리가 났다.

푹!

볼트가 정확히 녀석의 관자놀이를 관통했다. 전기 개구리는 게거품을 물며 그대로 절명해버렸다.

"크르릉."

숨을 몰아쉰 나는 잘했다는 듯 보비가 숨어있는 방향을 향해 엄지를 올려줬다. 그런데 엄지 위로 난 이 발톱······. 너무 흉흉하잖아. 이런 걸 써서 풀 파워로 때렸다니 새삼 록투들이 불쌍해졌다.

"이세, 끝난 건가?"

그때 인기척이 느껴졌다. 작은 신형이 빠르게 움직이는 게 보였다.

숨은 녀석이 있었나!

"보비!"

이에 답하듯 볼트가 공기를 가르는 소리가 났다.

"윽!"

도망가던 녀석이 바닥에 고꾸라졌다.

"크르릉!"

나는 엄청난 속도로 달려 나가 녀석 앞에 도달했다.

"이게 뭐야?"

쓰러진 자는 키가 1미터 정도 될 것 같은 난쟁이였다. 정확히는 '시궁창 노움'라고 불리는 종류였다. 지하 세계를 정처 없이 떠도는 난쟁이 종족인데 주로 음유 시인이나 길잡이의 역할을 많이 했다.

이들은 위험에 상관없이 지하 세계 온 지역을 헤집고 다녀서 상당한 지리적 지식을 쌓아올렸다(지하 세계의 주민들은 도저히 납득할 수 없는 기막힌 위치에서 시궁창 노움의 유골을 찾게 되는 일이 잦았다. 그래서 이들의 기행은 악명 높다).

그리고는 일족끼리 이 정보를 교환해 길잡이로 먹고 산다. 이들 사이에서는 남이 발견하지 못한 미지의 땅에 첫 발을 내딛는 게 굉장한 명예로 취급되는 것 같았다.

"으으으윽! 사, 살려 주십시오!"

발밑에 깔린 녀석이 사색이 돼서는 빌었다. 등짝을 보니 볼트가 박혀 있었는데 두꺼운 가죽 갑주에 촉이 반만 들어가 있다.

이 정도면 경상이군.

"주인님."

"응, 이 자식이 우리에게 저놈들을 안내했나 봐."

"…그렇군요."

보비의 눈가가 싸늘해진다.

"죄송합니다! 고의가 아니었습니다! 살려 주십시오! 흐으으윽!"

고의가 아니긴 뭐가 아니야. 선량한 여행자에게 도적을 인도하다니. 이 녀석은 극히 불량한 길잡이였다. 지금 처리하지 않으면 앞으로도 여행객에게 불행을 선물할 것이다.

"가만……."

"왜 그러세요, 주인님?"

고개를 갸웃거리는 보비에게 내가 말했다.

"노상강도들이 길잡이를 쓸 필요가 있나? 원래 자기 영역은 잘 알지 않아?"

"그렇겠죠. 일하는 터전인데 길잡이를 쓰는 것도 이상하네요."

아무래도 이 일대에 자리 잡은 노상강도들이 최근에 흘러들어 왔으리라는 생각이 들었다. 요즘 내전으로 제국이 어지러운 틈을 이용해 득을 보려는 무리가 아닌가 싶다. 나는 협행을 하는 협객은 아니지만 괘씸하다는 생각이 들었다.

일단은 좀 정보를 모아볼까?

2-1. 물 웅덩이에 묶인 사슬

우선 록투의 아지트에 대해 묻자 시궁창 노움은 곤란하다는 듯 말을 돌렸다. 고용주에 대한 의리라기보다는 그냥 후에 가해질 보복이 두려운 것 같았다.

나는 살짝 헛웃음이 나왔다. 이 녀석, 상황 판단을 못 하는 것 같다.

"자기 처지를 모르는군."

내가 보비에게 상냥하게 대하는 걸 보며 조금 마음을 놓은 건지도 모른다. 혼나긴 하겠지만 적당히 하고 보내줄 것이라 판단한 모양이다.

그러나 착각이다. 나는 결코 무르지 않다.

원래는 무른 성격이었다. 하지만 루제플 밑에서 10년 넘게 노예 생활을 하면서 완전히 달라졌다.

슬픈 얘기지만 나는 그의 가학성도 물려받았다. 내 잔인했던 주인은 10년의 세월 동안 내 정신에 지우기 어려운 상처와 뒤틀림을 만들어 놨다.

"이대로 보내주시면 그 은혜 잊지 않겠습니다요, 나리. 앞으로는 이 일에서 손을 떼고 착하게 살겠습니다."

지저에서 착하게 살겠다는 말처럼 아이러니한 소리도 없다. 녀석을 보며 나는 낮게 으르렁거렸다. 입에 가득한 이빨을 본 녀석은 그제야 다시 죽을상이 됐다.

"나, 나리?"

즉각 녀석의 팔을 물어뜯어 버렸다.

으득! 으드득!

"끄아아아악!"

격통에 시궁창 노움이 몸부림을 쳤다. 보고 있던 보비가 십자궁으로 녀석을 패기 시작했다.

"그 더러운 입을 지금 닫습니다! 감히 주인님 앞에서 시끄럽습니다!"

보비 역시 나만큼 뒤틀린 존재였다. 그녀는 세상을 이분해서 사고한다. 주인님의 친구, 아니면 주인님의 적, 이렇게. 전자에 대해 그녀는 상냥한 편이다. 반면 후자에게는 자비심 따윈 갖고 있지 않았다.

퉤엣—.

나는 껌처럼 씹던 녀석의 손을 뱉어냈다.

그러게 자기 처지를 잘 알아야지.

그 사이 보비는 녀석을 늘씬하게 두들기더니 짐에서 철사를 꺼냈다. 그리고는 내 런들 대거를 빌려갔다.

"뭐하게?"

"이놈이 또 도망갈까 싶어서요."

보비는 그대로 시궁창 노움의 손바닥, 손이 날아간 쪽은 하박 부분에 런들 대거로 구멍을 내었다.

"끄에에에에엑!"

다시 그 비열한 시궁창 노옴의 비명이 울려 퍼졌지만 보비는 묵묵히 녀석의 망토를 잡아당겨 입에 쑤셔 넣었다.

"으윽! 으으엑!"

그리고는 구멍 난 팔에 철사를 집어넣고는 묶기 시작했다. 수갑과 비슷한 역할을 하게 말이다.

상당히 잔인해 보였지만 이건 보비가 오랜 시간 좀비였기 때문이다. 좀비를 취급할 때 이런 짓은 예사다. 특히 좀비를 새로 사올 때는 몸에 구멍을 뚫고 줄로 묶어서 데려온다.

"다 했어요, 주인님."

런들 대거를 넘겨준 보비는 싱긋 웃어 보였다. 나는 일단 울고 있는 시궁창 노옴을 근처의 석순 위에 매달아놨다. 그리고 보비와 함께 시체들을 뒤지기 시작했다. 전투에 승리했으니 보상이 있어야 하지 않겠는가.

큰 기대를 하지 않은 것과 달리 의외로 쏠쏠한 소득을 얻을 수 있었다. 다른 쓸 만한 건 없었지만 우두머리와 몇몇 녀석의 품에서 사금 주머니가 나온 것이다.

"와, 이게 뭐야. 300밀 이상은 나가겠는데."

"당분간 돈 걱정은 안 해도 되겠어요, 주인님."

"역시, 록투가 사금을 채취한다는 소문은 사실이었구나."

나는 고개를 끄덕이다 한 가지를 떠올렸다.

이 녀석들 본거지에 가면 더 많은 록투가 있을 테고, 더 많은 사금이 있지 않을까?

나와 보비는 단순한 여행 자금 정도가 필요한 게 아니다. 황녀의 휘하에 들어가야 하는 목표가 있다. 그걸 위해 뇌물로 사용할 금전이 많이 있어야 할지도 모른다. 그러니 비교적 만만하고 금이 많은 적을 만났을 때 한탕 하는 게 좋을 것 같았다.

게다가….

내 커다란 표범의 앞발을 내려다 보았다.

일격에 적의 머리가 터져나가는 느낌이 아직도 남아 있다.

"크르릉…."

그건 거절하기 어려운 유혹이었다.

"이봐."

"네에!"

내 부름에 묶여있던 시궁창 노움은 괴로워하면서도 퍼뜩 대답했다. 만족한 나는 녀석에게 고용주의 위치에 대해 말하라 요구했다. 이미 녀석은 보비에게 얻어티질 대로 얻어티져서 입이 술술 열렸다.

"제가 길을 안내하겠습니다. 헤헤. 세 시간 정도만 가면 늪지대가 있습죠. 거기에 이 일대로 흘러온 록투들이 근거지를 차렸습니다."

이 광대한 지저에는 연못이나 내천, 호수는 물론이고 늪지대도 있었다. 너무나 넓은 곳이라 위가 막혀있다는 걸 빼면 지상이나 마찬가지란 생각이 들 정도였다.

"거기에 놈들이 얼마나 있어?"

대략 40마리 정도라고 한다. 그 정도면 좀 버겁지 않을까 싶지만 각개 격파하면 가능성이 없는 것도 아니다.

그들의 두목은 일반 록투보다 몇 배나 큰 몸체를 갖고 있다고 한다. 확실히 책에도 록투 중에는 유난히 덩치가 크고 지능이 높은 영웅급이 있다고 쓰여 있었다.

과연 내가 이길 수 있을까?

하지만 해볼 만할 것 같다는 결론을 내렸다. 싸우다 안 되면 줄행랑을 놓으면 그만이다.

나는 시궁창 노움에게 길 안내를 명했다. 잘 안내해 주면 편의를 봐주겠다는 조건이었다.

"감사합니다! 감사합니다!"

녀석은 연신 고개를 숙였다. 하지만 나는 겉으로 보이는 이런 태도를 믿지 않는다. 노상강도 앞잡이나 하는 놈이 뻔하지.

"이쪽으로 오십쇼, 나리."

녀석 먼저 가고 철사에 포승 끈을 연결한 보비가, 마지막으로 내가 뒤따랐다. 하루 세 번 변할 수 있는 웨어 블랙팬서 상태는 두 시간이 유지된다. 록투들의 근거지에 도착하기 전에 풀릴 테니 전투 전에 다시 변신해 주면 된다.

"자, 여길 지나야 합니다."

비열한 놈이긴 해도 솜씨만은 훌륭했다. 수많은 굴과 지형으로 복잡한 이곳을 한 치의 망설임 없이 나아갔다. 나 같은 일반인은 지도를 준다고 해도 목적지까지 몇 번이나 헤맬 것 같았다.

확실히 데려오길 잘했네.

그렇게 얼마나 걸었을까. 근처에서 물 냄새가 나기 시작했다. 그리고 멀리서 록투의 소음 역시 들려왔다.

"곧 진입합니다."

"이쪽으로 가는 게 맞지 않아?"

나는 물 냄새가 나는 큰 터널을 가리켰다. 그러나 시궁창 노움은 고개를 젓더니 우리를 위쪽에 있는 작은 터널로 인도했다.

나 같은 경우에는 몸을 낮추고 기어가야 할 지경이었다. 1미터 남짓인 시궁창 노움 녀석이나 제대로 나갈 수 있는 길이었다.

"왜 이쪽으로 왔어?"

"그 큰길로 나가면 근거지에 정면으로 들어가게 됩니다. 하지만 이쪽 길은 다르죠. 녀석들도 모르는 곳입니다."

그렇다면 괜찮은 제안이었다. 달리 시궁창 노움이 우릴 함정에 빠뜨리려 하는 것 같지도 않고 말이다.

움직이기 힘들어 불평을 하던 나는 문득 앞을 보고 쾌재를 질렀다. 앞서 가고 있는 보비의 엉덩이가 눈앞에 제대로 보이는 것이었다.

씰룩씰룩.

탱탱한 보비의 둔부가 눈앞에서 계속 요염하게 움직인다. 나는 저 엉덩이 계곡 사이에 얼굴을 파묻고 싶다는 욕망을 간신히 참고는 계속 나아갔다.

팔다리가 배겨서 빨리 터널이 끝났으면 좋겠다는 생각이 계속 들 무렵, 마침내 끝에 다다랐다. 출구는 거대한 바위에 반쯤 막혀 있었는데 바위 밖을 보자 아래쪽으로 늪지대가 넓게 관측되었다.

"과연."

여기라면 적 거주지를 한눈에 관찰하기 좋았다. 내려다보니 빈약하고 허술한 가건물들이 세워져 있는 게 보였다. 록투들이 창고나

기타 시설로 쓰는 건물인 듯했다. 어차피 록투야 늪지대 안에서 자고 생활할 테니 저 건물은 약탈한 물건을 보관하거나 기타 용도로 사용하는 모양이었다.

유심히 보니 늪지대에서 꼬물꼬물 움직이고 있는 록투가 보였다. 관측되는 녀석만 해도 20마리가 넘었다. 한참 그렇게 보고 있는데 뒤쪽에서 조심스러운 목소리가 들려왔다.

"저……. 이제 가봐도 좋을까요? 헤헤."

간다고?

보비와 내게 힘이 없었다면 이 녀석 때문에 차가운 시체로 변했겠지.

불쾌한 감정이 식도를 타고 스멀스멀 올라왔다.

이 녀석은 은전 몇 닢을 얻기 위해 다른 이들의 파멸은 신경도 쓰지 않는 놈이다. 하지만 이 지하 세계가 원래 그렇다. 그러니 나도 지하의 법칙에 따라 이 녀석을 대하면 되겠지.

"그래, 가도 좋아."

"감사합니다!"

굽실거리던 녀석이 몸을 뒤로 돌릴 때 허리춤에 있던 그로스 메서를 뽑아들었다.

"지옥으로 말이지."

"네?"

녀석이 반문하며 돌아보는 순간, 나는 자비 없이 검을 내리쳤다.

"억!"

그 짧은 소리가 다였다. 목옆의 대동맥을 자르고 들어간 메서의 날은 녀석의 목뼈에 박혀서야 멈췄다.

피시익!

검을 뽑아낼 때 대동맥에서 피가 사방으로 튀었다.

"편의를 봐주겠다고 했지, 살려준다고는 안 했어. 고통 없게 일격에 죽였으니 감사하라고."

"주인님, 닦으세요."

보비는 내게 손수건을 내밀고는 죽은 시궁창 노움의 두 다리를 잡아끌었다. 그리고 통과해 온 터널에 버리고는 돌아왔다.

물론 살뜰하게 주머니까지 다 뒤지는 걸 잊지 않았다. 살림꾼 자질이 뛰어나네. 나중에 훌륭한 주부가 될 것 같은 느낌이다.

"여기요, 주인님."

"응."

나는 죽은 시궁창 노움의 주머니를 뒤져보고 놀라지 않을 수 없었다.

"이 녀석, 제법 부자잖아."

개당 50밀 이상의 가치를 가진 금화가 다섯 개나 나온 것이다. 그 외의 동전과 준보석 몇 개를 합치면 총 500밀이 넘는 거금이었다.

보비와 내 노잣돈이 67밀이었던 걸 생각해 보면 상당한 금액이다. 대체 얼마나 많은 여행자를 지옥으로 인도하고 번 금전인지……

덕분에 나는 주머니가 다시 두둑해졌다. 록투에게서 얻은 사금까지 합치면 대략 900밀 가까운 돈이 생긴 것이다.

록투의 근거지를 공격할 것 없이 이대로 갈까 하는 생각도 들었다. 하지만 한바탕 벌이고 싶다는 욕구 역시 강렬했다.

사나이가 칼을 뽑았으면 무라도 썰어야지.

결국 나는 습격을 감행하기로 했다. 일단 여기까지 오면서 세운 계획을 보비에게 들려주고는 장비를 점검했다.

마법 지퍼를 열어 기름과 화약이 얼마나 있는지 확인해 보았다. 기름은 한 통 사놓은 게 그대로 있었고 화약도 제법 풍부했다.

화약은 총을 쏘려고 한 통을 사놓은 게 있었다. 너무 많은 것 같아서 좀 그랬는데 이런 때가 오다니.

"이번 작전의 핵심은 기름과 화약이야."

조금 기대되는 표정을 짓고 있는 보비를 보며 나는 고개를 끄덕였다.

"가자. 가서 저 미끈거리는 양서류에게 불의 무서움을 똑똑히 각인시켜 주자고."

"네, 주인님."

보비에게 작전을 전달한 뒤 기름과 화약, 발화 장치를 나눠 가졌다. 우리는 물가에 위치한 록투의 가건물을 모조리 불지를 작정이었다. 거기에 화약까지 펑펑 터지면 녀석들은 혼비백산하겠지.

그때 보비는 자리를 잡고 십자궁을 쏘기로 했고, 나는 다시 변신을 할 예정이었다.

"넌 저쪽으로."

"네, 주인님."

다행히 건물 주위에 록투가 없었다. 이 시간에는 대부분 물가에서 놀고 있는 모양이다. 아니면 수서 생물을 사냥이라도 하는 건가. 운이 좋았다고 할 수 있었다.

건물 안에 그르렁거리는 숨소리가 들려오는 걸 보아 잠을 자는 인원도 있는 듯했다.

좋아, 깜짝쇼를 보여주지.

나는 일단 기름과 폭약을 건물의 요소요소에 뿌렸다. 그리고 화약을 길게 뿌리면서 뒤로 물러났다. 거리가 있는 곳에서 불을 붙일 작정이다.

건물 너머에서 첨벙첨벙하는 물소리가 제법 들려오는 걸 보니 상당한 숫자의 록투가 있는 게 틀림없었다.

긴장감이 목을 죄어오는 기분이다. 아무리 전투에 자신이 있다지만 싸움이란 건 늘 변수가 존재하는 법이다.

침착하게 하자.

그렇게 거의 준비를 끝내가는 순간이었다. 건물 한 개에만 미처 화약과 기름을 뿌리지 못한 상태였다.

그런데 앞쪽에 있던 한 기건물에서 끼이익— 하고 문이 열리더니 졸린 듯 눈을 껌뻑거리는 록투 하나가 나타났다. 녀석은 날 보고 어리둥절한 표정이다.

"숨푸우?"

제길.

나는 곧장 발화 기구를 꺼냈다. 휠락 피스톨과 비슷한 구조로 불꽃을 튀기는 것이었다.

치익!

흑색 화약이 타들어갔고, 놀란 록투가 소리를 질렀다.

"참푸ㅇㅇㅇㅇ—!"

그러나 그 비명은 폭음에 완전히 묻혀버렸다. 운이 나쁘게도 녀석의 바로 밑에서 흑색 화약이 터졌고, 그 록투는 큰 화상을 입었다.

내가 먼저 행동하자 보비 역시 불을 붙이고는 잽싸게 뒤로 뛰어가기 시작했다. 포인트에 위치해 사격을 하기 위해서였다.

콰아아앙!

화르르륵!

화약은 기름과 시너지 효과를 일으켰다.

일대가 불바다로 변한다.

물가에서 요란한 괴성이 들려오는 것이 록투들이 당황한 게 느껴졌다. 하지만 그런 소란도 잠시, 그들이 불을 끄기 위해 몰려왔다.

"아리르르! 차프차르!"

불길 때문에 야단법석이 났다.

그때에 맞춰 나도 변신했다.

"크르르릉!"

흑표범의 사나운 울부짖음이 일대를 울린다.

나는 물가로 올라오는 놈들에게 곧장 달려들었다.

"푸우우우!"

놀란 놈들이 소리를 질러댔는데 손에 변변한 무기도 없었다. 이후에는 완전히 학살이었다. 내 솥뚜껑만 한 앞발에 맞은 녀석들의 머리가 펑펑 터져나갔다.

록투들은 불을 끄려고 나오다가 표범 인간을 보고는 공포에 질려 소리지르며 도망갔다.

퉁! 투웅!

십자궁의 줄이 튕기는 소리와 함께 그런 록투의 몸에 볼트가 박혀 들어갔다. 몇 발은 빗나가기도 했지만 보비는 움직이는 표적을 잘 맞히고 있었다.

됐다, 기습으로 효과를 보고 있어.

내가 열 마리 정도 정리했을 때, 녀석들은 물가로 도망가기 시작했다. 일단 작전을 바꿔 불부터 끄려는 모양이었다.

하지만 맹렬한 화염을 진화하기란 쉽지 않은 일이었다. 두꺼운 모피를 가진 나도 열기가 느껴질 정도이니 피막으로 덮인 록투들은 견디기 힘들 듯했다.

나는 어쩔까 하다 일단 낮은 물가까지 들어가기로 했다. 설마 내가 물까지 따라올 줄은 몰랐던 건지 록투들은 혼비백산했다.

나는 하나라도 더 잡기 위해 빠르게 달려들었다. 허리까지 물에 넣고 달리니 체력 소모가 심했는데, 록투들은 얄밉게도 육지에서보다 더 빨리 움직였다. 그렇다고 해도 웨어 블랙팬서를 얕보면 곤란하다.

"크르르릉!"

날치처럼 뛰어오른 나는 큰 소리를 내며 착지했다. 물이 사방으로 튀었다. 그 충격에 정신을 놓은 록투들을 있는 힘껏 후려 팼다.

퍼억!

한 번 칠 때마다 록투의 몸 어디가 터져나갔다. 입으로는 근처에 있는 녀석들을 마구 물어뜯었다.

"쿠아아앙!"

포효하며 무차별 살상을 하는 내 기세에 록투들은 바들바들 떨어댔다. 근처에 스무 마리도 넘는 녀석들이 있었으나 완전히 기세가 꺾인 모양새다.

그중에 한 놈이 용기를 내 끈끈이를 쏘았는데 오히려 악수가 되었다. 나는 팔에 감긴 끈끈이를 이용해 그 놈을 끌어당겼다.

"참푸우우우!"

녀석은 놀란 음성을 내지르며 한 마리의 아름다운 돌고래처럼 수면 위로 튀어나왔다. 그리고는 내가 팔을 내리치는 방향으로 요란하게 얼굴을 박았다.

퍼엉!

하지만 그걸로 끝이 아니었다. 나는 팔을 더 들어 올려 반대편으로 녀석을 다시 한 번 날아올려 줬다.

퍼엉!

수면에 납작하게 떨어진 록투는 충격이 큰 듯 추욱 늘어졌다. 나는 팔목에 감긴 끈끈이를 떼어내고는 다시 포효했다.

보비의 볼트가 계속 날아들자 록투들은 마침내 줄행랑을 놓기 시작했다. 그러다 쓰러지는 놈이 여럿이었다. 모두 물속으로 한꺼번에 잠수한 탓에 일대가 완전 흙탕물이 되었다.

수면 아래를 파악하기 어려워져서 빠져나가야겠다는 생각이 들었다. 이런 상황에서 물을 이용해 록투가 갑작스러운 기습을 가하면 곤란했다.

그런데 그때 묵직한 무언가가 발목을 휘감는 게 느껴졌다. 아, 젠장. 꼭 뭐 하려고 하면 늦더라.

"크릉!"

낮은 비명을 지른 나는 물속으로 끌려가며 수면에 턱을 요란하게 박았다. 정신이 하나도 없다. 본능적으로 허공에 마구 앞발을 뻗어 봤지만 물만 긁힐 따름이었다.

그리고 무슨 힘이 이렇게 강해!

적어도 일반 록투는 절대 아니었다. 드디어 두목이 나타난 건가 싶었다.

저항하려 했지만 나는 점점 물속으로 끌려들어 갔다. 애써 흙탕물 속에서 눈을 떠봤지만 앞이 하나도 보이지 않았다. 그런데 그때 송곳 같은 이빨로 가득한 입이 나타났다.

망할!

속으로 욕을 내뱉고는 그 주둥이를 붙잡고 버텼다. 물속이라 숨도 못 쉬는데, 놈의 엄청난 압력이 날 분쇄하기 위해 힘을 가해왔다.

안 돼.

그고 더러운 눈동자가 날 노려보는 모습에 소름이 끼쳐왔다.

당할까 보냐!

이대로 버티다가 기회가 나면 런들 대거라도 뽑아서 저 눈에 찔러 줄 작정이었다.

그 순간 내 몸이 수면 위로 몇 미터나 떠올랐다. 덕분에 나는 적의 모습을 똑똑히 볼 수 있었다. 3.5미터는 넘어 보이는 록투가 날 붙들고 개구리처럼 뛰어오른 것이다.

더러운 피부는 일반 록투보다 훨씬 질겨 보였고, 머리는 몇 배나 컸다. 전체적으로 큰바위 얼굴이다.

그러나 그 사실을 놀려 먹기에는 그 거대한 주둥이에 가득한 이빨이 너무 흉흉했다. 또 특이하게도 거대한 쇠사슬 목걸이를 하고 있었다.

그 후 내 사고는 더 이어질 수 없었다. 요란한 소리와 함께 수면에 부딪힌 것이다.

"우그으윽!"

눈, 코, 입으로 흙탕물이 들어왔다. 정신을 차리기 어려웠다. 특히 수심이 깊지 않았기에 바닥에도 거창하게 등을 부딪쳤다. 허리가 나갈 것 같았다.

이 자식이!

나는 발버둥 치듯 앞발을 휘둘렀고 그게 시기적절하게 명중했다. 단검 같은 발톱이 달린 내 앞발은 흉기 그 자체다. 원래 또 고양이 과가 펀치에 일가견이 있지 않은가.

한방 잘 친 게 수면 위로 얼굴을 드러내고 있던 대장 록투의 뺨에 불벼락을 선사했다.

"참프ㅇㅇㅇㅇㅇ!"

얼굴이 너덜너덜하게 찢어진 대장 록투는 비명을 지르고는 몇 발자국이나 뒤로 물러났다. 나는 그 틈에 있는 힘껏 뛰어 물가로 올라올 수 있었다.

"크르릉! 크릉!"

지쳐서 헐떡거리는 사이 대장 록투가 분노해 다시 쫓아 나왔는데, 때마침 날아온 볼트에 맞고 뒤로 시원하게 굴러 자빠졌다.

물이 아주 요란하게 튀는구먼.

그건 그렇고 놈들은 자꾸 참프! 라고 비명을 질렀는데, 한국어로

치면 '아이고!'에 해당하는 말인 것 같았다.

"주인님!"

어느새 번뜩이는 사이드 소드를 쥔 보비가 뛰쳐나와 나를 부축했다. 나는 이를 갈고 입안에 남아있던 흙탕물을 퉤, 뱉어냈다.

"고마워."

일단 보비를 물러나게 하고는 대장 록투와 언제든 싸울 준비를 했다. 녀석은 완전히 광분해서 입을 벌리고 달려오고 있었다.

정신 나간 놈 같으니라고. 물속에서 좀 싸웠다고 물 위에서도 같을 거라고 생각하는 건가?

"쿠앙!"

포효와 함께 나는 듯 앞으로 뛰어나가 대장 록투의 가슴팍에 어깨를 부딪쳤다. 막 나를 물어뜯으려던 대장 록투는 충격에 숨이 막히는지 입을 벌리고 비틀거렸다.

"키엑! 켁!"

그 사이 나는 대장 록투의 목에 걸린 쇠사슬 목걸이를 단단히 붙잡았다. 그리고 있는 힘껏 업어치기로 녀석을 땅에 메다꽂았다. 죽일 각오로 한 짓이라 대장 록투는 땅바닥에 머리부터 그대로 떨어져 내렸다.

"꾸엑!"

짧은 비명이 터졌고 거대한 대장 록투는 기절한 듯 전신을 부들부들 떨었다. 나는 그걸로 만족하지 않고 이빨과 발톱을 동원해 녀석의 목을 파헤치고 물어뜯었다.

사방에 체액이 난자한 지 얼마 안 가 대장 록투의 머리가 떨어져

나갔다. 그래도 녀석의 몸은 혼자 바둥거렸지만 내버려두면 축 늘어질 것이다.

나는 달랑거리는 대장 록투의 목뼈를 쥐어서 녀석의 무거운 머리를 들어 올렸다. 그리고 물가로 올라오려는 록투들에게 내밀고 포효했다.

그러자 남은 록투 무리들은 겁에 질려 모두 줄행랑을 치고 말았다. 뒤도 안 보고 늪지 깊은 곳으로 사라졌는데, 상당한 시간이 지나야 다시 돌아올 듯했다. 한번 기세가 무너지면 겁이 많아지는 게 록투의 특징이다. 아마 며칠은 얼씬도 하지 않겠지.

"후유⋯⋯."

털썩 주저앉아 한숨을 돌리자 보비가 달려와 매달렸다.

"주인님! 다치신 곳은 없어요?"

"응, 괜찮아."

좀 숨을 돌리고 주변을 돌아보니 불을 붙였던 가건물은 전소해 있었다. 어쩐지 공기가 엄청 안 좋다 싶었다. 대장 록투와 싸우는 사이 빠르게 타올랐던 모양이다. 중간에 록투 한 놈에게 들켜서 불을 지르지 못했던 가장 큰 건물 하나만 멀쩡했다.

그렇게 주변을 살피던 나는 대자로 뻗어있는 대장 록투의 시체에 관심을 기울였다.

"이 녀석부터 챙겨야겠어."

"네, 그게 좋겠어요."

차분하게 대장 록투를 살펴보니 몸 안에서 5등급 영혼석의 존재가 느껴졌다. 역시 한가락 한다 싶었더니 5등급이었나.

5등급 영혼석은 상당한 돈이 된다. 불량이라도 2,000밀 이상이고 1만 밀 이상 가는 경우도 흔했다. 쉽게 말해 한탕 제대로 한 셈이다.

역시 이 노상강도의 아지트로 오길 잘했다. 기분 좋게 영혼석을 갈무리하자 남은 건 이 거대한 녀석의 육체를 처리하는 것이었다.

5등급 영혼석을 무리 없이 품을 정도의 육체다. 판다면 상당한 돈이 될 것이었다. 강하고 훌륭한 몸을 원하는 자들은 이 지하 세계에 얼마든지 있었다.

나는 우선 마법 지퍼를 열어 5등급 영혼석을 수납한 뒤 미리 준비했던 온갖 약물을 꺼냈다. 적과 싸운 뒤 쓸 만한 육체가 있으면 배운 대로 처리해야 한다. 그런 일을 위해서 짐을 챙길 때 약물도 많이 넣었다.

일단은 술통처럼 묵직한 통을 개봉한 뒤 안에 든 투명한 액체를 대장 록투 위에 흥건히 뿌렸다. 내가 살던 세계의 알코올과 비슷한 냄새가 나는 것이었다. 그리고 몇 가지 공정을 더 거쳐 대장 록투의 시신이 썩지 않게 하였다.

"주인님, 저기도 뒤져볼까요?"

보비가 전소되지 않은 건물을 가리키자 나는 고개를 끄덕였다. 록투들은 별다른 재산이 없기로 유명하지만 사금 정도는 또 찾을 수 있을지도 모른다.

혹시 건물 안에 적이 있을 수 있으니 내가 앞서 들어갔다. 그러나 곧 안의 불쾌한 모습에 눈살을 찌푸렸다. 여러 종족의 시체와 뼈가 뒹굴고 있었기 때문이었다.

바닥에는 피가 흥건하고 온갖 벌레들이 득실거렸다. 나는 손으로 날파리를 쫓아내며 안을 살펴보았다.

"습격한 희생자들을 잡아먹기도 한 모양이에요."

"정말 역겨운 녀석들이군."

다양한 종족들이 몸이 조각나 뒹굴고 있었다. 아무래도 이 건물은 식량 창고 역할을 한 모양이었다. 한쪽에는 비린내 나는 생선들이 통에 가득 차있었다.

"우웩─ 이거 절임 비슷한 건가? 구더기도 같이 절여져 있는데."

눅눅한 생선에는 파리 알이 잔뜩 있었다. 그리고 부화한 구더기도 생선과 같이 뒹굴었는데, 록투들은 신경 쓰지 않고 먹는 모양이었다. 어지간히 둔한 미각이다. 아니면 일부러 이렇게 먹는 건가.

"주인님! 여기 살아있는 자가 있어요!"

보비의 목소리에 나는 잽싸게 뛰어갔다. 그리고 사슬에 묶인 채 탈진해 있는 포로를 발견할 수 있었다.

"이보시오!"

내 부름에도 그는 비실비실거릴 뿐 쉽게 의식을 찾지 못했다. 보니까 터널 래츠라 불리는 종족임이 틀림없었다.

언제부터 터널 래츠라 불렸는지는 모르지만 지상에 살았다는 래트맨보다 덩치가 작은 게 특징이다. 150센티미터의 체구지만 이들은 시궁창 노움 이상의 훌륭한 길잡이들이다.

얍삽하긴 하지만 매우 영리하고 타 종족들과 두루두루 친하게 지내는 부류다. 그렇지만 터널 래츠 중에는 그들 자신의 적성을 살리고자 하는 자들이 많아 다소 꺼려지는 면도 있었다. 쉽게 말해 도적 클래스가 많다는 것이다.

"이보시오."

내가 뺨을 좀 두들기고 물을 흘려주자 그제야 그는 정신을 차렸다. 그러더니 희미한 눈으로 날 바라보다가 깜짝 놀라서 비명을 질러댔다.

"찌이이이익—!"

그리고는 눈이 뒤집혀서 다시 기절해 버렸다.

"뭐, 뭐야. 내가 귀신이라도 되냐?"

나름 멋있게 생겼다고 자부해 왔는데 날 보고 경기를 일으키니 상당히 기분이 나빴다.

"주인님, 따지고 보면 주인님은 고양이 과잖아요. 쥐가 고양이를 보고 놀라는 건 당연한 거죠."

아, 그런 거였나.

어쩔 수 없이 우리는 일단 쇠사슬에 묶인 터널 래츠를 풀어주고는 그가 깨어날 동안 주변을 뒤졌다. 희생자들의 장비가 어지럽게 널려 있었기에 살펴볼 필요가 있었다.

그러다 대박이라 할 물건을 발견했다.

불순물이 섞여 있었지만 상당히 묵직한 록투의 사금 주머니를 발견한 것이다.

"오오!"

"꺄! 주인님! 엄청나요!"

못해도 1,000밀은 나갈 것 같다. 보비는 방방 뛰면서 좋아했다. 수확은 그걸로 끝이 아니었다.

"주인님. 이거 보세요!"

전소된 건물을 뒤지던 보비가 나를 불렀다. 그녀는 잿더미에서 그을린 금속을 나뭇가지에 꿰어 들고 있었다.

반지잖아?

더러워지긴 했지만 은반지다. 이제는 은반지라고 부르기도 힘들 정도로 때를 타고 말았지만.

푼돈 정도는 챙길 수 있겠다 싶어 반지를 받아 들려는 순간 보비가 나뭇가지를 움직여 반지를 쥐지 못하게 했다.

"음?"

의아해하는 내게 보비가 설명한다.

"마법 반지예요."

"아, 정말?"

반지를 좀 살펴보자 은은한 마력이 피어오르는 걸 느낄 수 있었다. 그리고 왜 보비가 손으로 반지를 쥐지 않고 나뭇가지로 꿰어 들고 있는지 알게 되었다.

"이야, 우리 보비보비 대단해."

"뭘요, 헤헤."

그녀는 볼을 좀 붉히며 기뻐했다. 안 그래도 칭찬받고 싶었는데 보비보비란 말에 더욱 기분이 좋아진 모양이다.

지금 그녀를 칭찬한 건 단순히 마법 반지를 찾았기 때문만은 아니었다. 마법이 걸린 반지를 부주의하게 집지 않은 게 훌륭했기 때문이다. 이 반지에 좋은 효과가 걸려있다면 상관없지만 저주나 기타 해로운 마법이 있을 수도 있다.

"일단 챙겨. 좋은 거면 너 줄게."

"고맙습니다, 주인님."

보비는 예의 바르게 인사하고는 두꺼운 천을 꺼내 반지를 감쌌다. 그리고 자신의 마법 지퍼 안에 넣었다. 도시로 가서 감정해 보면 될 일이다.

그 후 우리는 마법 물품을 하나 더 찾아냈다. 피로 얼룩진 그로스메서(Grossmesser)였다. 음울한 기운을 뿜어내는 걸 빼면 그로스메서 사용자인 내 입장에서는 반색할 물건이었다.

"이건 내가 써야겠군."

피 얼룩이 가득한 그로스메서는 섬뜩했다.

"찌익."

그때 터널 래츠가 다시 깨어났다. 이미 나는 변신 시간이 지나 웨어 블랙팬서 상태를 벗어나 있었다. 지금 난 귀만 좀 뾰족할 뿐 보통 인간이니 터널 래츠가 놀라는 일은 없겠지.

"이봐, 성신이 드는가?"

땅 밑 공용어로 묻자 터널 래츠는 잠시 어리둥절한 표정을 짓다가 황급히 주변을 둘러보았다.

"어둠의 포식자는? 그 거대 고양이는 어디로 갔소?"

날 보고 어지간히 놀란 모양이다. 흑표범이니 어둠의 포식자라고 불리는 건가.

"글쎄, 무슨 소린지 모르겠구먼. 것보다 몸은 괜찮은 거야? 무슨 일이 있었던 거지?"

일단 잡아떼기로 했다.

"그대들이 이 몸을 구해준 모양이로군…… 하아…… 절망적인 포로 생활이었소. 그보다 내 동료들은 못 봤는가?"

이 녀석, 생긴 건 쥐새끼에 촐싹거릴 것 같아 보이는데 목소리가 성우처럼 묵직하고 태도 역시 기품 있다. 말투도 고풍스럽고. 이래 저래 특이한 친구군.

"그게 말이야……."

이어진 내 설명에 터널 래츠는 창백한 표정이 되더니 남은 가건물 안으로 뛰어들어 갔다. 곧이어 절규에 가까운 비명이 터져 나왔다.

이런, 안타깝구먼.

거기에는 뼈마디만 굴러다니더만….

나와 보비는 터널을 걷고 있었다.

이 여행에는 인원이 한 명 추가되었다. 터널 래츠라 불리는 종족으로 치즈헌터라는 귀여운 성을 갖고 있었다. 치즈를 좋아해서 그런 게 아니다. 그건 이 친구의 직업과 관계 있었다.

지하 세계에는 치즈로프라는 지역이 있다.

여러 개의 터널이 만나는 커다란 공동을 말하는데, 그 터널들의 구멍이 치즈 구멍과 같다고 해서 치즈로프라 불린다. 치즈헌터는 그런 치즈로프에서 사냥하고 길 안내를 하는 그들의 직업이 성 씨로 굳어진 것이다.

"지저에서 살아남으려면 정보가 필수라네, 오토."

나는 오토란 가명을 쓰고 있었다.

오주윤이란 본명은 보비나 찌예 정도가 아니면 모른다.

나는 치즈헌터와는 많은 이야기를 해서 서로의 사정을 파악할 수 있었다. 그는 유능한 도적이고 동시에 길잡이며 싸움꾼이기까지 한 멀티 플레이어다.

보통은 용역 길드에 속해 해결사 역할을 하고 다니는데, 이번에 어떤 아가씨의 호위를 맡게 되었다고 한다. 목적지는 제국의 제2도시 아르탈란.

그러다 압도적인 숫자의 록투에게 당했다고 한다.

한데 치즈헌터는 그 와중에서도 호위를 맡은 아가씨만은 잡혀가지 않게 만들었다고 한다. 자신까지 붙들리기 전에 동굴의 깊숙한 곳에 그녀를 숨겼다고.

"반드시 구하러 올 테니 안에서 꼼짝도 하지 말라고 했다네. 별일이 없으셨으면 좋겠군."

"자기 일에는 열심이로군?"

"프로란 그런 것일세. 그리고 일주일이나 어두운 곳에 숨어있어야 할 아가씨에게 동정심이 생기기도 하고."

일단 나와 보비는 그와 동행하기로 했다. 어차피 목적지가 아르탈란으로 같으니 같이 가는 게 좋을 것 같았다.

그 후 반나절 정도 걸었을까. 치즈헌터가 주위를 돌아보며 다 왔다는 말을 했다. 내게는 그 동굴이 그 동굴이요, 그 종유석이 그 종유석으로 보이지만, 노련한 치즈헌터에게는 다른 모양이었다.

잠시 사방을 헤집고 다니던 그는 곧 끙끙거리며 자기 몸만 한 바위를 치워냈다.

"과연, 이런 장소가 있었나. 아무 일 없었겠군."

나는 적에게 쫓기는 와중에 이런 곳에 아가씨를 감춘 치즈헌터의 순발력과 기지에 감탄했다. 그리고 10미터 정도 나아가자 굴 끝에서 떨고 있는 꼬마 아가씨를 발견할 수 있었다. 생각보다 훨씬 어린데?

"아가씨!"

흠칫하던 꼬마 아가씨는 곧 반색하며 일어났다.

"치즈헌터?"

"아가씨!"

"치이즈! 허어언터!"

"아가씨이이이이이이─!"

이산가족의 상봉이 이럴까. 더러워진 옷으로 초췌하게 앉아있던 꼬마 아가씨께서 일어나 달려오기 시작했다.

타르나이구나.

작지만 뿔이 있고 악마적 느낌의 날개가 달렸다.

아직 어려서 위협적이지 않지만 성년이 되면 지저의 지배계급다운 모습으로 가득해지겠지.

더불어 성질도 더러워질 터.

나는 울며불며 치즈헌터에게 매달리는 꼬마 아가씨를 보고 타르나이도 어린 시절에는 순진하고 귀여운 구석이 있단 생각이 들었다.

꼬마 아가씨가 합류한 뒤 우리는 제2도시 아르탈란으로 향했다.

꼬마 아가씨는 보비에게 맡기고 며칠 사이 부쩍 친해진 치즈헌터와 많은 이야기를 나눴다.

"아르탈란엔 왜 가는 것인가? 오토."

"높으신 분과 좀 만나려고. 하지만 다짜고짜 만나줄 리도 없으니 쉽지 않겠지."

황녀가 머무는 궁전에 찾아가 바페가 보내서 왔다고 하면 씨알도 안 먹히겠지. 그렇다면 이쪽에서 신분 상승을 해 자연스럽게 다가가는 게 최고다.

"그렇다면 출세를 해야겠군. 오토, 자네도 알다시피 요즘 출세를 하려면 군문에 드는 게 최고라네."

안 그래도 고민하던 부분이었다.

지금 제국은 남매의 전쟁이라고 불리는 내전에 휩싸여 있다. 그래서 제일 득을 보는 건 군인들이었다.

"하지만 병사로 종군해서는 출세하기 어렵지. 쉽지 않은 일이지만 처음부터 장교로 시작하길 바라네."

치즈헌터는 장교를 권하면서 자세한 이야기를 들려줬다.

뇌물을 주고 장교 자리를 청탁하는 법, 그리고 휘하에 용병을 고용해 부대를 꾸리는 법 등, 내게 피와 살이 되는 정보였다.

"청탁을 해야 하는군, 결국."

"귀족이 아니라면 어쩔 수 없는 일이지."

"그렇다면 누구에게 청탁하면 좋겠나?"

내 물음에 치즈헌터는 말없이 슥 뒤를 본다. 거기에는 며칠 사이 보비에게 빠진 꼬마 타르나이가 보인다.

"저 꼬마 아가씨는 아르탈란 사교계에서 유명한 죠니아 백작부인의 다섯째 딸이네. 자네는 저 애를 구하는데 공을 세웠으니 죠니아 백작부인에게 청탁을 해볼만 하지. 일단 그녀의 집안에 식객으로 들어가 보게. 그러다 보면 기회가 있을 거야."

치즈헌터의 말로는 죠니아 백작부인에겐 자식이 많아 나 정도의 공으로는 만나기도 어렵단다. 게다가 죠니아 백작부인은 아르탈란에서 바쁘기로 유명한 인사라고.

"그래도 식객으로 들어갈 정도의 공은 충분하지. 물론 백작부인의 눈에 띄고 싶어하는 기존의 식객에게 견제를 받을 수도 있겠지만, 자네 정도라면 잘 극복하리라 보네."

이미 치즈헌터에게 그때 봤던 웨어 블랙팬서가 나라는 점을 설명한 상태다. 그는 내 힘에 상당한 감명과 함께 두려움도 느끼는 듯했다.

"그리고 최종적으로는 자신의 던전을 가져야 할 걸세."

"자기 던전이라…"

지하 세계에서 던전을 가진다는 건 성공의 상징이다.

던전이 있으면 재산과 가족을 안전하게 보호할 수 있다. 그리고 던전 하트를 통해 마력을 광산처럼 생산해 내는 것도 가능하다.

그렇기에 성공한 자는 모두 던전을 갖는다. 지금 치즈헌터는 내가 원하는 일을 하려면 적어도 던전을 가질 정도로 성공해야 한다고 말하고 있었다.

"좋아, 두고 보라고. 나 오토, 반드시 던전을 가질 정도로 성공할 테니까."

그 뒤 일주일을 더 나아가자 우리는 아르탈란에 도착할 수 있었다. 치즈헌터를 따라간 곳은 고급 주택가가 있는 곳이라 보기만 해도 주눅이 드는 느낌이었다.

죠니아 백작부인의 집에 식객으로 머물 수 있게 되었다. 그녀의 다섯째 딸내미를 구한 공로를 인정받은 데다가, 일단 그 꼬마 아가씨가 보비를 너무 마음에 들어했기 때문이었다.

"언니! 언니! 앞으로 계속 나랑 같이 여기서 살자!"

그 덕에 우리는 아주 쉽게 식객이 됐다.

개인의 능력도 중요하지만 주인의 딸내미가 좋다면 그게 제일인 거다.

일단 귀족가의 식객이 되면 숙박에 식사가 공짜란 게 제일 좋다. 거기에 체면 유지와 재능을 갈고 닦는다는 명목으로 매달 일성 금액을 지원받는다. 대신 주인집에 일이 생겼을 때 적정선에서 도울 의무가 생긴다.

궁핍한 지저의 삶을 고려해 보면 무척 좋은 위치라고 할 수 있었다. 그래서 많은 인재들이 귀족가에 자기 능력을 선보이려 노력했다.

식객이 되면 출사할 기회를 얻기도 하니 말이다.

"어이, 저 친구가 이번에 새로 들어온 자인가?"

"다섯째 아가씨를 구한 공로로 들어왔다고 하는군."

"그럼 단순히 운이 좋은 거 아냐? 우리처럼 실력으로 식객이 된

게 아닌 거 같은데?"

날 두고 수군수군하는 소리가 들렸다.

그러거나 말거나 나는 별로 신경 쓰지 않았는데, 며칠 뒤에 기어코 시비를 걸려고 오는 무리가 있었다. 내가 맘에 안 들기도 하고 이쪽 실력이 궁금하기도 했던 모양이다.

다크엘프 둘과 리저드맨 셋이었다.

그들은 일부러 내게 부딪쳐서는 화를 냈다.

"이거, 먼저 들어온 사람에게 대해 예의도 없나?"

"신참, 그 운이 언제까지 갈 거 같아!"

여기까지는 참을 만했는데 다크엘프 하나가 이어서 한 소리에는 칼을 뽑을 뻔했다.

"너 말이야, 엄청 예쁜 계집을 데리고 다니던데… 이쪽에 넘기는 게 어때? 제법 값을 쳐줄 테니까. 키키킥."

이런 소리를 듣고도 넘기면 남자가 아니지.

아니, 보비의 주인님으로서 도저히 참을 수가 없다.

그대로 한판 어울려 주려는데 마침 나타난 치즈헌터가 막아섰다.

"참게. 저놈들 일부러 저러는 거야. 식객끼리 싸움이 붙으면 쫓겨나기 십상이라네. 자네를 열 받게 한 뒤 일부러 얻어터질 거야. 그러면 자네는 백작부인의 집에서 나가야 하네."

치즈헌터의 말이 맞았는지 여태까지 시비를 걸던 자들이 혀를 차고는 떠났다. 한 가지 인상적인 건, 영락없이 양아치 행세를 하던 그들이 순식간에 냉철하고 차가운 인상으로 돌아가는 모습이었다.

내 앞에서 보인 게 순 연기였다는 소리.

치즈헌터는 그 모습을 보면서 덧붙인다.

"지하 세계에선 누구도 믿지 말게."

"나도 지하의 주민이야."

"알고 있네. 그렇지만 자네를 보면 어쩐지 먼 곳에서 온 것처럼 느껴져서 말일세."

치즈헌터의 직감에 뜨끔했지만 태연함을 가장했다.

"그럴 리가."

"것보다 청탁을 하려면 자금이 있어야 할 텐데 경매를 한 번 다녀오지 그러나?"

"경매?"

"그러네. 자네가 얻은 여러 물건을 팔려면 경매장이 제격이지. 미리 돈을 준비해야 백작부인을 만났을 때 기회를 잡지 않겠나."

치즈헌터의 말이 맞았다. 어렵게 죠니아 백작부인을 만났는데 뇌물로 먹일 돈이 없다면 얼마나 웃기겠는가.

일단 경매장에 방문해 보기로 했다.

아르탈란의 거리를 나란히 보비와 걷고 있었다.

나는 훌륭한 의복을 입었고 보비 역시 아름다운 드레스 차림이었다. 보비는 지금 귀족 영애같이 우아하게 걷고 있었다. 다크엘프가 가진 특유의 분위기란 게 대단하긴 하구나. 우리가 이렇게 성장을 한 이유는 지금 가고 있는 목적지 때문이다.

경매장.

그곳에서는 옷차림에 따라 확연하게 차별을 받는다.

그래서 렌탈이긴 하지만 이렇게 좋은 의복을 마련한 것이다. 한데 보비가 우아한 드레스를 입은 모습에 나는 완전히 마음을 빼앗겼다. 원래도 헉, 소리 나는 미녀인데 이리 잘 빼입자 정말 빛이라도 나는 듯한 수준이었다.

특히 과감하게 가슴이 파인 타르나이식 드레스는 섹시한 매력을 한껏 살려주었다. 보비가 사뿐사뿐 걸을 때마다 예쁘게 부푼 그녀의 젖가슴이 살짝살짝 출렁거린다. 나는 그 미묘한 흔들림에 눈을 떼기 어려웠다.

드레스의 컵에 의해 고정되어 있지만, 살짝 눌려 위쪽으로 더욱 도드라진 가슴살이 과하지 않게, 그렇다고 무시하기도 어려운 수준으로 출렁거린다.

그녀의 노출된 가슴은 정말 티 하나 없이 깨끗하고 말랑말랑해 보인다. 대체 이 가슴에는 무슨 마력이 담겨 있기에 나처럼 건전한 사내의 시선도 자석처럼 잡아끄는 걸까?

어쩌면 여성의 가슴에는 현명한 마법사조차 이해하지 못하는 신비가 담긴 건지도 모른다. 그렇지 않고서야 나처럼 도덕적인 사내조차 채신머리를 잊고 고개가 휙휙 돌아갈 리가 없잖은가.

그렇다고 노골적으로 볼 수도 없는 노릇이라 지금 내 눈은 가자미처럼 한쪽으로 쏠려 있었다. 물론 안 보는 게 맞겠지만 나는 마음속으로 조금만 더, 조금만 더를 외치고 있었다.

전투 상황이 아닌데도 웨어 블랙팬서의 시력이 극한까지 발휘된다. 뇌내의 프레임이 가속화되면서 모든 게 느리게 보이기 시작한다.

추우울렁~ 추우울렁~.

가슴의 흔들림이 초고속 카메라로 찍은 것처럼 천천히 보인다. 이대로 조금만 눈에 힘을 더 주면 투시도 가능하지 않을까? 그렇다면 보비의 핑크빛 소중한 부분을 이 두 눈에 영원히 새길 수 있을…….

"아아아!"

별안간 뺨에 느껴지는 통증에 나도 모르게 소리를 질렀다. 정신을 차리고 보니 보비가 질렸다는 표정으로 내 뺨을 꼬집고 있었다.

"다 보셨어요?"

"어째서 들킨 걸까? 완벽하게 기척을 죽였는데."

비통한 기분이라 훔쳐본 건 반성하고 싶지 않았다.

곧 투시를 익힐 수 있었을지도 모르는데.

"…이럴 때는 사과가 우선 아닌가요? 주인님. 그리고 그렇게 노골적으로 보면 누구라도 알아챈다고요."

"미안."

순순히 인정하는 수밖에.

그나저나 이 녀석은 부끄러움도 없는 건가? 아니, 날 남자로 생각 안 하는 건 아니겠지.

걱정스레 살짝 옆으로 보자 보비의 볼에 잔뜩 홍조가 올라 있었다. 태연한 척하면서 사실 부끄러웠던 모양이다.

그래도 화가 난 건 아닌지 슬그머니 팔짱을 껴왔다.

"이번은 용서해 드릴게요."

나는 그 모습이 귀여워 빙그레 웃고는 함께 경매장으로 향했다.

"어서 오십시오. 이쪽으로."

경매장 관계자의 안내를 받아 자리에 앉았다.

오늘 우리가 출품한 물건이 얼마에 팔리는지는 아주 중요하다. 여기서 돈을 벌어야 장교직도 사고 용병도 고용할 수 있다. 당면한 최대의 목표인, 한 던전의 주인이 되기 위한 출발점인 셈이다.

물건은 감정을 위해 이미 며칠 전에 경매장으로 보낸 상태였다. 이번 경매에 출품한 것은 바로 5등급 영혼석과 대장 록투의 육체였다.

"비싼 값에 팔렸으면 좋겠어요, 주인님."

옆에 있던 보비는 긴장된 목소리였다.

"그러게 말이다."

일단 장교가 되면 용병 고용비까지 개인이 부담해야 한다. 이곳의 장교를 대한민국의 장교와 같다고 생각하면 큰 오산이다. 여긴 전문적인 군사학교 같은 건 없다. 이곳에서 말하는 장교란 '군주가 사용할 병력을 구해올 수 있는 자'란 의미다. 하여 보통 귀족이나 금전이 많은 자유민이 장교가 됐다. 귀족이라도 부대를 구성할 수 없으면 다른 귀족 밑에서 복무하곤 했다.

그나마 한 가지 다행인 건 이 지하 세계의 병력 단위가 상당히 작다는 사실이다. '룸'이라고 부르는 최소 단위의 수는 10여 명 정도다. 그 숫자만 고용할 수 있으면 초급 장교가 되어 던전에서 복무할 수 있게 된다. 그러니 이번 경매로 10명 정도는 모집할 자금을 얻어야 한다.

"주인님, 시작해요."

옆에서 보비가 설레는 표정으로 의자에서 몸을 들썩였다. 그래도 뭐라 할 수 없는 게 나도 별반 다를 바 없는 상태였기 때문이었다.

이후 별의 별 물건이 다 나왔다.

하나같이 군침 흘릴 만한 것들이라 눈을 떼지 못했다. 마음 같아서는 여러 개 지르고 싶었지만 지금은 돈을 아껴야 한다.

"주인님! 다음에 우리 물건이에요."

드디어 5등급 영혼석이 나왔다.

영혼석이란 게 자주 나오는 물품이긴 하나 오늘은 우리 것이 첫 거래였다. 그래서 이어진 열띤 반응에 당황할 수밖에 없었다.

"1,000밀 단위로 입찰 받겠습니다."

경매 진행자의 사람의 말이 떨어지자마자 여기저기서 달려들었다.

"4번 손님 2,000밀 부르셨습니다!"

"52번 손님 2,500밀!"

"27번 손님께서 화끈하게 5,000밀입니다!"

경매장이 열기에 휩싸인다. 이 정도일 거라고는 기대를 하지 않아 당황스러웠다.

"뭐야? 왜 이렇게 인기지?"

"저도 모르겠어요, 주인님!"

아무리 잘 받아야 1만 밀 밑이라고 생각했는데.

"12번 손님 무려 1만 5,000밀입니다!"

대박이다! 대박!

하지만 결과는 더 놀라웠다.

최종적으로 5등급 영혼석은 2만 밀에 낙찰 된 것이다.

2만 밀이라니…. 세상에 2만 밀이라니.

보비와 나는 감격해서 서로의 손을 맞잡고 부들부들 떨어댔다.

"주인님. 대박이에요!"

그러나 이건 시작에 불과했다.

대장 록투의 육체가 경매에 나왔을 때, 경매장 안은 폭발할 것처럼 들썩였다. 주로 군인으로 보이는 자들이 미친 듯이 매물에 달려들었다.

"네, 38번 손님! 1만 밀 과감하게 부르셨습니다! 군인이라 그런지 화끈하시네요!"

"16번 손님, 단번에 2만 밀! 이제부터 1,000밀 단위로 입찰받습니다!"

결국 나는 흥분을 참지 못하고 옆에 있던 보비를 꽉 껴안아 버렸다. 이러지 않으면 못 버틸 것 같았기 때문이었다.

지금 이건 단순히 돈을 벌어서 가슴이 뛰는 게 아니다.

내 목표가 현실로 다가오고 있다는 감동 때문이었다.

"주인님!"

보비도 얼굴이 완전히 달아오른 상태였다.

나는 그 모습이 어쩐지 사랑스러워 참을 수가 없었고 충동적으로 키스했다.

"읏!"

놀란 보비가 새 된 소리를 내었으나 날 거절하지 않는다. 오히려 내 목을 팔로 휘감아 왔다.

그러는 사이에 경매가는 계속 올라간다.

"2번! 2만 2,000밀!"

"41번! 2만 3,000밀!"

그에 맞춰 우리의 키스는 더욱 격렬해져 갔다.

"으읍! 흐응!"

"으으읏!"

대장 록투의 몸값은 멈추지 않는다.

"32번! 2만 4,000밀!"

"11번! 2만 5,000밀!"

하지만 지금 이 순간에는 보비와의 키스에 집중했다. 그리고 우리는 가격이 올라갈수록 더 진하게 키스해야 한다는 듯 서로의 입술을 탐했다.

"32번! 2만 5,000밀!"

"으읏! 으읍!"

"11번! 2만 6,000밀!"

"흐으응! 흐읏!"

흥분한 보비가 콧소리를 참지 못하고 흘린다.

그 사이에도 경매는 계속되어 간다.

"7번! 3만 밀!"

마침내 3만 밀이 돌파됐다.

이쯤 되니깐 좀 무섭다는 생각이 들 정도였다. 보비도 마찬가지였는지 우리는 서로의 입술을 뗀 채 서로의 얼굴을 마주 보았다.

열정의 흔적인 은사가 길게 늘어졌지만 우린 신경도 쓰지 않았다.

보비의 눈 역시 나처럼 동그래져 있었다.

"지금 3만 밀이 넘은 거 맞지?"

"주, 주인님. 이게 무슨 일이죠?"

놀란 보비는 오들오들 떨면서 내게 문어처럼 찰싹 달라붙었다. 우리에게 3만 밀은 침착하기에는 너무 거금이었다. 그래서 홀린 것처럼 상황을 멍하니 지켜봤다.

그리고 마침내 대장 록투의 매물이 4만 밀에 낙찰되었을 때 나는 기쁨과 흥분을 참지 못하고 보비를 끌어당겨 안았다.

짝짝짝짝.

주변에선 경매에서 이긴 입찰자에게 박수가 쏟아지고 있었던 것이다. 우리 역시 큰돈을 써준 이름 모를 누군가에게 같이 박수를 쳐줬다.

곧이어 다음 물품이 올라오자 주위의 관심은 다시 경매인과 경매물품에 집중되었다.

마법처럼 짧은 시간이 그렇게 끝났다. 겸연쩍어서 괜히 헛기침을 했다.

"흠흠, 좀 더 경매를 지켜볼까?"

"네. 그, 그리고 오해는 하지 마세요."

"응?"

"그냥 물건이 잘 팔린 게 기뻐서 저도 모르게 그런 것뿐이에요. '딱히' 주인님에게 마음이 있어서 그런 건 아니니까."

"응."

"그리고 '별로' 첫 키스 같은 거 아니니까요."

그래. 첫 키스를 헌납해줘서 고맙다.

게다가 너 '딱히', '별로' 라고 말한 시점에서 츤데레 확정이라고. 너무 판에 박힌 츤데레 말고 좀 개성 있는 모습을 기대하마.

그건 그렇고 대장 록투의 육체가 이리 비싸게 나간 게 의문이었다. 5등급 영혼석이 두 배로 뛴 건 사실 짐작 할만하다.

지금은 내전 중이었으니 당연히 이런 물자의 수요가 많아질 수 있다. 수하에게 영혼석을 하사하려는 귀족이 살 수도 있고, 아니면 이 기회에 입신양명하고자 재산을 싸들고 나온 중류층이 구입할 수도 있다.

어찌 되었든 싸움이 빈발하고 있으니 영혼석의 수요가 폭증할 수밖에. 해서 5등급 영혼석이 두 배에 팔린 듯했다. 특별히 통찰력이 있지 않아도 알 수 있는 사안이랄까.

다만 대장 록투는 이 같은 이유로 비싸게 팔렸다고 보기엔 무리가 있었다. 전투 과정에서 목이 잘려서 5,000밀도 못 받을 줄 알았는데 4만 밀이라니. 뭔가 미처 알지 못한 이유가 있는 게 틀림없었다.

그리고 열렬히 입찰하던 자들은 모두 제법 지위가 있어 보이는 군인들. 어쩌면 군사작전과 연관되어 있는 것이 아닐까.

따로 알아보는 것도 괜찮다 싶었다. 이제 돈이라면 충분하니 말이다. 대번에 6만 밀이 생겼는데, 일반적으로 10만 밀 정도의 재산을 보유하면 그때부터 중류층이니 상당한 금전이 아닐 수 없었다.

그야말로 대박을 쳤다.

하층민 노동자가 평생을 버는 돈이 1만 밀에 좀 못 미치는 걸 고려해 볼 때 더욱 그랬다. 보비가 싱글벙글해 하며 키스를 받아준 것도 이해할만 한 일이다.

아르탈란에 오자마자 운이 트이는 느낌이었다.

어쩐지 이대로 모든 게 잘 될 듯하단 말이지.

2-2. 참전을 위한 준비

요즘 보비가 묘하게 날 피하고 있다.

"보비야."

"꺄!"

이 녀석이 대체.

"보비야."

"끄앗!"

부르기만 하면 도망가느라 바쁘다. 억지로 옆에 앉혀둬도 핑계를 대고 피하기 일쑤다.

"너 요즘 왜 그래?"

"……."

묵묵부답.

가만히 내버려둬도 자기 혼자 얼굴이 붉어져서 어쩔 줄 모른다. 신기해서 자세히 보려 얼굴을 가까이 가져가자 보비가 깜짝 놀라 뒤로 물러난다.

"하악, 하악. 주인님 왜 이러세요?"

"숨결이 거친데?"

"주인님이 또 키스하려고 하니까 그렇죠!"

키스? 얘가 대체 무슨 소리야.

아… 이제야 상황이 파악 됐다. 보비는 첫키스 후 어색함에 어쩔 줄 몰라 하는 듯했다.

이런 귀여운 녀석 같으니라고.

무심하게 그런 점을 신경 쓰지 못했구나. 그렇다고 당장은 나도 뾰족한 방법이 없다. 그냥 뻔뻔하게 구는 수밖에.

"보비야, 이리 온."

입술을 좀 내밀며 접근하자 보비는 "몰라요!"라 소리치고는 다시 줄행랑을 놓아버렸다.

…당분간은 별 대책이 없겠는데.

그래도 좀 지나면 다시 괜찮아지겠지. 식객 생활이 계속되고 있었기에 이 시간을 좀 더 유용하게 쓰는 게 좋겠다. 일단 치즈헌터를 찾아갔다.

"좀 보자고."

"무슨 일인가? 자네."

치즈헌터와 함께 아르탈란의 용역 길드를 찾아가려고 한다. 용역 길드는 흥신소나 심부름센터 같은 일을 하는 곳이다. 보통 판타지 소설에 나오는 용병 길드, 도적 길드, 정보 길드를 합친 개념이다. 당연히 그 세 길드에서 하는 일을 다 한다. 물론 용역 길드마다 전문 분야가 좀 다르긴 했다.

"장교가 되기 위한 돈은 마련했어. 이제 정보가 필요해. 네가 전문가라 용역 길드에 대해 잘 안다고 생각는데, 날 좀 도와달라고."

나는 죠니아 백작부인에 대한 정보를 수집하고 싶다고 했다.

"이대로 식객으로 머물며 이제나저제나 눈에 띄길 기다리는 건 좋지 않아. 이쪽에서 백작부인의 동선을 파악하고 접근하는 게 낫겠어. 그리고 지피지기면 백전불태百戰不殆. 백작부인의 성격이나 기호에 대해서도 파악하고 싶어."

내 요청에 치즈헌터는 나를 돕기로 했다.

"금이 많이 필요할 걸세."

"충분히 지불할 테니 걱정 마. 필요한 정보는 금보다 귀한 법이야."

현재 내 자금은 60,767밀이니 해볼 만하다. 중요한 일 앞에서 구두쇠처럼 굴다가 일을 그르칠 순 없다.

그리고 일주일 뒤 나는 치즈헌터가 주선한 용역 길드로부터 다양한 정보를 얻을 수 있었다. 죠니아 백작부인의 가문에 대한 정보와 그녀의 기호, 동향, 그리고 내전 상황에 관한 정보 등 요청한 그대로였다.

돈이 꽤 들었지만 아주 만족스러워 보너스까지 넣어 셈을 치렀다. 길드장은 함박웃음을 지으며 궁금한 게 있으면 더 물어보라고 해 왔다.

"따로 조사할 것 없이 아는 것이면 바로 대답해 드리지요."

딱 하나 떠오르는 게 있었다. 바로 대장 록투의 육체가 왜 그리 뻥튀기된 가격에 넘어갔는지에 대해서이다.

"아아."

알고 있다는 듯 길드장은 미소를 보였다.

"중요한 정보긴 합니다만 내 말한 것도 있으니 알려드리지요. 다만 대외비에 해당하니 어디 가서 발설하시면 곤란합니다."

"물론입니다."

길드장은 종이를 가져와 그림을 그리며 설명에 들어갔다.

현재 황녀가 있는 제2도시 아르탈란과 황자가 있는 수도 아투마스트 사이에는 2개의 전선이 있다고 한다.

중앙 전선과 동부 전선이다.

중앙 전선은 두 도시 사이의 길이 있던 곳으로 중간, 중간 커다란 공동이 있어, 지하세계에서 드문 회전이 벌어지고 있다고 했다.

"하지만 현재 중앙 전선 쪽은 완전히 고착화돼서 서로 관문요새 Fortress를 쌓아 지키고만 있는 실정이죠."

현재 가장 싸움이 활발한 곳은 동부전선이다. 이 일대는 원래 바위와 흙으로 가득 찬, 길이 없는 지역이다. 하나 양측에서 돌파점을 찾으려 터널을 파기 시작했고, 땅속에서 만나 연일 격전이 벌어진다고 한다.

"해서 현재 동부 전선에 던전들이 여러 개 생겼습니다. 양자가 연일 치열한 '던전 공격'과 '던전 방어'를 반복하고 있죠."

그런데 현재 또 다른 가능성이 고개를 들고 있다고 한다. 바로 서쪽 방면인데, 이쪽이 난국의 새로운 돌파구로 주목받는 다는 것이다.

"서쪽은 일부러 땅을 파지 않는 지역입니다. 내부에 수맥이 흐르고 지하수가 가득 고여 있어 붕괴의 위험이 있거든요. 아무래도 방어를 위해 던전을 건설할 수 없으니 말입니다. 하지만 이쪽의 비밀스러운 수로를 통해 병력을 집어넣거나 첩자가 오갈 수 있을지도 모른다는 게 최근 군의 결론입니다."

"그래서 수륙양용이 가능한 록투, 그것도 튼튼한 대장 록투의 몸이 주목받는 것이군요."

"맞습니다. 지금 수서생물 계열의 몸은 최고죠. 그런데 전투력까지 탁월한 대장 록투의 몸을 경매장에 파셨으니 그리 상종가를 칠 수 밖에요."

의문이 풀렸다. 역시 모든 일에는 이유가 있는 법이다. 나는 길드장을 보낸 다음 가져온 자료를 가지고 치즈헌터, 보비와 논의하기 시작했다.

"이 여자, 참 바쁘군."

나는 용역 길드에서 파악한 죠니아 백작부인의 동선에 감탄을 금치 못했다. 사교 파티-사교 파티-다과 모임-쇼핑-쇼핑-입궁 등 일정이 끝이 없었다. 그나마 이것도 용역 길드에서 일부만 파악한 거다. 아무리 용역 길드가 유능해도 죠니아 백작부인의 모든 행보를 다 알아낼 수는 없는 일이다.

"주인님, 마냥 기다렸다가는 식객으로 늙어 죽을 게 뻔해요. 이 여자는 자기 저택에 돌아올 생각이 없는 것 같아요."

"그러게 말이야. 대체 어디서 만나야 할까."

그리 고민을 하던 중 치즈헌터가 서면 한 곳을 가리켰다.

"이걸 보게. 닷새 후에 백작부인이 검투 대회를 관람하기로 했다는군. 검투 대회는 타르나이 귀족들이 좋아하는 대회지. 보는 것만 해도 여흥이 되지만 내기로 돈까지 걸 수 있거든."

나는 치즈헌터가 무슨 소리를 하려는지 알 것 같았다.

"우리가 검투 대회에 나가면 백작부인의 눈에 띄게 된다는 소리지?"

"맞네. 자유민이면 누구나 돈을 위해 참전할 수 있는 게 검투 대회지. 거기서 실력을 보이면 백작부인이 관심을 가질 거야. 게다가 그런 실력자가 자기 식객인 걸 알면 더더욱 좋아할 거고."

"주인님, 위험하지 않을까요?"

보비는 걱정스러운 기색이었다.

하지만 나는 그녀를 안심시키고는 검투 대회에 참가하기로 결정했다. 지하 세계에선 위험 없이 수확을 얻을 수 없는 법이니까.

검투 대회 당일.

치즈헌터와 나는 선수 대기석에 와 있다. 보비는 근접 전투 능력이 떨어지고, 우리 둘에게 돈을 걸 사람도 필요해서 밖에 남았다.

우리 주변에는 온갖 무장을 한 검투사들로 가득하다. 이들은 로마의 검투사처럼 노예가 아니라 모두 지저의 자유민들이다.

로마에선 검투가 노예에게나 어울리는 일이었지만 지저는 다르다. 이곳은 삶이 투쟁 그 자체인 세계. 자유민이라도 신청만 하면, 칼 하나에 인생이 왔다갔다하는 싸움판에 끼어들 수 있었다.

여기 모인 이들은 모두 단 하나의 목적을 위해 왔다.

바로 돈이다.

스으윽. 스윽.

출전 때까지 기다려야 했기에 나는 피에 젖은 그로스메서를 꺼내 닦았다. 이 무기는 사용자의 피와 기력을 흡수해 공격력을 강화하는 게 특징이었다.

그리고 또 다른 특징으로 검 자체가 지닌 기술이 있었다. 블러디 웨이브, 전방으로 피의 파도를 쏴서 다수의 적에게 피해를 줄 수 있는 일종의 마법이었다.

이것은 오늘 전투에서 큰 활약을 해줄 터.

치즈헌터와 나는 2 대 2 매치에 신청했다. 한 경기만 뛰면 된다. 거창한 토너먼트 같은 건 특별한 날에 특별한 검투사끼리 모여 열린다.

나 같은 뜨내기는 돌발성을 원하는 귀족들의 내기 시합에 한 번 들어갈 뿐이다.

"강력한 모습을 보여야 하네."

치즈헌터는 기회가 단 한 번뿐이라는 점을 상기시켰다. 이기는 건 당연하고 이겨도 멋지게 이겨야 한다.

"물론이지. 빌빌대면 이겨도 백작부인이 관심을 갖지 않을 거야."

"자네의 변신 능력에 기대가 크네. 웨어 블랙팬서는 희귀하니까. 분명히 백작부인의 시선을 잡아끌 걸세."

그렇게 작전을 짜고 있는데 앞쪽에서 시비조의 목소리가 들려온다.

"이게 누구신가? 어?"

누군가 싶어서 고개를 들어보니, 생각지도 못한 인물을 발견했다.

바로 나와 같이 죠니아 백작부인의 집에 식객으로 있는 자들이었다. 전에 내게 시비를 걸었던 다크엘프 둘이었다. 리저드맨 셋과 같이 있던 걸 똑똑하게 기억한다.

"그때 본 식객이로군."

저절로 인상이 찌푸려진다. 그러거나 말거나 그들은 재밌다는 듯 웃어댄다.

"하하하, 너희가 왜 여길 왔는지 맞춰볼까, 인간과 쥐새끼? 보나 마나 백작부인의 눈에 띄고 싶어서겠지? 보기와 다르게 제법 머리를 굴리는데. 설마 우리 말고도 이런 짓을 하는 놈들이 있을 줄이야."

이놈들도 나와 같은 목적이었구나.

다크엘프 둘은 기고만장해서 지껄여댔다.

"죽고 싶다 그 말인가? 대체 인간이랑 쥐새끼가 뭘 믿고 검투장에 온 건지 모르겠군! 카하하핫!"

"이봐! 다들 보라고! 이 불쌍한 조합을! 궁상맞기 짝이 없구먼!"

둘의 폭언에 주변에서도 웃음이 터져 나온다. 나는 신경 쓰지 않고 피에 젖은 그로스메서를 닦았다. 치즈헌터는 의외라는 듯 말한다.

"자네 성격이면 폭발할 줄 알았는데 침착하군."

"상황이 상황이니까. 이따 이 칼에 놈들의 피를 묻힐 수 있을 테니."

"음?"

의아해하는 치즈헌터를 보고 한쪽을 가리켰다. 거기에는 막 관계자들이 대전표를 붙이는 중이었다. 그리고 그곳에는 선명한 글씨로 내 가명이 써있었다.

오토, 치즈헌터 VS 샬루, 텔루.

"호오…."

치즈헌터는 재밌다는 듯 웃음을 흘렸다.

그들은 이런 우리 반응에 기분이 상했다는 듯 인상을 구겼다. 그러더니 더럽게 침을 퉤 뱉고는 떠난다.

"건방이 동굴 천장을 찌르는군. 좋아, 투기장에서 보자. 검이 아니라 관을 닦아 두는 게 좋을 거야."

그리 도발을 하며 몸을 돌리는 샬루.

나는 작은 돌을 들어 녀석의 뒤통수에 던졌다.

"아!"

신경질을 내며 돌아보는 샬루. 하지만 나는 모른 척하며 휘파람을 불었다. 놈은 어이가 없다는 표정을 짓더니 곧 화를 냈다.

"너 이 새끼가!"

나름대로 통품을 잡았는데 여기서 유치하게 구니 오히려 모양이 빠져버린 거다. 겨우 뒤통수에 돌맹이 좀 맞은 걸로 성을 내다니. 다들 자지러진다.

"아이고! 배야!"

어떤 지하 드워프 하나는 주변이 떠나갈 듯 웃어댄다. 사이가 안 좋은 드워프와 엘프답다. 저 드워프는 샬루와 별다른 은원도 없을 텐데 이 기회에 엘프를 비웃지 않으면 손해라는 듯 대소했다.

나는 부들부들 떨고 있는 샬루에게 한 마디 던져줬다.

"그래, 관 닦고 있어줄게. 네놈의 관 말이야."

치즈헌터는 기어코 받아치는 날 못 말리겠다는 듯 고개를 흔든다. 샬루는 폭발하려다가 곁에서 말리는 텔루 때문에 간신히 참아낸다.

당연한 얘기지만 검투사들이 대기 중에 싸움이 나면 실격 뿐 아니라 추방까지 된다. 이후 검투장에 다시 선수로 뛰는 게 힘들어지기에 좀처럼 대기실에선 싸움이 나지 않는다. 그래서 샬루와 텔루는 우리 쪽을 향해 이를 갈면서 밖으로 나갔다.

"크하하핫! 자네 제법이더군!"

아까 대소하던 드워프 하나가 날 칭찬한다. 건방진 다크엘프에게 한 방 먹여준 게 좋다나.

"내가 아는 인간 중 올가 다음으로 자네가 괜찮아 보이는군! 애초에 이 도시에 인간이 거의 없긴 하지만!"

"올가라고요?"

"그래, 드워프도 감탄할 정도로 토목의 천재지! 인간 꼬맹이 주제에 우리 고개를 숙이게 할 정도라니!"

토목이라면 드워프의 주특기가 아닌가. 그런 드워프도 고개를 숙일 정도라. 인간이 맞나 싶다. 일단은 그 이름을 뇌 한구석에 기억해 두었다.

"그럼 무운을 비네!"

"어르신도 그러시길!"

먼저 나가는 드워프를 향해 무운을 빌어주었다.

와아아아아!

시합장에서 관중의 고성이 끊이질 않는다. 선수들의 비명과 병장기 부딪치는 소리가 대기석에 있는 내 심장을 계속 쥐고 흔들었다. 그러던 중 내 차례가 되었다.

"오토! 치즈헌터! 앞으로 오시오!"

호령이 들려오자 치즈헌터가 위험한 미소를 지으며 일어난다. 그리고 쓰고 있던 투구를 자기 칼로 두들겨댄다.

캉! 캉!

"가세."

"좋지."

밖으로 나가자 열이 오른 관객들의 환호가 우리를 맞이한다.

"죽여!"

"죽이라고!"

우리 앞에는 완전 무장한 다크엘프 전사 샬루와 텔루가 보인다. 다크엘프는 지하 세계에서 가장 호전적이고 재기발랄한 종족 가운데 하나다. 만약 타르나이가 없었다면 지하는 다크엘프가 지배했을 거란 말도 있었다.

우리는 잡아먹을 듯 서로를 바라보았다. 그 사이 사회자가 소리쳤다.

"공교롭고도 흥미로운 싸움이 여러분의 눈앞에 벌어졌습니다. 지금 양쪽 다 우리의 경애하는 귀부인, 죠니아 백작부인의 식객으로 있는 전사들입니다!"

와아아아아아!

환호가 터지며 많은 사람들의 시선이 한 여성에게 몰린다. 고혹적인 아름다움을 자랑하는 타르나이 귀부인이었다. 아마 저 여자가 죠니아 백작부인이겠지.

나는 그녀 앞에 나아가 인사했다.

"백작부인께 승리의 영광을 바치겠습니다!"

내 행동에 다크엘프들은 선수를 빼앗겼다는 듯 아차하는 표정을 짓는다. 죠니아 백작부인은 내 인사에 매혹적인 목소리로 대답한다.

"제 품에 의탁하신 분들끼리 다투는데 이 마음이 편할까요?"

"제가 이번에 부인의 집 안에 들어가 보니, 식객이란 이름으로 양곡을 축내는 쥐새끼들이 많았습니다. 하니, 오늘 부인의 창고도 지키고 부인께 승리도 바치겠습니다."

좌중에서 웃음이 터진다.

다만 치즈헌터만 좀 불쾌해하며 속삭인다.

"종족 차별적 발언이야, 그거."

죠니아 백작부인는 재밌다는 얼굴이었다.

"제겐 많은 식객이 있답니다. 하지만 당신은 쉽게 잊히지 않을 거 같군요. 오토."

나는 게임 속 오토 경처럼 우아하게 그녀에게 인사를 하며 화답했다. 제법 그림이 멋진 거 같은데, 나.

그때 옆에서 부들부들 떨고 있던 다크엘프들이 끼어든다.

"저희야말로 진정한 승리를 부인께 바치겠습니다. 왜냐하면 쥐새끼는 저 녀석이 진짜 쥐새끼기 때문입니다."

그들이 치즈헌터를 손가락으로 가리키자 관중들이 워ー 라며 야유를 보낸다. 너무 직설적인 발언이었기 때문이다. 죠니아 백작부인

역시 인상을 살짝 찌푸린다.

"타이밍도 늦고 센스도 별로군요. 그리고 그 말, 종족차별 발언이 랍니다."

죠니아 백작부인에게 핀잔을 듣자 두 다크엘프는 얼굴이 붉으락 푸르락해졌다. 그렇다고 감히 백작부인에게 대들 수는 없으니 그 분 통을 모조리 내게 쏟아냈다.

"죽이겠다! 반드시 네놈 두개골로 술잔을 만들어주마!"

성격도 더러운데 엽기적이기까지 하네.

"그럼 시합을 시작하겠습니다!"

검투가 개시되자 치열한 공방이 이어졌다.

"죽어라! 오토!"

관중의 환호도 그만큼 커져 간다. 확실히 지금 상황은 관중의 열 정을 이끌어낼 정도로 아슬아슬했다. 반면 슬쩍 본 죠니아 백작부인 은 실망한 기색이 역력하다. 치즈헌터만 그런대로 싸우고 난 다크엘 프의 공세에 계속 도망을 다니고 있었기 때문이었다.

"크하하핫! 이제 보니 쓸만한 건 그 혓바닥밖에 없었던 모양 이군!"

샬루라는 놈이었지. 놈은 다크엘프 특유의 쌍검을 사방에 뿌리며 날 쫓아온다.

위기일발.

당장이라도 내 목이 날아갈 거 같은 상황이 연출되자 관중은 더욱 흥분해댔다.

그래, 지금 이 순간이다.

콰직!

내 몸이 갈라지기 시작하더니 폭발적으로 부풀어 올랐다. 곧 평범한 체구가 2.3미터의 근육덩어리 괴물이 되었다.

"어어?"

설마 내가 웨어 블랙팬서인지 모르던 다크엘프 샬루는 얼빠진 표정이 되었다. 그리고 그가 휘두른 검은 기다란 내 발톱에 막혀서 저지된다.

"이, 이게 무슨!"

샬루는 포식자를 앞에 둔 생쥐 같은 표정이었다.

"크르르릉…."

낮게 울어주자 샬루는 몸이 굳어버렸다.

우두둑! 우둑!

뼈마디에 이빨이 박히는 소리와 함께 나는 그대로 녀석의 머리를 물어 뜯어버렸다.

딱 한 입이었다.

피슈숫!

잘린 대동맥에서 피를 뿜어내며 샬루의 몸이 힘없이 쓰러진다.

와아아아아아아!

관객들이 이 반전에 떠나갈 듯한 환호를 질러댔다.

나는 곧장 앞으로 뛰어갔다. 거의 날았다고 해야 맞는 표현이리라.

치즈헌터와 한창 싸우고 있던 또 다른 다크엘프 텔루는 관중의 환호에 어리둥절해 고개를 돌린다. 그리고 그게 그의 마지막이었다.

퍼억!

내 앞발이 휘둘러지자 텔루의 머리가 하늘로 날아갔다.

피슈슛!

분수처럼 피를 위로 뿜어내는 머리 없는 텔루의 몸.

어찌나 깔끔한 일격이었던지 선 그대로 멈춰있었다.

와아아아아아아!

환호가 검투장을 가득 채웠다.

"오토! 오토! 오토!"

"오토! 오토!"

사방에서 내 이름을 외쳐댔다. 가명으로 댄 것이지만 지하 세계에선 오주윤 대신 오토가 내 본명이나 마찬가지였다.

사방에 축하의 선물이 경기장으로 던져지고 있었다.

아르탈란에서 내 이름을 처음으로 떨친 순간이었다.

나는 잘린 두 머리를 쥐고 죠니아 백작부인이 있는 좌석으로 다가갔다.

"약속한 대로 부인께 이 승리를 바칩니다."

"훌륭하군요. 그대가 내 창고의 쥐새끼 두 마리를 잡아줬어요. 그러니 그 보답으로 귀한 차를 대접하고자 하는데 어떠신가요?"

여부가 있겠습니까.

대박이 터졌다.

"맙소사… 이게 우리 돈이야?"

나는 보비가 들고 온 금화들을 보며 벌어진 입을 다물지 못했다.

"주인님, 정말 대단해요. 훌륭해요. 저는 주인님을 정말 존경해요!"

보비의 감탄을 숨기지 않자 말할 수 없이 행복해졌다. 특히 그녀가 주인님이 싸우는 모습이 멋있었어요, 라고 말하자 내 모든 노고를 이해받은 기분이 됐다.

지금 우리 앞에 놓여 있는 금화는 총 2만 밀이나 됐다. 치즈헌터의 몫을 떼어주고 남은 돈인데도 이렇게 많다. 내 승리 상금과 보비가 내기 판돈으로 받은 걸 합친 금액이었다.

이미 돈은 충분히 마련한 상황이지만 원래 군자금은 아무리 많아도 부족한 법이다.

이런 추가적인 소득이 반갑지 않을 리가 없었다. 게다가 더 좋은 건 이번 일의 결과가 이런 금전으로 끝나지 않았다는 점에 있다.

나는 죠니아 백작부인과의 약속을 잡아냈다.

"주인님, 자료를 보니 죠니아 백작부인은 예절 바르고 잘 차려입은 자를 좋아한다고 해요. 제가 옷을 골라 드릴 테니 입고 가세요."

오늘의 만남을 위해 죠니아 백작부인의 기호나 성격에 대해 사전에 알아둔 뒤다. 잘해낼 자신이 있었다.

만남은 타르나이 귀부인에게 어울리는 찻집에서 있었는데, 그녀는 잘 차려입은 날 보더니 미소를 지었다.

"내 식객 중에서도 예절을 아는 이가 있었군요. 대부분 거친 자들입니다만."

"시절이 혼란스러우니 불량배 같은 이들이 출세할 길을 찾아 기웃거리는 법이죠."

"본인은 아니라는 거군요?"

"저도 별반 다르지 않습니다만 귀부인과 차를 나눌 정도는 됩니다."

오늘을 위해 예절 선생을 고용해 특강을 듣기까지 했다.

"호호호, 볼수록 재밌는 분이군요. 이쪽으로 앉으세요."

죠니아 백작부인은 정말 남자를 홀리는 여자였다.

노출이 심한 드레스 탓에 보이는 아름답게 부푼 가슴이 아니더라도, 행동 하나하나에서 색기가 풀풀 흘렀다.

"자, 오토. 당신은 내 흥미를 끄는 데 성공했답니다. 이 부분은 자랑스러워 해도 좋아요. 자랑은 아니지만, 저와 이렇게 차를 마시며 시간을 보낼 수 있는 이는 많지 않거든요."

"알고 있습니다. 부인께서는 전쟁터의 전령보다 부산하게 움직이신다더군요."

"누군가 재밌는 말을 했군요."

"바쁘신 분이니 단도직입적으로 말하겠습니다. 장교직을 원합니다."

나는 미리 가져간 금화들을 꺼내놓고 청탁을 하려고 왔다고 했다. 지하 세계에서 매관매직은 특별한 일이 아니다. 죠니아 백작부인 역시 꺼리지 않고 가져온 금을 세보기 시작한다.

"그런데 용병을 구할 돈은 있으신가요?"

"물론입니다."

"잘 아시겠지만, 좋은 병사를 구해가야 일선 지휘관에게 신임 받을 수 있답니다. 싸구려 해골 병사 열을 데려간다고 장교가 아니라는 거지요."

"물론입니다. 안 그래도 중갑을 두른 미노타우르스 몇을 살 작정입니다."

죠니아 백작부인은 좋은 생각이라며 동의한다.

중갑을 두른 미노타우르스들은 던전 방어에 중용되는 존재다. 미노타우르스들이 머리가 좀 나쁘긴 해도 우직하고 용기가 있어서 지하 세계의 용병으로서는 어디서나 환영받는다. 그중에서도 중갑을 걸친 부류는 귀족이거나 여러 전쟁터에서 승리한 고참병들이었다. 그 정도 장비를 갖추는데 돈이 많이 들기 때문이다.

어느 경우든 훌륭한 군인이란 사실은 변함이 없기에 미노타우르스 중갑 보병은 일반 미노타우르스에 비해 두 배의 금액을 주고 고용해야 한다. 비싸기 때문에 많이 데려가긴 힘들지만 두셋으로도 잇선에 예쁨 받기에는 충분했다.

"작위도 사는 게 좋겠네요. 훈작사 정도면 초급 장교가 되기엔 무리가 없으니 말이에요."

훈작사는 그냥 동네 명사나 명예직이란 느낌이다.

반면 그녀 같은 백작은 진짜 귀족. 영지를 다스리는 영주다. 당연히 돈으로 살 수도 없고 황녀만이 작위를 내릴 수 있다.

"조언 감사합니다. 이 기회에 훈작사 노릇하는 것도 나쁘지 않겠군요."

생각보다 쉽게 일이 마무리될 거 같다. 나는 가벼운 기분으로 슬슬 작별 인사를 하고 돌아가려고 했다. 그런데 이게 웬일.

갑자기 죠니아 백작부인이 은근한 미소를 지으며 내 곁으로 다가오는 게 아닌가. 그녀가 곧 내 몸을 쓰다듬기 시작하자 심장이 철렁 내려앉는다.

갑자기 덮쳐온 성숙한 여성의 매력에 두근거리는 가슴을 주체할 수 없을 지경이었다.

하지만 무언가 인위적인 느낌이었다. 그럼에도 거부할 수 없이 강렬했다. 죠니아 백작부인은 내 귓가에 미약의 숨결을 불어넣는 듯 속삭인다.

"그날 너무 멋있었어요. 이 터질 듯한 근육, 내게 제대로 보여주지 않을래요?"

죠니아 백작부인의 손놀림이 어찌나 대단한지 어느새 내 상의는 반쯤 벗겨진 상태다. 대체 이 여자 뭐야.

나는 곧 약에 취한 듯한 기분에 빠졌다. 머릿속에 울리는 그녀의 미성이 자제심을 갉아내고 있었다. 두근거리며 뛰는 심장은 내 통제를 벗어난 듯하다.

"이러지 마시지요."

"만약 원한다면 제 몸도 보여줄 수 있을 텐데요?"

죠니아 백작부인은 자신의 옷을 요염하게 끌어내린다. 그러자 그녀의 새하얗고 풍만한 가슴이 출렁이며 드러난다.

이게 대체….

아찔하고 머리가 빙빙 돌아 저 가슴에 얼굴을 파묻고만 싶었다. 이대로 욕망에 몸을 맡기면 모든 게 편해질 거 같았다.

하지만 그때, 사전에 조사했던 게 떠올랐다.

보비가 몇 번이고 내게 읽어줬던 내용이다.

─주인님, 백작부인은 유혹에 쉽게 넘어가는 사내를 환멸한다고 해요. 특히 여자 때문에 일을 그르치는 자는 믿지 않는다고 하더군요. 이건 백작부인의 과거사와 관련이 있다는 소문이에요.

언제나 날 믿고 있는 보비의 목소리와 떠오르자 간신히 정신을 차릴 수 있었다. 일부러 담담한 표정을 지으며 그녀를 밀어내자, 안개처럼 주변을 숨 막히게 채웠던 색기도 사라져간다.

역시 마법적인 유혹이었나!

"거절하겠습니다. 저는 제가 어떤 목적으로 왔는지 잊지 않고 있습니다."

그러자 죠니아 백작부인은 내 태도에 얼굴을 일그러뜨리며 화를 낸다.

"감히! 네깟 놈이 타르나이인 내 제안을 거절하겠다는 것이냐!"

갑자기 위압적인 어조로 분기를 터뜨리는 죠니아 백작부인의 모습에 간담이 서늘해졌다.

그래, 이게 마법의 종사 타르나이인가.

이미 루제플을 겪어봤지만 이건 그때보다 훨씬 심각했다. 테이블의 찻잔과 그릇이 죠니아 백작부인이 방출하는 마력에 모조리 터지듯 깨져나간다.

쾅!

튀긴 찻잔의 파편이 내 뺨을 스치고 지나가 혈선을 긋는다.

"아직도 거절하겠느냐!"

악마처럼 일그러진 얼굴은 과연 지저의 패자를 자처하는 종족다웠다. 게다가 이 여자는 그 타르나이 중 고귀한 백작이 아닌가. 지금 내 수준에선 얼마나 강한지 가늠하기조차 어려웠다.

내 결정에 후회가 밀려들었다.

그녀의 유혹을 받아들였어야 했다. 단지 하룻밤을 뜨겁게 보내면 모든 게 잘 됐을지도 모른다. 그래, 이곳은 지하 세계라고. 10년이나 살았으면서 아직도 모르겠나?

"마지막으로 묻겠다!"

벌써 세 번째 물음.

이제 내 목숨은 풍전등화다.

"아, 알······."

내 입에선 거의 알겠다는 말이 나올 듯했다. 그런 기색을 느꼈는지 죠니아 백작부인은 폭압적인 마력을 거두고는 다시 색정적이고 아름다운 귀부인으로 돌아갔다. 그리고는 살살 날 달래기 시작한다.

"자존심 상하지 않아도 돼요. 그냥 당신이 마음에 든 거니까, 처음 계획 따위는 일단 재껴두자고요. 알겠죠?"

다시 유혹 모드로 돌아와 내가 도망갈 길을 만들어주는 죠니아 백작부인. 아주 요염한 타협안이 아닌가. 이건 거절하기 어려운 제안이었다. 목숨도 구하고 이 색기 가득한 미녀를 하룻밤 동안 안을 수 있다. 누가 이걸 마다할까?

"그······."

거의 그 타협안에 사인할 뻔했다. 그런데 이 순간 어째서인지 보비의 얼굴이 떠올랐다. 나를 향한 순수한 눈빛. 절대적인 믿음.

－저는 주인님을 정말 존경해요!

활짝 웃으며 보비는 내가 제일 멋있다고 해줬다. 갑자기 자기혐오가 밀려든다. 보비가 존경하는 주인님은 유혹과 협박에 굴복해 오늘 밤 이 타르나이 귀부인의 치마 품에서 지내게 생겼으니까.

나는 정말이지, 그걸 원치 않았다.

"죄송합니다."

이번에도 거절했다. 보비를 떠올려본다. 그녀가 존경하는 주인님으로 계속 있고 싶은 기분이었다. 나는 언제나 그녀에게 멋져 보였으면 싶다.

"호오?"

마음 속으로 각오를 다지고 있는데 죠니아 백작부인은 재밌다는 표정이었다. 그리고 어째서인지 화를 내지 않고는 가볍게 웃어 보인다.

"호호호, 괜찮은 사내군요."

지금의 미소를 보자 나는 죠니아 백작부인이 지금까지 짓던 미소가 모두 가식임을 깨달았다. 그녀는 처음으로 진짜 미소를 보여주고 있었다.

아…… 이게 다 시험이었구나.

안도의 한숨을 내쉬는 한 편 조금 억울한 표정을 짓자 죠니아 백작부인이 미안하다고 나를 달랜다.

"지저의 주민은 유혹과 협박에 쉽게 굴복하죠. 이곳은 욕망의 땅이며 동시에 힘의 논리가 사회를 관통하는 곳이에요. 그래서 그걸 극복할 인재인지 알아보고 싶었답니다. 오토, 당신이 날 어떻게 생각하고 장교 청탁을 부탁했는지 모르겠지만 저는 소문과 달리 아무나 추천하지 않습니다."

그녀는 유행이나 쫓아다니는 화려한 겉과는 달리 심계가 깊어 보였다. 보이는 게 전부가 아니란 건 지저에서 가장 유명한 금언 중 하나다. 이 여자는 분명히 그 말에 해당되는 존재겠지.

"…저는 합격인 겁니까?"

"네, 축하합니다. 제 미모에도 흔들리지 않다니 대단한데요? 동시에 어쩐지 좀 자존심 상하기도 하고."

죠니아 백작부인이 얼마나 매혹적이었는지 직접 경험한 입장에서, 스스로도 대단하다 싶었다.

"부인께서는 아름답습니다. 허풍처럼 느껴지시겠지만 거의 심장이 터질 뻔했거든요."

"호호호, 나쁘지 않은 아부군요. 그런데 어찌 버티셨나요?"

"…신경 쓰이는 여자가 있거든요."

"로맨틱하네요. 저는 당신 같은 순수한 젊은이를 좋아해요. 농담이 아니라 우리 정말 불장난 해볼래요?"

"말씀은 감사합니다만, 거절하죠."

"나중에 제게 '개인적인' 관심이 생기면 말씀하세요. 오토 씨를 위한 시간은 비워둘 테니."

"그렇게 여지를 남기지 말아주세요. 오늘 밤에 잠을 못 이룰 테니까."

"호호호호."

죠니아 백작부인의 태도를 보니 내가 마음에 든 것 같았다. 어느

새 내 이름을 불러주고 있었다.

"유혹에 넘어가지 않고, 거기에 타르나이의 힘을 드러내도 굴복하지 않는 담력까지. 던전의 장교가 되기 충분해요. 좋아요, 당신의 청탁을 받아들이겠어요."

그러면서 특이하게도 그녀는 내가 건넸던 금화들을 돌려줬다. 허? 4만 밀이나 되는 거금인데?

"돈을 돌려 드릴게요. 이 정도 푼돈을 받을 정도로 저는 가난하지 않답니다. 훌륭한 인재가 장교가 됐으면 할 뿐이에요."

그걸로 모자라 죠니아 백작부인은 자기 돈까지 내게 주었다.

"보통 이렇게 하진 않지만 이건 당신이 제 호의를 얻었으니 주는 선물이에요. 미노타우르스라도 넉넉하게 고용하시길."

생긋 웃으며 내민 금액은 3만 밀이나 됐다.

이 정도면 서민이 살 수 있는 괜찮은 집값 정도 된다. 죠니아 백작부인의 금일봉은 통이 커도 굉장히 컸다.

"이렇게나 많이 받을 수는…."

과도한 것 같아 돌려주려고 하자 죠니아 백작부인이 부채를 내밀어 막는다.

"다 투자예요. 당신은 어쩐지 성공할 거 같거든요. 나중에 군부에 끈 하나 만들어 두면 저도 나쁠 건 없잖아요. 물론 이 푼돈으로 부려먹겠다는 건 아니니 안심하시길. 이건 그저 인사 같은 거니까. 그리고 당신의 풋풋한 사랑에 대한 누나의 격려 같은 거라고요?"

죠니아 백작부인은 웃으면서 자리에서 일어났다.

그러더니 내게 와서는 살짝 입 맞춘다.

쪽.

그녀의 뽀뽀는 아까와 같은 색기는 없이 그저 상냥한 느낌이었다. 뺨에 다정한 따뜻함이 남았다.

"무운을 빌어요. 오토."

그리고 그녀는 곧장 방을 나갔다.

"하아……."

황망함이 남아 한숨을 내쉬었다. 대체 무슨 일이 있었던 건지 모를 지경이다. 잘해낸 건가. 아니, 잘해낸 거겠지. 그렇게 고개를 흔들고 있는데 놀라운 일이 아직 남아 있었다.

방의 커튼 뒤에서 넷이나 되는 그림자들이 나타난 것이다. 서늘하고 형체 없는 귀신같은 존재들. 순간 전신에 소름이 돋았다.

"으으…."

지금까지 이들이 있는 줄도 몰랐다. 정말 내 목숨 날아가는 건 일도 아니었던 거다. 그들은 무심히 날 스쳐지나 죠니아 백작부인을 따라갔는데, 리더로 보이는 이가 잠깐 멈춰서 한 마디 던진다.

"백작부인께서 저런 모습을 보인 적은 없는데 귀공이 상당히 마음에 드신 모양입니다. 부디 기대에 부응해 주시길."

쇠를 긁는 것 같은 망자의 목소리였다.

"그럼 이만. 무운을 빌겠습니다."

모두 그렇게 떠나자 나는 절레절레 고개를 저었다. 아직도 이 지하 세계는 내가 모르는 게 너무 많았다.

죠니아 백작부인이 군부에 날 천거했다. 이제 용병을 고용해서 군역을 수행할 능력이 있음을 확인받으면 된다.

드디어 참전인가.

"보비, 용병을 고용하러 가자."

"네, 주인님."

보비는 내가 장교로 임관할 때 부사관 지위를 받도록 처리했다. 부관 정도로 쓸 예정이다.

우리는 용병 사업자와 용병들이 많이 있는 아르탈란의 제4공동으로 향했다.

우선은 터널 파이크라는 장창을 잘 다루는 리자드맨 창병을 넷 고용하기로 했다.

터널 파이크는 지하에서만 볼 수 있는 특이한 창이다.

던전 안에서 유용하게 쓸 수 있게 창이 접이식 또는 나사식으로 되어 있다.

덕분에 필요할 때는 창을 분해해서 간편하게 들고 다닐 수 있다. 좁은 곳에서는 창대를 줄여 단창으로 활용하기도 한다. 복도같이 긴 리치를 살릴 곳에서는 창을 재조립하면 된다.

이 방식은 리저드맨이 처음 고안했는데 곧 지저에서 선풍적인 인기를 끌었다. 아류의 병종이 많이 탄생했지만 그래도 리저드맨이 고안한 파이크가 가장 널리 쓰였다.

파이크를 능숙하게 잘 다루는 리저드맨 창병은 세간에서는 가장 훌륭한 병사로 평가된다.

이들은 기본적으로 질기고 유연한 겉껍질을 갖고 있다. 거기에 추가로 갑옷까지 걸치고 있으니 방어력이 막강할 수밖에 없다.

또한 억세고 용맹하며 무기를 잃었을 시에는 발톱과 이빨로 싸울 수 있다. 다재다능한 병사였다. 약점이라면 장기전에 약하고 체력이 빨리 떨어진다는 점이지만, 그들의 장점이 그걸 다 가리고도 남았다.

"은전이 빛나는 한 고용주께 충의를 다하겠습니다. 씨잇— 췩!"

리저드맨 넷이 와서 인사를 했다.

반년 간 네 명을 고용하는 비용은 4,000밀이다. 역시 이름 높은 병종이라 그런지 출혈이 컸다. 물론 일부 선금을 주고 후에 나머지를 주게 된다.

그다음으로 고용한 자는 터널 스피더라 불리는 웨어 랫맨 두 명이다. 지하에서 탁월한 민첩성과 방향 탐지 능력을 갖고 있어 전령이나 수색대, 경보병으로 사용되는 귀중한 재원들이다. 이들은 어떻게 보면 닌자와도 비슷한 친구들인데 용병이 되기까지 고생스러운 훈련을 한다고 한다.

같은 웨어 비스트라 반갑긴 했는데, 고용비를 보니 그런 생각이 사라졌다. 둘을 고용하고 반년에 3,000밀을 주기로 했다. 지출이 상당하긴 했어도 어차피 알선비용도 굳었겠다, 그냥 질러버렸다.

룸이란 편제에선 강하고 능력 있는 병사가 많아야 룸장인 내가 살아남는다. 싸다고 대강 하위 병종으로 10명을 채워봐라. 순식간에 돌파당하고 룸원과 함께 적에게 찢겨질 것이다. 적어도 지휘관이 원하는 시점까지 지역 방어를 수행하기 위해서는 충분히 공을 들일 필요가 있다.

이제 남은 인원은 넷.

물론 그건 기본 편제고 더 고용해도 되기에 그럴 작정이었다.

다크엘프 십자궁병 셋과 회색 드워프 사제 하나를 추가로 고용했다. 이들 역시 고급 병종. 각각 반년에 6,000밀, 3,000밀이 지출되었다.

드워프 자식, 혼자 3,000밀이나 받아먹다니…. 만약에 신성 마법이 불발되기라도 한다면 그대로 던전에 매달아 버릴 테다.

그러나 앞으로 고용할 친구들에 비하면 이들은 약과다.

철갑을 두른 미노타우르스 중갑 보병을 셋 구하는데 반년에 10,500밀이 날아갔다.

맙소사.

비싸긴 하다….

이렇게 완편된 룸을 갖추기 위해 쓴 돈은 총 26,500밀.

그래도 조니아 백작부인이 준 금일봉으로 다 해결할 수 있어서 마음이 편했다. 정말 통이 큰 여자였다.

덕분에 오늘 고용한 병력을 정리해 보면 다음과 같았다.

미노타우르스 노블본 헤비디펜더 3명 10,500밀.

드워븐 그레이 해머러 1명 3,000밀.

다크엘프 크로스보우 레인져 3명 6,000밀.

웨어 랫맨 러널스피더 2명 3,000밀.

리자드맨 러널파이커 4명 4,000밀.

역시 전쟁은 돈이 많이 드는구나…,

수많은 왕조가 전비로 파산한 이유에 대해 절감하게 되었다. 아직 좀 여유가 있지만 계속 이대로 가면 길거리에 나앉게 생겼다. 전공을 세우고 적의 물건을 약탈해가며 이 룸이란 편제를 계속 유지해야 한다.

내게 주어진 시간은 반년이다.

물론 적잖은 돈이 남긴 했지만 앞으로 무슨 용도로 나갈지 모르는 일이다. 그러므로 예비비는 언제나 유지해야 한다.

그나마 다행스러운 점은 이들이 먹을 식비는 이쪽에서 지출하지 않는다는 점. 고용비의 3분의 1정도는 밥값으로 나가게 된다. 아무래도 이 세계의 엥겔 지수는 참 높단 말이지. 사실 지구에서도 전근대에는 다 그랬다고 한다.

나는 이렇게 마음껏 계약을 체결한 뒤 돌아갈 채비를 했다. 고용한 13인의 인원에게는 정해진 날짜와 시간을 알려주었다. 미리 선금 일부를 줬지만 이들이 약속을 어기고 도망가는 일은 거의 없다.

용병들은 용병 사업자가 명부에 적어 관리한다. 도망갔다가는 이 바닥에서는 일하기 어려워진다. 아주 멀리 가면 또 모르겠으나 내전이 벌어지는 지금, 이 제국이 최고의 직장이란 점은 누구도 부정할 수 없을 것이다.

적군은 많았다. 용병에게는 철밥통과 같은 꿈의 무대라고 할 수 있었다.

"그럼 갈까?"

"네."

어쩐지 보비의 대답이 느리기에 그녀를 쳐다보았다. 그녀는 뭔가를 보며 의아한 표정을 짓고 있었다.

"왜 그래?"

"저 드워프 말이에요."

그녀가 가리킨 곳을 보니 어떤 늙은 드워프가 주변을 열심히 돌아다니고 있었다. 그는 연방 기침을 하면서도 큰 소리로 외치며 자신을 고용해줄 자를 찾아다녔다. 그런데 영 인기가 없는 듯 아무도 그를 신경 쓰지 않았다.

"공병이군."

늙은 드워프의 장비를 보고 병종을 짐작했다. 던전을 공격하고 방어하기 위해서 공병의 힘은 절대적이다. 이는 상당히 중요한 보직이라 할 수 있다. 던전을 기반으로 전투를 하는데 던전의 기본 구조를 만들거나 수리해낼 수 있는 공병이 없다면 애초에 싸움을 할 수가 없다.

다만 공병은 던전 로드라고 불리는 던전의 책임자가 고용해 관리하는 게 보통이었다. 룸을 담당하는 초급 장교는 그냥 전투만 하면된다. 보통 공병을 부려서 전체적인 작전을 총괄하는 것은 던전의 지휘관인 던전 로드다.

그런데 저 드워프는 너무 늙었다.

노익장으로 유명한 종족이라지만 저 정도면 관에 들어가기 직전이다. 게다가 병까지 있는지 계속 기침을 하고 있었고. 저러니 누가 고용하겠는가.

최근 특수를 노리는 드워프 부족 하나가 통째로 아르탈란에 밀려와 공병의 수요는 당분간 남아도는 편이었다. 그래서 늦게 온 드워프들은 동족이 전장에서 소모되기를 은근히 바라면서 술이나 퍼마시고 있었다.

잔인한 얘기지만 남이 죽어야 내게 기회가 오는 법이다. 그런데 저 늙은 드워프는 왜 저렇게 간절한 표정으로 고용주를 찾고 있을까?

호기심이 생겼다.

다가가 말을 걸까?

실속 없는 일에 시간을 낭비하기 싫다는 생각도 들었지만 그래도 시선이 자꾸 그 드워프에게 갔다.

참 알 수가 없어.

결국 몸을 돌려 늙은 드워프에게 다가갔다. 봐서 정 불쌍하면 돈이나 좀 쥐어줘야지. 그는 힘이 드는 듯 오래된 계단에 앉아 한숨을 내쉬고 있었다.

"안녕하십니까, 어르신."

다가가자 드워프는 좀 놀란 표정을 지었다. 나는 미소를 지으며 별일 아니란 몸짓을 했다. 그리고는 보비에게 맥주 두 잔을 사오게 시켰다.

"아나프Hanap 잔 가득히 두 개야."

"네, 주인님."

자고로 드워프와 얘기를 할 때는 맥주가 기본이다.

"자네는 누군가?"

아무래도 경계심이 드는 듯 그는 약간 거리를 두려 했다. 그래서 핑계를 대지 않고 솔직하게 말했다.

"그냥 어르신께서 눈에 띄어서 그랬습니다. 몸도 안 좋아 보이시는데 뭔가 다급하신 것 같기도 하고 말입니다. 돌아가신 할아버지가 생각나서 그냥 지나칠 수 없었습니다. 오지랖이라면 오지랖입니다만, 연소한 제가 맥주나 한 잔 대접할 수 있게 해 주시지요."

"…그랬는가."

드워프는 길게 한숨을 내쉰 뒤 고개를 주억거렸다.

그는 연초를 꺼내 물고는 어딘가 먼 곳을 보는 표정을 지었다.

"내 못난 행동을 해 자네에게 신경을 쓰게 했구먼. 면목 없으이."

"아닙니다. 무슨 일인지 모르겠으나 맥주 한 잔에 날려버리시죠."

"그럴 수 있다면 좋겠는데 말일세."

곧 보비가 돌아왔는데 센스 있게 소시지 구이도 잔뜩 사 가지고 왔다. 당연히 늙은 드워프는 반색을 했다. 안 그래도 아까부터 그의 배가 울리고 있었다.

"드십시오. 어르신을 대접할 수 있어 기쁩니다."

"미안하네."

그러면서도 곧 늙은 드워프는 몇 개 없는 이에도 불구하고 소시지를 빠르게 먹어치웠다. 하얀 수염이 기름으로 번들번들해졌다.

주변은 아직 소란스러웠으나 우리가 앉아 있는 오래된 계단은 고요하게 느껴졌다. 이 계단은 이제 아무도 오르내리지 않는 곳이다.

늙은 드워프를 아무도 찾지 않는 것처럼 말이다.

"자네는 무엇을 하는 사람인가? 귀한 옷을 입었구먼."

나는 원래 본디지한 가죽 벨트만 하고 있었다. 그러나 아르탈란에서 변신할 일도 없고, 고용주로서의 품위도 고려해 지금은 고급스러운 옷을 착용했다.

검은 벨벳 더블릿에 훌륭한 은제 벨트와 박차가 달린 롱부츠가 현재 내 복장이다. 거기에 깃털 달린 모자까지 써서 귀족처럼도 보이겠지.

"별로 특별한 사람은 아닙니다."

내가 말을 돌리자 그는 더 묻지 않았다.

꿀꺽꿀꺽.

아나프 잔에 든 맥주를 드워프는 단숨에 들이켰다.

이쪽은 맥주가 많아 남아돌고 있었다. 나는 잔을 보비에게 건넸고 그녀는 빙긋 웃으며 반쯤 남은 그걸 받아들었다. 그리고는 입을 귀엽게 내밀고는 홀짝거렸다.

"흐흐흐. 저 다크엘프 처자는 아기처럼 맥주를 마시는군."

"흥! 상관하지 마세요."

보비가 뿌루퉁하게 말하고 돌아서자 늙은 드워프는 손자의 재롱을 보는 것처럼 껄껄 웃어댔다.

엘프와 드워프의 사이가 좋지 않다지만 이렇게 나이 차가 심하면 그런 것도 별로 두드러지지 않는다. 늙은 드워프는 보비를 인자하게 볼 따름이었다. 그러다 다시 나와 눈이 마주쳤을 때 그는 놀란 표정을 지었다.

"혹시 자네 인간이 아닌가?"

"맞습니다. 용케 알아보시는군요."

"흐흐흐. 귀가 뾰족해서 하마터면 몰라볼 뻔 했으이."

나는 귀를 만지작거리면서 대답했다.

"제가 웨어 비스트라서 그렇습니다."

"그렇구먼, 하긴 이 지하에 평범한 인간이 있는 경우는 드물지…."

늙은 드워프의 말꼬리에는 뭔가 여운이 담겨 있었다.

"어르신의 함자가 어떻게 되십니까?"

"이 늙은이 이름은 알아서 뭐하게?"

"이것도 인연이 아니겠습니까. 저는 오토라고 합니다."

"오토로군. 좋은 이름이네. 내가 아는 드워프 중에도 그런 이름을 가진 자가 있지. 건장하고 훌륭한 사내였네."

늙은 드워프는 혼자 고개를 끄덕였다.

"내 이름은 하르마달 콜휴어이네. 보통은 늙은 콜휴어라 불리지. 그런데 이 용병들이 몰려다니는 곳에는 무슨 일로 왔나?"

콜휴어Coalhewer라….

한국어로 선산부란 뜻이다.

아마 조상이나 집안이 석탄을 캐는 일에 종사했던 모양이다. 그렇다면 심하게 기침을 하는 것도 이해가 된다. 분진 속에서 평생 일했을 테니 늙어서 심폐기관이 안 좋을 수밖에.

"저는 장교입니다. 용병을 고용하기 위해서 왔죠."

"정말인가!"

갑자기 콜휴어 영감이 벌떡 일어나 손을 잡아왔다. 기운을 잃고 늙어가던 그는, 순간 두 눈을 빛내며 강렬한 기운을 뿜어낸다.

"네, 오늘 여러 용병을 고용했습니다."

"그렇구먼! 혹시 가능하면 나도 껴줄 수 있겠나! 아니, 꼭 좀 고용해 주게!"

열의는 감사하지만 내 입장에서는 영 미심쩍었다. 이 콜휴어 영감이 지불한 금전만큼 일을 할지 말이다.

그런 기색을 읽었는지 콜휴어 영감이 자신을 세일즈 하기 위해 온갖 말을 늘어놓기 시작했다. 하지만 너무 빨리 말했나 보다. 심하게 기침을 하더니 결국 자리에 주저앉고 말았다.

"콜록! 콜록!"

이 정도라면 근처의 장의사가 인사를 핑계로 한 번씩 들리겠는걸. 오늘은 죽으려나, 죽으면 좋을 텐데, 하며 담 너머에서 목을 길게 빼고 말이다.

보비에게 맥주를 한 잔 더 담아오게 시키고는 콜휴어 영감이 진정되길 기다렸다.

"크흡."

이윽고 다시 맥주를 쭉— 들이키고 나서야 콜휴어 영감은 정신을 차렸다. 그제야 자신은 건강하고 얼마든지 전쟁을 수행할 수 있다고 말했던 것이 민망한 모습이었다.

"후우우……."

그의 한숨이 길다.

뭔가 사정이 있는 것 같았다. 그러니 저런 노구를 이끌고 참전하려 하지.

"얘기 좀 해 보시죠. 어르신. 어째서 그렇게 발품을 파십니까? 솔직히 연로하셔서 던전에 들어가긴 위태로워 보입니다만."

"됐네, 일없네. 고용해줄 생각이 없으면 이만 가보게나. 오늘 맥주와 소시지는 내 언젠가 꼭 갚도록 하지."

그 언젠가 보다 영감님이 돌아가실 날이 더 빠를 것 같은데요.

그래도 사정을 들어보기로 했다.

어쩐지 마음이 걸려서 그런다.

솔직히 내가 생각해도 내 성격은 종잡을 수 없었다. 잔인할 때도 있지만 이렇게 동정심이 피어오를 때도 있다. 뭔가 아직 정립되지 않은 혼돈과 같은 느낌이라고 할까?

지구에서 인간이던 성정과 지하 세계에서의 성정이 어지럽게 뒤엉켜 제멋대로 튀쳐나오고 있었다. 아직 나는 이 세계의 존재로서 제대로 된 성격을 형성하지 못한 것이 아닐까도 싶다.

나는 이 지하에서 미숙하고 어린 존재였다. 그렇기에 남들처럼 이 드워프를 무시하지 않고 손을 내밀 수 있었다.

"그러지 말고 말씀해 보시지요."

계속된 설득에 완고하던 드워프가 입을 열었다.

반드시 지켜야 할 비밀이라면 고문을 해도 입을 꼭 다무는 게 드워프다. 그런데 결국 말을 꺼내는 걸 보니 어지간히 답답했었나 보다.

"내게 손자가 하나 있네."

"귀여우시겠군요."

"물론이야. 내가 이 병든 몸을 이끌고 일자리를 구하러 나온 이유지. 이 노부의 전부와도 같은 아일세."

그런데 특이하게도 콜휴어 영감의 손자는 드워프가 아니라 인간이었다. 드워프가 인간을 양손자로 들이는 예나, 이 지하세계에 순수한 인간이나, 양자 모두 드물었다. 그러니 콜휴어 영감과 인간 손자는 아주 특별한 경우였다.

"그 아이가 어릴 때부터 돌을 다루고 석조 건물을 짓는 법, 터널을 파고 비밀문을 만드는 것 따위를 가르쳤다네. 내 입으로 말하긴 민망하나 그 재능이 굉장했어."

탄광에서 일한 콜휴어 영감은 어떻게든 손자에게만은 기술을 가르쳤다고 한다. 아들을 막장에서 잃어버리고 손자까지 광부로 만들수는 없었다는 것이다.

어려운 형편에도 어떻게든 석재 다루는 기술을 배우게 했다니 참헌신적이었다.

"그래도 드워프만 하겠습니까?"

"아니. 드워프도 놀랄 재능이었네."

역시 무리를 해서 가르친 것에는 이유가 있었군.

완고하고 거짓을 말하는 법이 드문 드워프가 이렇게 칭찬을 하다니. 그 정도면 보통 재능이 아닐 것이다. 소위 말하는 천재 중의 천재일 확률이 높다. 여러모로 특이한 인간이란 생각이 들었다.

손자의 이름은 올가.

남자아이라면서 여성스러운 이름이다. 올가는 보통 드워프 여자에게 많이 붙는 이름이다. 아마 입양되면서 새로 받은 이름인 것 같은데, 어째서 여자아이의 이름이 붙었는지 의문이다.

그건 그렇고 올가라.

어디서 들어본 것 같은 이름인데?

"그런데 이번에 올가가 심한 동굴 독감에 걸렸어. 이대로 두면 며칠 안에 숨이 넘어갈 것 같으이. 그래서 나라도 용병으로 뛰어 돈을 마련하려고 한 걸세."

동굴 독감은 이 지하에만 있는 감기다. 전염성이 없는 게 특이하고 발병 원인도 알려지지 않았다.

치사율은 반 반.

이겨내면 평생 다시는 안 걸리지만 반절의 확률로 죽어 굉장히 무서운 병으로 통한다.

타르나이가 개발한 치료제가 십 년 전부터 생산되어 요즘은 목숨을 구명하는 경우가 많아졌다. 그런데 문제는 그 약이 무척 비싸다는 것. 내 기억으로는 1,000밀정도 했던 것 같다. 궁한 형편에는 너무나 큰 금액이다.

이러니 콜휴어 영감이 용병 일에 나선 모양이다. 하지만 영 가망이 없어 보인다. 콜휴어 영감이 직접 나온 걸 보면 손자가 병세를 이겨낼 수 없는 듯싶은 데 말이다.

1,000밀이라….

나라면 충분히 도와줄 수 있는 금전이다. 하지만 아무런 이유도 없이 나설 수는 없다. 명분이 필요했다.

"사정이 이러니 부디 고용해 주게나."

그래도 드워프의 자존심이 있어서 공짜로 돈을 달라거나, 무작정 빌려달라고는 하지 않는다.

"흐음…."

그런데 아무리 생각해 봐도 내가 콜휴어 영감의 손자를 구제할 명분이 없었다.

그런 고민을 그는 곧 알아챘을 것이다. 콜휴어 영감 역시 아무 대가 없이 선의만으로 1,000밀이 오고 갈 수 없다는 점을 잘 알고 있다. 이러지도 저러지도 못하는 상황에서 나는 한 가지 수단을 생각해 냈다.

"영감님, 손자를 제게 주시죠."

"뭐?"

"제 휘하에서 공병으로 종군하게 하겠습니다. 그 대가로 치료비를 지급하죠."

콜휴어 영감의 두 눈이 동그래진다. 그리고는 곧 반색하며 내 팔을 덥석 붙잡는다.

"좋네! 좋으이!"

손도 못 쓰고 죽어가는 손자다. 위험한 전장이라고 해도 약을 얻을 수만 있다면 그가 꺼릴 리가 없다. 나 역시 1,000밀이란 거금을 감당해야 할 이유를 찾아냈다. 토목에 천재적인 역량을 갖고 있다니 고용하면 분명히 쓸모 있겠지.

"자, 안내하시지요. 영감님."

약부터 사서 콜휴어 영감의 집으로 향했다.

도착한 곳은 아르탈란의 빈민가였다. 미로처럼 조성된 판잣집이 어쩐지 낯설지만은 않다. 좀비일 때 지내던 말르씨 셀의 뒷골목과 닮아 있었다.

"다녀왔소이다."

콜휴어 영감이 허름한 집의 문을 열고 들어갔다. 따라 들어가니 오래되고 케케묵은 냄새가 잔뜩 났다.

안에 놓인 하나뿐인 침상에는 양손자가 누워서 고통스러운 듯 숨을 몰아쉬고 있었고, 늙은 여자 드워프가 곁에서 간병을 하는 중이었다.

아마 콜휴어 영감의 마누라인 모양이다.

"어서 오세요, 그런데 이분들은?"

"사정은 바로 설명하리다. 일단 우선 이것부터."

콜휴어 영감은 일단 약부터 꺼내들었다.

"아니, 어디서 이걸!"

"자자, 서두르자고."

콜휴어 영감은 부인의 도움을 받아 서둘러 물약을 양손자 올가의 입에 흘려 넣었다. 타르나이가 만들어낸 의약품이라 그런지 효과는 순식간에 나타났다. 이 물약은 마법이 담긴 물약이라 일반적인 약과 차원이 다르다. 조금 전까지 고통스러워하던 올가가 이내 안정된 숨소리를 내며 편안한 표정이 되었다. 늙은 여자 드워프가 급기야 눈물을 보였고, 콜휴어 영감 역시 내 손을 잡고 연방 감사를 표했다.

"고맙네, 고마워. 고마우이!"

나는 그에게 미소를 지어 보이고는 누워 있는 올가를 살펴보았다.

16세인 소년은 병색이 아직 남아 있긴 하나 평소라면 건강한 인상인 듯했다. 겉모습만 보면 여자아이같이 예쁘다.

아니, 이 녀석… 진짜 여자 아닌가?

미소년이 아니라 미소녀인 듯한데.

뭐지, 남자애가 이렇게 예뻐도 되는 건가. 어쩐지 좀 두근거리는데? 왜 여자 이름을 붙였는지 이제야 알 것 같다. 분명히 여자아이라고 착각했던 거겠지.

이렇게 귀여운 여자애… 아니, 남자애가 있다니.

쿵. 쿵. 쿵.

방금 울린 거, 내 심장 소리는 아니겠지?

그런데 그때 옆쪽에서 얼굴을 찌르는 듯 강한 기운이 느껴졌다. 안 봐도 누군지 알 수 있었다.

보비구나.

"ㄱㅇㅇㅇㅇ—."

낮게 우는 강아지 같은 보비의 원성에 나는 고개를 흔들고는 본래 목적을 상기해 냈다. 사실 이 소년을 살린 데에는 동정심이 가장 크게 작용했지만 다른 한편으론 소년에게 기대하는 게 있어서이기도 했다.

바로 드워프도 놀랐다는 그 건축과 석조 기술 말이다. 그건 던전에서 무척이나 유용할 터. 조만간 동부 전선의 던전으로 갈 때 올가를 데려갈 작정이었다.

숙련된 공병 기술자 하나가 전투의 승부를 가르는 게 던전에서의 싸움이다. 올가를 공병으로 분류해 던전 로드에게 보내지 않고 전투병으로 위장해 옆에 두면 괜찮겠다 싶었다.

2-3. 룸9의 베닙

    이후 과정은 간단했다.

    나는 이제 훈작사 작위를 받았고 베닙(소위급)이라고 불리는 초급 장교가 됐다. 직접 고용한 병사들의 질이 훌륭했기에 인가가 나는 건 어렵지 않았다. 내 밑에는 13인의 용병들과 보비, 올가, 치즈헌터가 있었다. 이 편제를 룸이라고 했는데 일반적으로는 10인 정도로 맞추면 된다.

    룸장은 나였고 보비는 부룸장이 되었다.

    치즈헌터와 올가에게도 보비처럼 하사관 지위를 줬다. 올가는 전투보다 던전에서 자신의 전문 지식을 살려 복무하게 될 것이다.

    나 같은 초급 장교가 공병을 따로 데리고 있는 경우는 드물지만 없는 건 아니었다. 다 각자 필요하다고 느끼는 분야의 조언자를 추가로 데리고 다니곤 했다. 사실 그건 어디까지나 재정의 문제였다.

    올가의 경우는 정신을 차리고 며칠 뒤에 찾아왔다.

    그는 이미 할아버지와의 약속을 들었다고 했다.

    나는 목숨을 살려준 대가로 내게 2년간 봉사할 것을 요구했다. 물약 값으로 1,000밀 정도 지출하고 2년간 전문가를 고용했으니 사실 굉장히 남는 장사다. 터널파이크맨인 리저드맨들이 반년에 1,000밀인 걸 생각해 볼 때 말이다.

"앞으로 네 도움을 기대해도 되겠지?"

"물론이야. 앞으로 뭐라고 부를까?"

아직 어리고 귀여워 말이 짧은 건 넘어가기로 했다. 그건 그렇고 … 볼이 뽀송뽀송하고 하얀 게 백설기 같다. 긴장했는지 약간 홍조가 올라 있었고 날 올려다보는 눈길은 순진하기 그지없다. 그래서 나도 모르게 본심이 나와버리고 말았다.

"오빠라고 불러, 그냥."

아차.

"에에? 나는 사내대장부인데 오빠라니?"

어리둥절하던 올가는 불만인지 볼을 좀 부풀린다.

"아, 실수. 형님이라고 하면 돼."

"좋아! 형님! 헤헤."

생각보다 되게 좋아하네? 이 녀석. 드워프들 사이에서 또래 없이 자라서 그런지 내가 반가운 모양이다.

그나저나 올가는 웃는 얼굴도 귀엽구나.

눈빛이 초롱초롱한 게 눈 안에 별을 머금고 있는 것 같다. 병이 나은 올가는 정말 씩씩하고 예쁜 소녀, 아니 소년이었다.

"흐흐."

어쩐지 절로 웃음이 나온다.

그런데 그때, 표정이 썩어 있는 보비를 바로 옆에서 발견할 수 있었다.

"즐거워 보이시네요."

"……"

"슬슬 주인님의 범용성에 저도 할 말이 없어지고 있습니다. 꽂을 수 있으면 뭐든 좋은 건가요?"

무서운 말을 하는 여자다.

"……"

그리고 사흘 뒤.

나와 용병들은 아르탈란의 외곽을 나란히 걷고 있었다.

터널스피더인 웨어 랫맨 둘이 경쾌한 군악을 연주하며 흥을 돋웠다. 하나는 북을 쳤고 다른 하나는 피리를 불었다.

미노타우르스 귀족들은 힘차게 그들의 군가를 불렀다.

"두려워하라! 동향에서 뭉친, 고귀한 혈통의 용사들이 그대의 금고를 털어 나간다!"

우리는 발령지를 향해 발걸음도 가볍게 나아갔다. 다들 큰돈을 벌고 성공하길 꿈꾸면서 말이다.

나흘간 나아가 도착한 곳은 동부 전선의 2-04던전이었다. 현재 동부 전선의 던전은 3개 라인으로 조성되어 있다. 1-XX인 던전들이 최전선이라면 2-XX은 2선이다. 그 뒤로 3선, 본부가 이어진다.

2-04란 호칭에서 뒤에 04는 말 그대로 네 번째 던전이란 소리. 2선에는 총 16개의 던전이 있다고 들었다.

개인적으로는 2선 발령이 딱 적당하다고 생각한다. 최전선이면 신참이 가기에는 너무 위험하다. 그리고 3선은 주로 보급이나 지원 업무에 편중되어 있어 공을 세우기 어렵다. 그러니 예비대 역할을 수행하고, 교묘하게 최전선을 돌파한 적을 막는 2선이 초임자에게 적합했다.

아군의 상대는 수도 아투마스트에 자리를 잡은 황자군이다. 그는 우리가 모시는 황녀의 이복오빠이다. 황제가 혼수상태라 황자와 황녀가 사이좋게 권력 다툼을 하고 있다고 한다.

엄밀히 말하자면 둘 다 제1의 황위 계승자는 아니었다.

원래는 제국의 '프린세스 임피리얼'이었던 바페가 확고부동한 지위를 갖고 있었다. 하지만 모종의 사건으로 실각한 뒤 지금의 사태가 벌어졌다.

그런데 그 바페가 여러모로 인상 깊은 후계자였던 듯 아직도 신민들은 그녀에 대해 소곤거리고는 했다. 그럴 때마다 바페가 온달동굴 연못에 있다는 말을 해주고 싶었지만, 황당하기 싹이 없는 소리일 테니 입을 다물고 있을 수밖에.

"신고합니다. 베님 오토 외 16인은, 2전선 04던전에 배치를 명받았습니다. 이에 던전 로드께 신고합니다."

절도 있는 목소리로 눈앞의 던전 로드에게 신고했다. 던전 로드는 갑주로 무장한 마족이었는데 한눈에 보기에도 그 위엄이 대단했다. 특히 악마처럼 뿔이 돋고 날개가 난 게 인상적이다.

"어서 오게. 귀관을 환영한다."

던전 로드의 이름은 탈라스트 더블바인드.

타르나이답게 강한 마력이 느껴졌다.

"감사합니다!"

일단 군기 있는 모습을 보이기 위해 노력했다.

뒤에 도열해 있는 룸원들도 질서 있는 모습으로 기립해 있었다. 다들 행군해 올 때는 꽤 자유분방하고 유쾌했는데, 지휘관 앞에서 경거망동하지 않을 정도의 분별력은 있었다.

"본 던전은 원래 10개 룸이 기본이네. 총 10개의 방이 지역 방어를 수행하기 위해 배정되어 있지. 하지만 최근 전투 손실이 발생했다네. 하여 2개 룸을 폐쇄하게 되었어."

곤란하던 상황에 마침 내가 잘 온 듯했다. 나와 내 룸원들로 폐쇄되어 있던 1개 룸을 다시 열겠다고 더블바인드는 밝혔다.

"온다는 통지를 받고 미리 정리는 해 놓았네. 부관!"

"네!"

"자네가 안내를 맡고 신규 인원들을 배치하게. 관련된 서류를 전달하고 필요한 사항을 모두 교육하라. 새로 발령받은 베님은 이번이 초임이라고 하니 책임지고 담당하게."

"알겠습니다!"

부관으로 보이는 군기가 팍 들어선 젊은 타르나이 하나가 우렁차게 대답했다.

"이쪽으로 따라오게."

"알겠습니다."

이동하는 중, 모두의 시선이 쏟아졌다.

찰컥. 철그럭. 척척.

묵직한 갑주의 소음을 일으키며, 거침없이 걷는 귀족 혈통의 미노타우르스들은 누구라도 주목할 수밖에 없을 정도로 그 위용이 대단했다.

나는 아홉 번째 방을 수호하는 제9룸장이 되었는데, 다들 9룸의 강력한 전력에 대해 부러움을 나타냈다.

저 사람들과도 조만간 다 인사를 해야겠다.

우리는 배정된 9룸으로 가는 중에 던전 하트를 지나게 되었다. 일대에 엄중한 경계가 인상적이었다. 웬일로 여길 왔나 했더니 곧 부관이 설명을 시작했다.

"보통 이곳은 제군들이 올 일은 없으나 첫날이니 교육차 들리게 되었다."

용병들도 호기심을 감추지 못하고 거대한 던전 하트를 홀린 듯 바라보았다. 그 점은 나 역시 마찬가지였다.

던전 하트는 거대한 수정 같이 보였다.

잘 만들어신 제단 위에 떠서 심후한 마력을 뿜어내고 있다.

이 던전 하트야말로 던전의 코어다.

던전의 발전소이며, 던전의 광산이기도 했다.

던전 하트가 없는 던전은 던전이라고 할 수 없기에 이는 반드시 지켜져야 했다.

"여기가 우리 던전의 던전 하트네. 배정된 10개의 룸이 모두 이중으로 이곳을 지키고 있지."

5개의 룸이 첫 번째 방어선을 이루고, 다시 5개의 룸이 두 번째 방어선을 이룬다. 그리고 그 가운데 던전 하트가 위치한다.

던전 로드는 던전 하트의 앞에서 최종 방어를 하면서, 룸들을 전체적으로 지휘하는 것이다.

"신입인가요?"

그때 차분한 목소리로 누가 말을 걸어왔다.

소리가 난 쪽을 돌아보니 마치 홀로그램 같은 여인이 갑자기 나타났다. 살짝 놀랐지만 내색하지 않았다.

"네, 그렇습니다. 던전 코디네이터."

부관은 예의 바르게 그녀에게 대답했다. 나는 책을 봤기 때문에 이 갑작스럽게 나타난 여자가 던전 내에서 무슨 일을 하는지 잘 알고 있다.

그녀의 직책은 던전 코디네이터.

던전 코디네이터는 던전 로드의 명을 받아 이 던전 전체를 관리하는 역할을 한다.

그녀의 영혼은 던전 하트 내부에 깃들어 있다.

던전 하트 자체가 그녀의 영혼석이다.

던전 코디네이터는 특수한 존재이며 그 중요성 때문에 던전 로드 바로 아래로 친다. 계급과 편제상 그렇긴 하나 던전 로드도 던전 코디네이터에게는 함부로 하지 못한다. 중요한 순간에 던전 코디네이터가 꼬장을 부리면 해당 던전이 망하는 건 일도 아니기 때문이다

"안녕하십니까, 던전 코디네이터 님. 새로 발령받은 베님, 오토입니다. 9룸을 담당하게 되었습니다."

"어서 오세요, 오토. 합류를 환영합니다. 얼마 전 9룸을 잃은 건 우리 모두에게 큰 슬픔이었어요. 부디 분발해 그 빈자리를 메워주길 기대합니다."

생각보다 상냥한 말투라 기분이 좋았다.

"이를 말씀입니까. 견마지로를 다하겠습니다."

"호호호, 기대하겠어요."

그런데 갑자기 멀리서 무언가 터지는 듯한 소음이 들렸다.

쿠우웅-!

던전 전체가 지진이 난 것처럼 울렸다. 던전 코디네이터는 표정이 굳더니 다급한 말투로 외친다.

"경고! 경고! 최고 수준의 방어 태세를 요청합니다. 적이 탐지 거리 안에 잡혔습니다. 현재 제 3룸, 5룸, 8룸을 향해 접근 중. 곧 방어벽에 대한 발파가 추가로 이뤄질 듯하니 충격에 대비해 주시기 바랍니다."

젠장!

오자마자 이게 무슨 소리야.

에에에에엥! 에에에에엥!

그걸로도 모자라 사이렌까지 울리면서 던전이 그야말로 난리가 났다.

주변에 어슬렁거리던 병사와 간부들이 꽁지에 불붙은 여우처럼 사방으로 뛰어다닌다. 문제는 부관 녀석까지 전력질주로 사라져 버렸다는 것. 보나마나 던전 로드 옆으로 달려간 것일 테지만 막 와서 어리버리 타고 있는 난 어쩌라고?

그때 멀리서 쿠아아앙! 하는 폭음과 함께 던전 전체가 흔들렸다. 그리고 모래가 머리 위로 떨어져 내렸다.

아아.

이게 전쟁이구나.

긴장감이 가슴팍을 눌러와 입술을 깨무는 수밖에 없었다.

"경고! 전 병력에게 경고합니다!"

던전 코디네이터는 연달아 경고를 하면서 동시에 긴밀한 대화도 하고 있었다. 혼자 웅얼거리는 게 던전 로드와 교신 중인 것 같았다. 그나저나 이쪽은 난처하게 되었다. 막 담당할 9룸에 자리 잡기 직전, 기막힌 타이밍에 이렇게 되다니.

"주인님….".

어떻게 하냐는 듯한 보비의 물음에 정신을 차리고 명령했다.

"전원 대기하라."

무턱대고 여기 있을 수 없다.

일단 던전 코디네이터가 교신을 끝내면 묻기로 했다.

"던전 코디네이터 님."

마침 틈이 나자 재깍 끼어들었다.

"네? 아, 신임 베님이군요."

"저와 부하들은 어떻게 해야 합니까? 9룸으로 이동합니까? 지휘관님께 물어봐 주실 수 있으신지요?"

"알겠습니다. 잠시 기다리세요."

잠시 후 던전 코디네이터는 교신을 하고는 명령을 전해왔다.

"일단 던전 하트 옆에 대기하며 혹시 모를 사태에 대비하라네요. 예비대로 운용할 테니 밀리는 룸으로 지원을 가면 된다는군요."

"9룸은 어떻게 합니까?"

"현재 그곳은 적이 들이닥치지도 않았고, 각종 장애물이 깔렸으니 걱정하지 않아도 좋습니다."

정리돼 있다면서….

폐쇄된 곳의 문만 열어둔 모양이다. 나머지는 신입인 우리에게 정리하게 할 생각이었겠지. 그래도 일단 명이 내려왔으니 다행이다.

"전원 현재 위치를 사수하며 던전 하트를 지켜낸다. 하지만 명령이 내려오면 이동할 수도 있으니 알아둬라!"

"알겠습니다!"

모두 땅 밑 공용어로 씩씩하게 대답해 왔다.

곧 멀리서 전투의 소음이 들려왔다.

고함과 비명, 던전의 기관이 움직이는 소리.

폭음과 쇠 부딪치는 소리 등 다양했다.

"으으…."

근처에 있던 올가가 두려운 표정을 짓고 몸을 가늘게 떨었다. 활발하고 씩씩한 소년이었지만 전쟁터에서도 평소와 같을 수는 없었다. 아직 어린데다가 올가는 기술자이지 전사가 아니다.

"걱정 마. 위험한 일은 시키지 않을 거야. 내가 꼭 지켜줄 테니 마음 놓고."

"형님!"

손을 꽉 잡아주자 소년은 조금 감동한 표정이 되었다.

의도하지 않았는데 점수를 딴 듯하군.

뿌듯.

아니, 아니지.

남자애에게 점수를 따서 어쩌려는 거야, 나.

"보비."

"네, 룸장님."

"전투원으로 분류해 데려오긴 했지만 올가가 싸움을 할 수 있을 리 없어. 책임지고 지켜줘."

"네."

곧 보비는 손에 있던 반지를 빼내서 올가에게 건넸다. 하루에 한 번, 15분 동안 일반 물리력 보호 능력을 발휘하는 반지다. 확실히 올가에게는 도움이 될 것이다.

"모두 긴장 풀지 말고 자기 무기를 점검하라."

"알겠습니다!"

일단 대기하는 수밖에 없었다.

뭘 하고 싶어도 이 2-04던전의 구조 자체를 모른다.

원래부터 던전 하트에 배치된 병력이 십여 명 정도 있어서, 나와 룸원들은 그들에게 방해가 되지 않도록 옆에서 전투 대형을 만들었다.

"정말 의지가 되는군요."

던전 하트의 방어 담당은 하사관이었는데 내가 고용한 귀족 미노타우르스 셋을 보고 감탄했다. 이 정도로 훌륭한 병사들은 구하기 쉽지 않기에 그런 감상은 당연했다. 그의 밑에도 동굴 오거 둘과 노련한 병사들이 있었지만 우리 쪽에는 못 미쳤다.

귀족 출신의 미노타우르스 셋은 하사관의 감탄에 콧방귀를 뀌고는 거만하게 통로를 볼 따름이었다. 이들은 긍지가 높아 다루기 어렵지만 맡은 바 임무라면 죽음도 불사한다. 이런 까닭에 지하 세계의 용병 산업에서 미노타우르스들은 큰 위치를 차지하고 있었다.

"별말씀을. 저도 이제 이 던전의 소속인 만큼 최선을 다하겠습니다."

"감사합니다. 9룸장 님."

그것으로 방어 담당관과 인사를 겸한 대화는 짧게 끝났다. 통성명은 사태가 정리된 뒤에 해도 늦지 않다. 우리는 모두 던전 하트로 연결된 통로를 보며 혹시라도 적이 오지 않을까 기다렸다.

사실 여기까지 적이 온다면 그야말로 최악의 상황이라 모든 게 끝났다고 볼 수 있다. 1, 2선을 방어하는 모든 룸이 뚫렸다는 이야기니. 그 상황에 이르러 던전 하트를 지키는 것은 막판 발악에 불과하다.

"첫날부터 재수 옴 붙었구먼. 찍, 찌익ㅡ."

웨어 랫맨 둘이 뒤에서 투덜거리다 건의 사항이 있다고 했다.

"뭔가?"

그들은 자신들이 상황을 슬쩍 보고 올까 물어왔지만, 난 고개를 저었다. 터널에서 탁월한 적응력을 가진 그들이라면 정찰에 적당하긴 했지만, 일단은 사태를 관망하는 게 더 나았다. 게다가 막 전입해온 이 웨어 랫맨들은 적으로 오인될 확률도 있다.

방어전은 생각보다 길어지고 있었다.

멀리서 들려오는 전투의 소음은 모두를 들썩이게 할 정도였다. 우직한 미노타우르스들조차 당장이라도 뛰쳐나갈 듯 움찔거렸다. 용병들은 곧잘 저런 열기에 충동적으로 이끌려 목숨을 내던지곤 한다.

"크흠….”

결국 못 참고 나조차 침음성을 냈을 때, 중간에 어디론가 사라졌던 던전 코디네이터가 나타났다. 그녀의 고민하는 기색이 가득했다.

"던전 코디네이터 님, 무슨 일입니까?"

먼저 다가가 물어도 그녀는 대답을 꺼렸다.

"말씀해 주십시오."

"오늘 부임한 당신께는 위험한 일이에요."

설명이라도 좀 해달라고 하니 그제야 던전 코디네이터가 입을 연다.

"룸5가 적에게 점령됐어요."

"그럼 어서 탈환해야 하지 않겠습니까."

"그게… 문제가 있어요. 룸5로 가는 입구를 적의 장수 하나가 막고 있는데, 아군이 덤볐다가 줄줄이 쓰러지고 있답니다."

던전의 구조는 방어에 유리하지만 공격엔 불리하다. 지킬 때는 좋아도 일단 내주고 나면 보통 골치 아픈 게 아니다.

"벌써 룸장 급 장교 셋이 죽었어요."

설명하던 던전 코디네이터는 곧 인상을 찌푸리며 정정했다.

"이제 넷이 됐네요."

"던전 로드 님께선 뭐하십니까?"

"룸1에서 싸우고 계셔서 여력이 없습니다. 그쪽으로 적의 대장이 들어왔거든요."

설명을 들어보니 이렇다. 룸1에서 적의 대장이 이쪽의 던전 로드가 난타전을 벌이고 있는데, 그 사이 적의 부대장쯤 되는 녀석이 룸5를 귀신같이 점령했다는 것.

아군이 룸5를 탈환하기 위해 몰려갔지만 룸장 급의 장교 셋이 쓰러져 죽었다고 한다. 위험한 상황이었지만 확실히 군공을 세월 기회였다.

"저를 보내주십시오!"

"하지만! 베님 오토의 부대는 이제 막 발령 받…."

"목숨이 걸린 전장에서 어찌 구병, 신병을 가리겠습니까. 중임을 맡겨 주신다면 휘하의 병사들과 나아가 이 문제를 해결하겠습니다!"

내가 의지를 꺾지 않자 결국 던전 코디네이터가 항복하고 말았다.

"알았어요. 저를 따라오세요. 룸5로 안내하겠습니다."

나와 부대원들은 룸5로 향했다. 도착해 보니 난리도 아니었다. 룸5의 입구에는 흉악하게 생긴 적의 장수가 고래고래 소리를 지르고 있었고, 주변에 반원형으로 모인 아군은 두려워서 차마 놈에게 다가가지 못했다.

그리고 적 장수의 발밑에는 죽은 아군의 시체들이 널려 있었다. 보니까 던전 코디네이터의 말대로 룸장 급의 시체도 보인다.

아주 혼자 무쌍을 찍고 있구나.

그는 기세등등해서 외친다.

"개미떼처럼 우르르 몰려왔으나, 모두 겁쟁이뿐이니 내 어찌 털 끝 하나 상하겠는가! 무인으로 한판 제대로 어울려 볼까 했는데, 적지 한가운데서 외로움을 느낄 줄 몰랐다! 크하하하핫!"

대놓고 비웃는 태도에 아군의 얼굴이 굴욕으로 썩어들어간다.

"저 빌어먹을 놈이!"

"참게, 룸장 님도 당하지 않았나."

적 장수는 사티로스란 지하 종족 가운데 하나였다. 염소 다리와 염소 뿔을 가진 인간의 모습인데, 키는 2미터가 넘을 정도로 크고 기골도 장대했다. 또한 잘 만들어진 플레이트 아머로 몸을 감싼 채 빌Bill이라 불리우는 장병기를 들고 있었다. 딱 봐도 위험해 보인다.

"거기! 소 대가리들! 무엇을 주저하나! 심장이 뛰고 있다면 본관에게 덤벼오라!"

사티로스는 내 휘하의 미노타우르스 귀족 셋을 보더니 호호탕탕하게 외친다. 이에 미노타우르스들은 콧김을 세게 내뿜더니 앞으로 나서려 한다. 두려움을 모르는 그들은 어떤 싸움도 피하는 법이 없었다.

"멈춰. 내가 직접 나서겠다."

하지만 나는 즉각 이들을 만류했다. 미노타우르스들이 대단하긴 해도 저자와 겨루기엔 무리였다. 지금 이 자리에서 나설 건 나밖에 없었다.

"9룸의 룸장! 이 오토가 너를 상대해 주겠나!"

호기롭게 외치자 모두의 시선이 내게 쏠린다. 사티로스 역시 흥미롭다는 얼굴이었다.

"호! 아직 룸장이 남아 있었나!"

그런데 그는 곧 실망스럽다는 얼굴이 됐다. 지금 내 모습이 평범한 인간이었기 때문이었다. 아군 역시 같은 기색이었다. 뭔가 기대에 찼다가 별 볼 일 없는 내 모습에 낙담한 듯하다.

"저자가 신임 룸장인가?"

"약해 보이는데…?"

원래 개성 넘치는 지하 세계에서 인간의 존재감이란 게 희미하긴 하지. 이럴 땐 실력을 보이면 될 터.

"믿어주신 것 감사합니다. 놈의 머리를 가져오겠습니다."

일단 던전 코디네이터에게 감사한 후 당당하게 걸어나갔다. 두려움 없는 내 태도에 사티로스도 다소 흥미를 보인다.

"호…… 건들면 부러질 것처럼 보이면서도 제법 강단이 있구나."

녀석의 말에 별다른 대꾸도 하고 싶지 않았다. 그저 궁금한 건 하나였다.

"너 말이야. 제법 알려진 놈이야?"

"흐음? 설마 이 필리피소스 님을 모른다는 말이냐!"

필리피소스? 주변을 둘러보자 다들 아는 모양이었다. 꽤 유명한 적의 장수인가 보다. 하긴 그러니까 다들 둘러싸고도 함부로 덤벼들지 못했지. 애초에 룸5로 가는 문을 장판파의 장비처럼 홀로 막아선 것만 봐도 알 수 있다.

"잘됐군."

"잘 돼?"

"그렇다. 네놈을 죽이면 그만큼 공을 세우는 셈이니까! 어차피 너따위 놈은 내 인생에 스쳐 지나가는 엑스트라1에 지나지 않는다!"

"뭐라! 이 빈약한 인간 놈이!"

필리피소스가 엑스트라란 단어를 알지는 못하겠지만 의미는 이해한 듯했다.

"시끄럽다. 너는 여기서 이 몸의 성공을 위한 발판이 되도록!"

"그래도 이놈이!"

그는 더 참지 못하고 빌을 꼬나 든 채 덤벼들어 왔다. 이미 룸장을 셋이나 쓰러뜨린 그의 서슬 퍼런 기세에 주변에서 탄성이 터진다.

나 같은 인간은 단번에 저 위력에 쓸려나갈 것 같겠지. 하지만 그런 결과는 일어나지 않았다. 필리피소스의 강력한 일격을 두툼한 손이 잡아챘기 때문이다.

"이, 이 무슨! 네놈 웨어 비스트였나!"

갑작스러운 내 변신에 경악한 건 필리피소스 뿐만이 아니었다. 지켜보던 아군들도 탄성을 터뜨린다.

"과연! 이러니 룸장이로군!"

"역시 한 수가 있던 거였어!"

기대감 때문인지 아군이 시끄러워졌다.

나는 장병기인 빌의 나무 봉 부분을 잡아채고는 긴 송곳니를 드러내며 그르렁거렸다.

"크르르릉. 네놈 같은 염소는 표범이 잡아먹기 좋은 먹이지."

"이놈!"

분노한 필리피소스가 눈이 뒤집혔다. 그리고는 붙들린 빌을 잡아 빼려고 안간힘을 다한다. 하지만 곧 내 앞발을 맞고 빌을 빼앗긴 채 뒤로 허둥지둥 물러난다.

와아아아아아!

환성이 다시 크게 터진다. 적의 무기를 아예 빼앗아 버렸으니 지켜보는 입장에서 흥이 오를 수밖에.

"꼴좋다! 하하하하!"

"역시 염소 새끼가 뻔하지!"

여태까지 필리피소스 하나에게 눌려있던 게 억울했던지 병력들은 있는 힘껏 그를 조롱하기 시작했다. 이건 자존심 강한 그에게 견디기 어려운 모욕이었다.

"이 조무래기들이! 닥쳐라!"

필리피소스의 일갈에 병력들은 다시 겁을 먹고 조용해졌는데 곧 나 때문에 다시 웃음을 터뜨렸다.

내가 빼앗은 빌로 그의 염소 다리 부분을 집중적으로 찔러댔기 때문이었다. 그때마다 필리피소스는 꼴사납게 껑충대며 피해야 했다.

"좀 더 춤을 춰보라고."

나는 마치 댄스 선생처럼 그에게 주문했다.

"이잇! 하지 마라! 이 빌어먹을 놈!"

"스텝이 느리다."

"제길! 비겁하다!"

장판파의 장비 같던 그가 이제는 귀족 앞에서 재롱부리는 광대 꼴이 됐다.

"와하하하하! 저 염소 꼴 좀 봐!"

"잘한다! 오토!"

점점 내 이름을 외치는 자들이 많아졌다.

"오토! 오토! 오토!"

"오토! 오토!"

그러던 중 한 병사가 날 알아보고 깜짝 놀라 소리쳤다.

"나 저자를 알아! 외박을 나갔다 아르탈란의 검투장에서 봤다고!"

"뭐!"

"잊을 리가 없지, 저 모습을! 피도 눈물도 없는 검투사야! 적의 머리를 일격에 날려버렸다고!"

갑자기 밝혀진 내 이력에 주변이 소란스러워졌다. 다들 놀란 기색이 역력하다. 반면 필리피소스는 악에 받쳐 달려들어 온다.

"싸우면서 한눈팔 여유도 있느냐!"

무기를 잃은 채로도 꺾이지 않는 투지는 실로 놀라웠다. 하지만 거기까지였다. 나는 곧 빌을 거꾸로 쥐고 봉 부분으로 그를 두들겨 패 쓰러뜨렸다. 그리고는 날카로운 이빨로 필리피소스의 목을 단숨에 물어 뜯어버렸다.

"크아아아아악!"

그야말로 멱 따는 소리가 울려 퍼진다. 그것으로 끝이었다. 나는 달랑달랑 매달린 그의 머리를 크게 물어 뜯어냈다.

우드득! 우득!

딸려나온 척추와 혈관이 길게 이어졌다. 그걸 트로피처럼 높이 들어 보였다.

"이겼다! 이겼어!"

"와아아아아아!"

주변은 환호의 도가니가 됐다. 한꺼번에 달려온 그들은 저마다 내 어깨를 손으로 두들겨 대며 소리를 질러댔다.

"대단했소! 저 괴물 같은 놈을 그리 가지고 놀다니!"

"엄청난 힘이로군!"

"오토! 오토!"

그 인파를 헤치고 나는 딘전 코디네이터에게 나아갔다. 모두의 시

선을 받으면서 말이다. 나는 주군에게 비보를 가지고 가는 기사처럼 나아가 그녀 앞에 한쪽 무릎을 꿇고 필리피소스의 머리를 바쳤다.

"약속대로 놈의 머리를 가져왔습니다."

"정말 훌륭합니다."

머리를 받아든 던전 코디네이터는 곧 근엄한 표정과 함께 주변에 명을 내렸다.

"지금 즉시 룸5를 탈환합니다! 길이 열렸으니 안에 있는 적을 모조리 소탕하세요!"

내 승리로 사기가 오른 병력들은 고성을 질러댔다.

"와아아아아아! 가자!"

"이긴다! 가자!"

그리고 모두 밀물처럼 룸5를 향해 쇄도했다.

2-4. 엘리멘탈 터치드

이번 일은 제2선에서 보기 드문 치열한 싸움이라 할 수 있었다. 제2선도 물론 전투가 발발하긴 하나 이 정도로 본격적인 일은 흔치 않았기에 즉각 본부에서 시찰을 나올 정도였다.

당연히 이때 내 전공 역시 보고됐다. 그런데 이쪽 세계에서 좋은 게 하나 있었다. 전투 후 전공을 놓고 알력이 생긴다거나 하지 않는다는 점이었다.

던전 안은 던전 코디네이터에 의해 통제되고 관찰된다. 싸움의 결과를 던전 코디네이터가 직접 보고하기 때문에 계급에 따라 문제가 생길 여지가 없었다. 그렇게 사후 처리로 시끌벅적한 날로부터 일주일이 지났을 때였다.

"베님 오토, 지금 즉시 경계병을 제외한 병력을 이끌고 연병장으로 오시길 바랍니다."

배정받은 9번 룸의 업무를 수행 중 던전 코디네이터의 호출을 받았다.

"무슨 일이지?"

의아해하는 내게 치즈헌터가 웃으며 대답한다.

"지난 일을 포상하려는 게 아니겠는가?"

"주인님, 제 생각에도 그런 것 같아요."

휘하의 병사들도 모두 축하를 해온다.

"오자마자 큰 공을 세우셨습니다."

"축하드립니다."

"축하드립니다, 룸장 님."

공연히 헛물만 캐는 거 아니냐 했는데, 치즈헌터의 예측이 맞는 것 같았다. 연병장으로 향하면서 다들 날 알아보고는 축하의 말을 건네 왔기 때문이었다.

"축하합니다!"

"지난번에 정말 끝내주셨습니다! 필리피소스를 그리 쉽게 죽이다니!"

모두 연병장으로 몰려가는 중이었기에 내게 말을 거는 이들은 많았다. 아무리 지하 세계가 박정하고 삭막한 곳이라도 힘에 대한 숭배나 동경은 강하다. 그렇기에 룸장을 셋이나 쓰러뜨린 강적을 내가 갖고 놀자 완전히 태도가 달라져 있었다. 게다가 낙승한 필리피소스 놈이 생각보다 명성 있는 자인 게 도움이 됐다.

와글와글.

연병장으로 쓰는 거대한 방에 가자 던전의 병력 대부분이 모여서 왁자지껄했다. 그런데 내가 나타나자 모두의 시선이 쏠렸다. 그날 내 싸움을 본 이들은 손뼉을 쳐댔다.

"브라보! 오토에게 경의를!"

"오토 님은 진짜 남자입니다!"

반면 못 본 지들은 자기들끼리 바쁘게 떠들어댔다.

"저자가 그 신임 룸장?"

"필리피소스를 어린애처럼 다뤘다는군."

"겉보기에는 안 그런데?"

"몰라서 그러는 거야. 저 녀석, 흑표범이라나봐."

"진짜?"

"죽이기 전에 춤까지 추게 했다던데?"

"뭐? 어떻게 하면 그 무서운 필리피소스가 목숨을 구걸하려고 춤을 춘 거지?"

"글쎄 제대로 추려고 연주까지 부탁했다고 하더라."

"…그 필리피소스 놈 그렇게 안 봤는데 되게 비굴하네?"

"내 말이. 쯧쯧. 목숨이 다 뭔지. 역사가 그를 적 앞에서 춤추며 아양 떤 사내로 기록할 걸세."

곧 던전 코디네이터, 던전 로드 더블바인드, 그리고 군사령부에서 온 장교가 도착했다. 던전 로드 더블바인드는 타르나이 특유의 기세를 풍기며 근엄하게 연설에 들어갔다. 지난번 영웅적 승리를 치하하는 내용이었다. 이번 방어 성공으로 지휘관인 그는 군사령부에서 꽤 고평가를 받았다고 한다. 그래서인지 부하들에게 보너스를 약속하는 등 흥분해 있었다.

"모두 들으라! 지난 싸움에도 그대들 모두 영웅적 전투를 보여준 게 사실이나, 특히 뛰어났던 인원들이 몇 있었다. 이에 군사령부에서는 그 모범적인 자들에게 표창장을 보내왔다."

더블바인드의 말에 곁에 있던 군사령부 장교가 앞으로 나섰다. 상은 그가 내릴 건가 보다.

"호명하겠다. 먼저 베님 오토!"

먼저 내 이름이 불렸다. 이는 지난 싸움에서 내 공이 가장 컸다는 걸 의미한다. 나는 수많은 시선을 여유롭게 받으며 앞으로 나아갔다. 오늘의 주인공은 나였다. 나 외에도 표창장을 받는 이가 몇 있었지만 나처럼 주목받지는 못했다. 오늘은 마치 내가 기사서임을 받는 날 같았다. 우쭐거리며 단상 위로 올라가자 군사령부의 장교가 명한다.

"황녀 전하의 명을 받으라."

"명을 받습니다."

한쪽 무릎을 꿇자 군사령부의 장교가 미리 가져온 내용을 읽기 시작한다.

"명일을 기하여 '베님' 오토를 '루테르'로 승급시킨다. 이는 피와 얼음으로 우리를 다스리시는, 제국의 정통을 이은 후계자, 펠리무스의 열쇠와 성휘 왕관의 주인, 신의 살아 있는 대리인이신 황녀 전하 Imperial Highness의 신뢰받는 사령관 메르텔레스 합하Serene High-ness의 명에 의거한다."

절차란 건 복잡했다. 그 뒤로 뭐라 뭐라 이어졌지만 한 귀로 듣고 한 귀로 흘렸다. 참고로 루테르는 중위급의 장교다. 발령받자마자 1계급 특진을 하게 되니 기분은 정말 좋았다. 이건 어쩌면 최단 기간 기록이 아닐까?

그래서인지 다들 부러움과 질투 가득한 시선을 잇따랐다. 하지만 지금 그들이 할 수 있는 건 날 위해 박수치는 일밖에 없었다.

열심히들 치라고.

떠들썩한 시간이 지나자 일상이 찾아왔다.

언제 그런 전투가 있었냐는 듯 던전의 온갖 잡무가 날 반겼다. 담당하게 된 룸9의 경계 편성, 정비, 작전 계획 수립 등으로 머리를 쥐어짜야 했다.

그러던 중 뜻하지 않은 연락이 왔다.

"주인님, 편지 왔어요."

"음?"

편지? 나한테 편지를 보낼 이가 없을 텐데.

죽은 루제플이 환생하지 않는 이상.

"여기요."

보비에게 받아서 뜯어보니 전혀 생각지도 못한 인물이었다. 바로 죠니아 백작부인이 보낸 축하 편지였다.

—던전에 발령받자마자 특진이라니, 정말 축하해요.
당신에게 좀 더 흥미가 생기네요.

내용은 짧았다.

하지만 아름다운 죠니아 백작부인을 떠올리니 마음이 묘하게 달아오른다.

그건 풍만하고 새하얀 빛깔이었지….

물론 그게 뭔지는 내 마음속의 비밀이다.

"주인님?"

날 바라보는 보비의 표정에 의심이 깃들고 있었기에 헛기침을 하며 표정을 다잡았다.

"크흠! 별거 아니냐. 백작부인이 축하를 해왔네."

"아, 그렇군요."

다행히 보비는 별다른 언급 없이 넘어 가준다.

"그것보다 주인님, 룸장들이 오늘 저녁에 같이 한 잔 어떠냐고 하는데요?"

"알겠다고 전해."

요즘 이 무료한 던전 생활 중에도 한 가지 재밌는 게 있었다. 바로 베님 계급의 신임 룸장들이 날 반쯤 숭배하기 시작한 것이다. 그날 저녁에 만남도 마찬가지였다.

"오토 님, 지난번 무용담을 자세히 듣고 싶습니다."

"오토 님, 석식 후 함께 술 한진하시죠."

성공을 갈망하는 신임 장교들에겐 던전에 오자마자 특진한 내가 롤모델인 것 같았다. 지난번에 룸장이 죽은 숫자만큼 이번에 넷이 새로 왔는데, 그들은 모두 날 졸졸 따라다녔다. 이 때문에 묘한 상황이 만들어졌다. 나까지 포함하면 룸장 반절이 뭉쳐 세력을 이룬 것이다.

그제서야 나는 상황을 명확하게 이해할 수 있었다. 이 신임 룸장들은 자기 이득을 위해 내게 몰려든 것이었다. 원래 던전에 신입이 오면 선배들에게 견제를 받기 쉽다. 그래서 이들은 나를 따른다는 명분 하에 뭉쳐서 상부상조하는 구조를 만들었다. 확실히 이러면 위쪽의 꼰대들도 함부로 하기 어려워진다.

나는 이런 점을 알고는 더욱 그들을 이용하기로 했다. 나를 중심으로 모여든 세력이니 나쁠 것 없었다. 가뜩이나 오자마자 승진한 탓에 선배들의 눈치가 보이는 상황이었다. 그런데 신입들이 알아서 뭉쳐 도와주니 나야 좋았다.

던전 로드야 자기 말만 잘 들으면 이런 문제들에 대해 어지간하면 나서지 않는다. 원래 어느 던전이나 룸장들끼리의 알력이 있는 법이다. 룸장이란 장교신분이기도 하지만 실제로는 각자 용병을 고용해 온 개인 사업자기 때문이다.

그래서 이 개인 사업자들을 총 관리하는 던전 로드는 이 알력에서 적당히 한 발 빼고 있는 게 보통이다. 그래도 던전 로드에겐 군법이란 전가의 보도가 있기 때문에 권위에는 문제가 없다. 게다가 보통, 던전에선 던전 로드가 가장 무력이 강하기도 했고.

"모두 한잔하라고! 술은 넉넉하게 많으니!"

근무 시간이 끝나자 나는 신임 룸장들을 불러들여 자주 술판을 벌였다. 그렇게 먹고 마시며 우리는 하나의 세력이 되어갔다. 그리고 이렇게 날 따르는 이들이 생길수록 내가 던전의 주인이 되기 유리해진다.

이것도 정치라면 정치다.

그렇게 한창 흥이 오른 그때 불청객이 난입했다.

"신참들이 아주 개판을 치는구먼."

"이 새끼들이 빠져 가지고는."

누군가 했더니 우리보다 계급이 높은 선배 룸장 두 명이었다. 둘

다 대위급인 '루테르 에머른'으로 전부터 우리를 은근히 견제하는 놈들이다. 이들 외에 다른 선배 룸장들은 중립파거나 일단 사태의 추이를 지켜보고 있었다.

저 둘 중 언데드 락싸구라는 이름의 루테르 에머른이 경계해야할 자다. 미라와 비슷한 느낌의 그는 붕대로 몸을 감싸고 그 위에 갑주를 단단히 걸쳤다. 그리고 녹색의 섬뜩한 안광을 붕대의 틈 사이에서 쏘아내고 있었다.

게다가 자금력도 상당하고 일신의 무력도 뛰어났다. 그가 눈에서 독기를 뿜어내자 신임 룸장들이 모두 겁을 집어 먹었다. 이럴 때일수록 모임의 리더인 내가 나서야 한다.

"그렇게 열 내지 마시고 같이 와서 한잔 어떠십니까?"

"뭐?"

"아니면, 술맛을 잘 모르시나?"

성큼성큼 다가가 눈싸움을 하자 락싸구의 일굴이 일그러진다.

"너 말이야. 건방져. 앞으로 던전에서 문제없이 지내고 싶으면 겸손을 배우는 게 어때? 어?"

"겸손은 그쪽이 먼저 좀 보여주지 그러나? 윗사람이 이러니까 보고 배울 게 없네."

내가 이렇게 감정적으로 나가는 건 이유가 있었다. 이 락싸구란 놈이 도적놈이나 다름없기 때문이었다. 이놈은 룸3을 지키고 있는데 지난번 전투에서 휘하 용병이 여럿이 죽은 모양이다.

그런데 이 자가 돈도 많으면서 그 손실을 벌충하고자 나를 비롯해 신임 룸장들에게 손을 벌렸다. 알아서 용병 하나씩을 지원해 달란다. 말이야 그렇지 한 명씩 생으로 뜯어가는 거다.

이 무슨, 지하의 개쌍놈이 다 있나 싶었다.

심지어 나한테는 미노타우르스 귀족을 달라고 했다.

어이가 없어서 말이 안 나올 정도였다.

만약 신임 룸장들은 나를 중심으로 뭉치지 않았으면 자기 돈으로 고용해 온 용병을 털렸을 게 틀림없다. 양아치도 이런 양아치가 없었다.

"너 이 새끼! 이제 막 나가자는 거냐! 황녀 전하께 표창장 한 번 받으니까 눈에 뵈는 게 없지? 아주 이 던전이 다 네 것 같아! 그깟 표창장이 내일 네 목숨도 지켜줄 거 같냐!"

나는 눈앞에서 분을 못 참고 으르렁거리는 이 언데드가 별로 무섭지 않았다.

"그래도 표창장 못 받은 새끼보다 명줄이 길지 않겠어?"

"너 이 새끼가 끝까지! 내가 겸손하라고 했지!"

"뭐? 너나 평생 모범이 되게 살아, 아주 겸손하게."

급기야 락싸구가 발작을 일으키려 하자 같이 온 자가 서둘러 말린다.

"말려들지 말라고! 저 인간 놈이 일부러 이런 거란 걸 모르나."

"제길! 빌어먹을 놈!"

나는 아깝다는 듯 어깨를 으쓱였다. 룸장끼리 알력이 있어도 물리적으로 충돌하면 군법에 의한 재판을 피할 수 없다. 보기 싫은 놈이라 먼저 공격하게 유도한 건데 옆에서 말리는 놈 때문에 실패했다.

이런 건 죠니아 백작부인의 식객으로 있을 때 배운 거다. 유감스럽게도 착한 것보다 나쁜 걸 빨리 배우게 된단 말이지. 잘 잊어버리지도 않고.

락싸구가 그렇게 떠나자 나는 신임 룸장들을 보며 잔을 들어 올렸다. 다들 락싸구를 말로 쫓아낸 나를 존경 어린 시선으로 보고 있었다.

"지금 제일 좋은 게 뭔지 아나?"

다들 모르겠다고 하자 나는 씩 웃어 보이며 술을 단번에 들이 켰다.

"이 감정적 승리를 달달한 술과 함께 할 수 있다는 거다!"

"와하하하핫!"

소란스러운 웃음이 터져 나온다. 싫은 놈 엿 먹인 뒤라 그런지 더 술이 맛있었다. 다시 우리는 부어라, 마셔라 술판을 벌였다.

요즘 공무 때문에 이웃 던전도 방문하고 있다. 귀찮은 일이었지만 나는 적극적으로 이 일을 맡았다. 한 던전의 주인이 되려면 여기저 기 인맥이 있어야 좋기 때문이었다.

사회생활을 제대로 해본 적 없는 나는 처음에 이 일을 꺼렸는데, 치즈헌터가 안면만 터놔도 재산이라고 해서 열심히 하게 됐다.

게다가 지난 전투의 소문 때문에 내 평판도 좋았다. 화제의 루키 로 통하고 있는 것 같다. 지하 세계에서 실력이 있을수록 상대에게 인정을 받을 수 있다. 그게 자발적인 것이든, 누가 강요한 것이든 말이다.

결과야 뭐 같으니까.

"흠……."

한국에 있을 때와 많이 달라진 내 사고방식에 나도 모르게 신음이 나왔다. 이제 반을 겉돌던 고등학생 오주윤은 없는 건지도 몰랐다.

그게 좋은 건지는 잘 모르겠다.

그래도 하나 확실히 기억하는 건 있다.

바로 오토 경의 신념과 용기 등이다.

비록 그게 게임 속 캐릭터에 불과하지만 오토 경은 지금의 나와 지구의 나를 이어주는 중요한 끈이었다. 아무리 변해도 내가 오토 경의 신념을 기억한다면, 완전히 괴물이 되진 않을 것 같았다.

"고민이 있나? 자네."

동행하던 치즈헌터가 물어온다. 가볍게 고개를 젓고는 길을 재촉했다. 오늘따라 동굴 속이 습하고 후텁지근한 느낌이다.

"아냐, 돌아가서 고기라도 구워먹자고."

그런데 앞쪽에서 소란스러운 소음이 들려오기 시작했다. 여성의 짧은 비명도 함께 말이다. 내가 반사적으로 튀어 나가려고 하자 치즈헌터가 붙잡는다.

"남의 일에 끼어드는 건, 별 이유도 없이 미친 고블린의 귀를 잡아 당기는 것만큼 쓸모없는 짓이야."

"그래도."

"혹시 함정인지 어찌 아나? 자네는 가끔 보면 특이하단 생각이 들더군."

뭐냐고 표정으로 묻자 치즈헌터가 대답한다.

"지저인답게 처신하다가도 이따금 정에 이끌리니 종잡을 수 없단 느낌이야."

무슨 소린지 알 것 같다. 하지만 사람의 타고난 천성이 어디 가겠는가. 이 땅에서 나고 자란 자들이 보기엔 쓸데없는 동정심이 가끔 튀어나오곤 했다.

"동정심이 아니라 호기심이라고 해둬. 너랑 나 둘이면 문제없을 거고."

"후… 그리 말한다면 알겠네."

사실 바페가 내게 선물한 직감이 지금 발길을 붙잡고 있었다. 이 설명하기 어려운 감각은 지금껏 믿어서 나쁠 건 없었다.

"이 년을 붙잡아!"

"불을 쏘지 못하게 하라고!"

가보니까 방화복 같은 걸로 전신을 두른 사내들이 한 여자를 붙잡으려 하고 있었다. 왜 저런 특이한 복장이냐면, 그 여자의 몸이 불길에 둘러싸여 있었기 때문이었다.

정확히 말하자면 몸은 보통 인간인데 머리카락이 화염이었다. 그리고 지금 그 불꽃 머리카락이 길게 늘어져 습격자들을 막아내는 중이다. 그 불이 방화복을 입었는데도 뜨거운 듯, 습격자들은 비명을 질러대며 악전고투하고 있다. 그러면서도 끝이 두 갈래로 갈라진 긴 막대기로 그녀를 찍어 누르려 했다.

치즈헌터는 그 꼴을 보더니 설명해준다.

"인신매매로군."

"그래?"

"저 여자를 보라고. 희귀한 엘리멘탈 터치드야."

치즈헌터의 말에 의하면 엘리멘탈 터치드는 정령과 인간 혹은 유사인간 사이에서 나온 아이라고 한다. 쉽게 말하면 반정령, 반인간의 희귀종이다.

게다가 저 소녀티를 막 벗은 것 같은 여자는 대단한 미인이었다. 지하에서 저런 희귀종 미인은 아주 고가에 거래된다. 돈 때문에 납치하려는 게 틀림없었다.

"나는 십자궁으로 지원하겠네."

십자궁에 볼트를 끼우는 치즈헌터에게 고개를 끄덕이고 곧장 메서를 뽑아들고 뛰쳐나갔다. 그리고는 여자를 붙잡으려던 놈 하나를 뒤에서 베어버렸다.

"크악!"

불시에 기습을 당한 그는 외마디 비명과 함께 쓰러졌다. 이어서 날아온 볼트에 의해 또 다른 놈이 들고 있던 막대기를 놓치며 쓰러진다.

기습은 완벽히 성공이었다.

내가 메서를 휘두르자 놀란 인신매매범들은 사방으로 펄쩍 뛰었다. 이미 기세가 꺾인 그들은 반격다운 반격도 못하고 도망쳤다. 그러다 한 사내랑 눈이 마주쳤는데, 그는 나를 보더니 깜짝 놀란다.

"너, 너는!"

안광을 뿜어내는 녹색 눈동자가 크게 떠지는 게 보인다. 잠깐, 어디서 본 눈인데? 뭔가 생각이 나려는 그 순간 남자가 바닥에 폭탄을 집어던졌고 곧 사방에 빛이 작렬한다.

눈을 다시 떴을 때는 다 도망간 뒤였다.

죽은 자들 몇몇만 땅바닥에 구르고 있다. 나는 놀란 표정이 역력한 엘리멘탈 터치드에게 다가갔다. 물론 뜨거우니 거리를 좀 둔 채말이다.

"괜찮으십니까? 위급하신 것 같기에 끼어들었습니다."

"가, 감사… 후우, 후아아. 감사합니다."

많이 당황했던 듯 그녀는 한동안 숨도 제대로 못 가눴다. 한참 뒤에야 진정이 됐는데, 그러자 재밌게도 길게 늘어졌던 화염 머리칼이 단정한 길이 정도로 짧아졌다.

늘었다 줄었다 하는군.

그런데 다시 보니 불꽃치고는 꽤 색이 탁한 편이다.

"저는 오토라고 합니다. 던전의 룸장직을 맡고 있습니다."

"저는 넬라라고 해요. 그런데 어느 던전의 룸장이신가요?"

"2-04던전입니다."

내 말에 넬라는 반색했다.

"정말인가요? 제가 물건을 팔러 다니는 곳 중 하나예요."

사정을 몰라 어리둥절해하고 있는데 박식한 치즈헌터가 슬쩍 끼어들어 설명해 준다.

"그녀는 2종 종군상인이네. 던전과 도시를 오가며 필요한 물건을 파는 보따리상 같은 거지."

아하, 그래서 2-04던전도 들리나 보구나. 앞으로 볼 일이 있을 거 같았다.

"그런데 어쩌다 습격을 받은 겁니까?"

내 물음에 넬라는 다시 불안한 얼굴이 됐다.

"그게, 전부터 절 납치하려던 자가 아닐까 싶어요. 지금까지는 불로 잘 쫓아버렸는데, 오늘은 정말 위험했어요."

몇 번 실패한 인신매매범들이 나름대로 방책을 강구해 왔던 건가.

"저런, 어디까지 가십니까? 제가 호위해 드리겠습니다."

"아닙니다. 그럴 수는…."

나는 넬라의 말에 고개를 가로저었다. 기왕 끼어든 거 그녀를 가까운 도시까지만 데려다 주기로 했다. 어설프게 도와주면 안 하니만 못하다. 이대로 돌아가다가 넬라가 다시 납치라도 당하면 헛짓거리 아니겠나.

"정말 감사해요. 이렇게 큰 도움을 받다니."

넬라는 정말로 고마운 듯 계속 내게 고개를 숙여왔다.

"자, 일단 움직이죠. 그런데 어쩌다 여자 혼자 장사를 하게 되신 겁니까?"

가까운 도시로 이동하며 넬라의 사정을 들을 수 있었다. 원래 그녀는 대상인의 딸이었다고 한다. 돈 많고 부유한 아버지가 아름다운 화염 정령을 산 게 그녀가 태어난 계기였다고.

"아버님은 불에 피해를 입지 않으셨던 건가요?"

"아버님께서는 매일 화염면역 물약을 드실 정도로 부자셨거든요."

대단하다. 치즈헌터와 나는 할 말을 잃어버렸다.

부자는 역시 뭐가 달라도 달라.

상식이 없다니까.

그런데 이어진 그녀의 얘기는 우울한 내용이었다. 잘 나가던 상단이 망해서 아버지는 돌아가시고 가족은 흩어졌다는 이야기.

"어머니는 고향인 불의 차원으로 돌아가셨어요. 하인들도 제 갈 길을 가고 지하엔 저 혼자 남았죠."

대견하게도 그녀는 여인의 몸으로 아버지의 상단을 재건하기 위해 노력 중이라고 했다. 비록 지금은 보따리장수 소리를 듣는 2종 종군상인일 뿐이지만 말이다.

그런데 불행히도 그녀의 전망은 밝아 보이지 않는다. 인신매매범들이 아름다운 넬라를 집요하게 노리기 때문이었다. 하지만 내가 거기까지 해결해줄 순 없다. 도시에 도착하면 끝이지.

"정말 이 은혜, 어떻게 갚아야 할지 모르겠어요. 제가 2-04던전에 가면 오토 님께는 특별 할인을 해 드릴게요."

"감사힙니다."

나는 넬라와 다시 만나기로 하고 일별했다.

"흠…."

고민이 이어진다. 그 녹색 안광, 분명히 봤던 거 같은데. 현재 유력한 용의자가 하나 있긴 하다. 바로 룸3의 룸장인 락싸구다.

내가 기억하기로 락싸구가 딱 그런 안광을 내뿜었다. 하지만 그렇다고 단정하기도 어렵다. 그래도 락싸구는 일단 던전의 룸장이다.

인신매매 같은 것까지 할까 싶었다.

게다가 녹색 안광을 뿜어내는 언데드가 어디 한둘이어야지. 그것만으로는 역시 근거가 부족하다.

그래도 날 보고 멈칫한 그 반응, 솔직히 걸린단 말이지. 하지만 그날 이후 락싸구와 마주쳐도 별다른 특이점은 발견하지 못했다. 그는 한결같은 적개심으로 날 대할 뿐이었다. 그래도 그냥 넘어가긴 내키지 않는다.

"치즈헌터, 이 일을 좀 조사해줘. 락싸구 녀석 뒤를 캐봐."

"좋네, 하지만 착수금이 필요해. 이런 일은 나 혼자 못하네. 전문가들을 몇 명 정도 고용해야 할 거야."

"자금은 충분히 지원할게. 뭔가 구린내가 난다고."

"알겠네. 그건 그렇고 내일 시장이 열린다는군. 그 화염 아가씨를 다시 만날 수 있을지도 모르겠네."

아, 그런가.

넬라라고 했지. 2-04던전으로도 장사하러 온다니 다시 만날 수 있겠다. 왜 그런지는 모르겠지만 그게 기대됐다.

그런데 다음날.

내겐 좋지 않은 일이 있었다. 아니, 나와 뭉친 신임 룸장들 모두에게도 말이다.

"아니, 이게 말이 됩니까! 이렇게 후려치다니!"

시장이 열린 연병장에서 나는 고함을 지르고 있었다. 판매하려고 내놓은 마정석을 상인들이 헐값에 매수하겠다고 했기 때문이었다.

나는 지난 전투에서 적의 장수인 필리피소스를 비롯해 많은 마정석과 육체를 노획했다. 오늘 이것을 던전을 찾아온 상인들에게 팔려고 하는데, 터무니없는 저가를 제시받았다.

이건 말이 안 됐다.

그런데 나는 곧 그 이유를 알 수 있었다.

근처에서 실실 웃는 락싸구를 보고 말이다.

사정을 알아보니 이게 다 그의 고의적인 훼방이었다.

락싸구는 3번 룸의 룸장이면서 동시에 2-04던전의 재무담당관이기도 했다. 그래서 마정석과 육체를 매입하는 1종 종군상인을 관리하는 위치에 있었다.

그런 그가 입김을 불어 상인들이 나와 신임 룸장에게만 저가를 제시하게 만든 것이었다.

"왜? 뭐가 안 풀리나?"

락싸구가 빈정거렸다.

이번에 완전히 한 방 찔렸구나. 던전의 군인들은 방어 때문에 아무 때나 마정석을 팔 수 있는 아르탈란까지 못 간다. 그래서 1, 2종 종군상인들이 와 시장을 열어준다. 이때 싸움에서 노획한 걸 파는 일이 굉장히 중요하다.

이 돈으로 물자도 새로 보급 받고, 휘하의 용병에게 월급도 주기 때문이었다. 물론 아르탈란까지 직접 가져가 팔 수도 있지만 그러려면 몇 달에 한 번 있는 휴가 때 나가야 하니 타이밍이 안 맞는다. 외박 정도로는 아르탈란까지 갈 시간이 부족하다.

게다가 병력의 월급날과 문자의 결제일을 고려하면 휴가 때 파는 걸로는 감당이 안 되다. 그래서 1종 종군상인이 존재하는 거고.

나야 가진 돈이 아직 있으니 문제없지만 신입 룸장들이 문제였다. 재산이 많지 않은 그들은 이런 상황이 계속되면 1종 종군상인을 쥐고 흔드는 락싸구에게 굴복할지도 몰랐다.

신임 룸장들이 지금은 나를 중심으로 뭉쳐있지만 결국 그게 이득이라서 그렇다. 이득이 없고 손해만 보기 시작하면 언제든 안면을 몰수할 거다. 지하 세계에서의 관계란 게 다 그런 식이다.

"일단 진정하고 이 문제를 고민해 보세."

치즈헌터의 말에 나는 냉정함을 되찾았다. 아직 자금의 여유도 있고 신임 룸장들도 던전에 온 지 얼마 안 되어 위기에 몰린 건 아니다.

"그래, 내 저 자식 가만 안 둘 테니까."

날 보고 실실거리는 락싸구의 얼굴이 잊혀지지가 않는다. 속으로 씩씩거리며 가고 있는데 누가 내게 말을 건다.

"저기….."

"음?"

누군가 해서 고개를 돌려보니 낯익은 인물이 있었다.

화염 머리칼을 단정하게 묶은 미녀, 바로 엘리멘탈 터치드 넬라였다.

"아!"

락싸구 때문에 기분이 나빠서 생각도 못하고 있었다.

"잘 지내셨어요?"

넬라는 방긋 웃으며 인사해왔다.

나도 반가운 맘이 들어 안부를 묻는 등 이야기를 나눴다. 넬라는 지난번 일을 보답하고 싶다고 했다.

"별건 아니지만 식재료 등의 여러 보급품을 준비했어요."

넬라가 마법 지퍼에서 무언가를 잔뜩 꺼냈다. 고맙긴 했는데 미안한 마음이 들었다. 그녀는 단정한 차림이었지만 옷 자체는 낡아 보였다. 살림살이가 어려운 사람이 최대한 깔끔하게 차려입고 나온 느낌이랄까. 내가 그녀에겐 은인이지만 가난한 상인에게 이렇게 많은 걸 받기는 내키지 않았다.

"이것도, 그리고 이것도…."

그래서 나는 자꾸 뭘 꺼내놓는 넬라를 서둘러 말렸다.

"이 정도면 충분할 것 같습니다."

하지만 넬라는 단호했다.

"아니에요. 인신매매를 당할 뻔했는걸요. 이 정도로도 부족하죠."

옆에 있는 치즈헌터를 보며 눈으로 묻자 그 역시 과도하다는 신호를 보내온다. 역시 말려야겠다. 나는 그녀의 손을 잡았다.

"이 정도면 정말 충분해요. 일단 제 룸으로 가서 얘기하지 않을래요?"

그녀는 2종 종군상인이니 물건이라도 좀 팔아줄 요량이었다. 그런데 넬라는 순간 굳더니 곧 볼에서 작은 불길이 퐁, 하고 일어난다.

"헛!"

갑작스러운 인체 발화에 놀란 나는 손바닥으로 서둘러 그녀의 볼에 붙은 불을 끄려고 했다. 그러자 놀랍게도 그녀의 화염 머리칼이 길어지는 게 아닌가.

"오토."

치즈헌터가 서둘러 날 말리더니 설명한다.

"그녀는 지금 부끄러워하는 거라네. 외간 남자가 갑자기 손을 잡고 볼까지 만져대니 딱 굳어버렸잖는가."

"그, 그런 건가? 넬라 양. 정말 죄송합니다. 저도 모르게."

그제야 정신이 돌아온 넬라가 손사래를 친다.

"아니, 괜찮아요. 그래도… 반절은 화염 정령인 저보다 정열적인 분이시군요, 오토 님은."

뭔가 오해를 산 느낌이다. 넬라는 겨우 진정하며 손으로 자기 볼을 부채처럼 부친다.

"그건 그렇고 불이 뜨겁지 않네요?"

"아, 그건 제가 조절하니 그렇답니다. 이래 봬도 화염 정령의 딸이에요. 얼마든지 불이 주변에 피해를 안 주게 다룰 수 있답니다."

자랑스러워 하는 기색으로 넬라가 대답한다. 엘리맨탈 터치드는 지하 세계에서 살아가기 힘든 종족 같지만, 그녀는 자기 혈통에 강한 자부심을 가진 듯했다.

"그렇구나."

일단 룸9로 이동했다.

"안 그래도 제대로 감사를 드리려고 했는데 잘 됐네요."

"이 정도면 충분합니다. 이미 많이 주셨는데요."

미안한 얘기지만 나는 이 가난해 보이는 상인의 살림살이가 걱정됐다.

"그리고 개인적으로 드리고 싶은 말씀도 있어요."

말하는 그녀의 눈빛은 영리해 보였다. 그게 내 마음을 끌었다. 나는 착하기만 한 사람은 솔직히 좀 불편하다. 하지만 서로 이득이 될

만한 이야기를 갖고 왔다면 흥미가 생긴다.

넬라는 뭔가 내게 제안이 있는 게 틀림없었다.

"알겠습니다."

사례가 과해 보였다. 뭔가 중요한 얘기를 하고 싶은 건가? 나는 객실로 그녀를 안내하고는 차를 대접했다.

"하고 싶다는 말씀, 한 번 들어보겠습니다."

"네, 일단 단도직입적으로 말씀드릴게요. 저는 1종 종군상인 면허가 있습니다."

허? 생각도 못한 일이로군.

1종 종군상인은 생필품과 음식을 취급하는 2종 종군상인과 다르게, 마정석과 적의 육체를 다룬다.

당연히 군의 전략물자이니 제대로 된 허가가 필요하다. 그런데 이 허름해 보이는 화염 아가씨가 그런 걸 갖고 있나 생각하다, 거상이었다는 그녀의 부친을 떠올렸다. 얘기를 들어보니 과연 그랬다.

"부친의 면허가 상속이 되는 겁니까?"

"물론이에요. 대신 상당한 금전을 내야 했죠. 집안이 망하고 남은 돈을 모두 긁어모아서 면허료를 지불 했답니다."

쉽지는 않은 결정이었을 거다. 면허료를 내도 남는 게 전혀 없으니. 그런데도 과감한 선택을 했구나. 그 돈이면 혼자 편히 살 수 있었을 텐데.

"그렇지만 여건이 안 돼서 지금까지 마정석과 육체를 취급하지 못하고 있네요. 아버님을 생각하면 부끄럽답니다."

"아닙니다, 넬라 양. 당신은 내가 아는 여자 중 가장 용감한 분 가운데 하나입니다."

그 투자 건도 그렇고 고용인도 없이 여인의 몸으로 혼자 다니는 모습을 보면 보통 담력이 아니다.

"저를 높게 평가해주셔서 감사해요. 그래서 제가 제안하고 싶은 게 있어요. 마정석 매매를 제게 맡겨주지 않으실래요? 이 던전의 재무담당 장교 때문에 문제가 생긴 걸 봤어요. 이대로라면 오토 님도 곤란하실 거예요."

아까 있었던 일을 봤구나. 그녀의 말이 맞다. 하지만 아무 기반이 없는 여자의 무엇을 믿고 마정석 같이 귀중한 것을 맡길까?

의구심을 표하자 넬라가 열심히 설명을 시작했다.

"전혀 기반이 없는 건 아니에요. 아버님이 구축한 많은 인맥이 그대로 남아 있답니다. 제가 물건과 투자금을 확보한다면 그들이 거래를 해줄 거예요. 아버님 생전에 은혜를 입은 자들이거든요."

지구의 감각으로 보면 그들이 야박하단 생각이 들 거다. 하지만 지하 세계가 기준이라면 그 정도만 해도 자비롭다. 지하는 남을 믿을 곳이 못 됐기에 돈과 물건을 가져도 쉽게 거래를 트기 어렵다.

넬라는 아버지가 남긴 무형의 유산에 힘입어 일정한 조건만 갖추면 거래를 할 수 있다는 거다. 확실히 락싸구 때문에 열 받은 내겐 매력적인 제안이다.

"게다가 저는 탁월한 보석과 마정석 감정 능력을 가지고 있어요. 불의 정령만 가지고 있는 특별한 힘이죠."

화염의 능력으로 광물이나 마법 광물을 정확히 판별하는 능력이라고 했다. 불을 조절해 물건에 피해를 입히지 않고도 정확히 알 수

있단다. 과연 그런가 싶어 여러 가지를 꺼내 확인하게 했더니 백발
백중이었다. 마정석의 경우는 같은 등급 마정석이라도 구체적으로
다른 수치까지 제시했다.

"대단하군요. 그 정도를 알려면 커다란 기계가 필요할 텐데."

마정석의 정확한 마력량을 알려면 상인들도 감에 의존한다. 감별
기의 크기가 거대하기에 가져가서 정확히 파악하고 그전에는 오랜
감각을 따를 뿐이다.

높은 수준의 5등급 마정석.

중간 수준의 5등급 마정석.

낮은 수준의 5등급 마성석.

이런 식으로 말이다.

그걸 고려하면 넬라가 가진 능력의 메리트는 대단한 것이었다.

한데 그녀의 능력은 그것만이 아니었다.

어려서부터 아버지의 상단에서 일하느라 행정과 회계를 배웠다
고 한다. 그녀는 갑자기 팔을 걷어붙이고 나서더니, 내가 쌓아온 룸
장의 서류를 순식간에 다 정리해 버렸다. 내 두통과 보비가 하는 잔
소리의 근원인 서류 더미를 말이다.

"세상에…."

복잡한 표를 단번에 암산해서 처리해 버리는 걸 보니, 내 머릿속
에 뇌 대신 주름진 젤리가 들어있지 않은가 하는 자조감이 들었다.
그럴 정도로 넬라는 완벽한 사무원이었다.

"어때요? 저 제법 쓸만하죠?"

한쪽 눈을 찡긋해 보이는 게 무척이나 귀여웠다. 이건 반칙이야.

물론 이런 인재를 내 밑에서 서류 정리나 하게 할 생각은 없다. 지금은 어디까지나 그녀가 능력을 보이는 자리니까.

"정말 매력적이시군요."

"네? 매력적인가요?"

퐁!

갑자기 넬라의 볼에 다시 조그마한 불길이 일어난다. 그러더니 움직임이 로봇처럼 뻣뻣해진다. 지난 경험으로 부끄러워하는 거란 걸 알았기에 재빨리 수습했다.

"아니, 인재로서 매력적이란 얘기였습니다. 물론 여자로서 매력이 없단 건 아니고요."

"아! 그, 그런 얘기군요. 호호… 호호호."

당황을 수습하려는지 억지로 웃어 보이는 넬라. 그나저나 이렇게 부끄러움이 많아서야 안면에 철판 깔아야 하는 장사를 잘해낼 수 있을까? 그래도 어쩐지 할 때는 할거란 생각도 들었다. 남녀 관계에서만 순수해서 아직 어쩔 바를 모르는 것 같달까.

"하지만 아직 걱정이 없는 건 아닙니다. 지금까지 혼자 잘 해오신 건 알겠습니다만… 최근에 인신매매 건도 있고 여자 혼자서 위험하지 않겠습니까?"

"그래서 아까 오토 님께 투자를 받고 싶다고 말한 거예요. 호위를 위한 용병을 고용하고 싶어요. 그리고 저 말이에요, 생각보다 강하답니다. 지난번엔 제 불길에 대비하고 와서 위험했지만요."

하긴 그간 여러 위험 속에서 홀로 장사하러 다니기도 했으니…. 저 불길만 일으켜도 어지간한 자들은 접근도 못 하겠지. 그래도 적이 값비싼 화염면역 물약을 먹고 오면 얘기가 달라진다. 넬라 역시 그걸 고려해 용병을 고용하고 싶다는 거고.

"흠……."

고민하고 있자 옆에서 듣던 치즈헌터가 괜찮은 것 같다고 조언한다. 나 역시 이미 반 이상 마음이 넘어간 상태다. 그래도 내가 좀 망설이자 넬라가 쐐기를 박아온다.

"만약 계약대로 하지 못하면 저를 오토 님께 드릴게요. 지금 제가 담보로 삼을 가치 있는 건 제 육체밖에 없어요."

육체라고 하니 뭔가 엄한 느낌인데 넬라는 성적인 향락이 아니라 진짜 몸을 주겠다는 소리다. 지하 세계에선 영혼석 때문에 몸을 갈아타는 일이 얼마든지 일어난다. 그래서 희귀종에다 빼어난 미모를 가진 그녀의 금전적 가치는 대단할 터. 정말 최소한으로 잡아도 100만 밀 이상에서 시작할 거다. 장교 자리를 청탁하는데 3만 밀정도였으니 그녀의 가치가 얼마나 높은지 말할 필요도 없다.

이곳은 지독한 금전본위의, 이득에 의해 뭐든 게 이뤄지는 세계였다.

"좋습니다. 당신과 계약하죠."

최소 100만 밀짜리 담보를 제시한 데다가 일신의 능력이 매우 뛰어나기까지 하다. 락싸구 문제의 활로를 찾던 내 입장에서 거절할 이유가 없었다.

"고마워요, 정말! 정말로 고마워요!"

넬라 역시 나라는 투자자를 만나서 드디어 1종 종군상인 일을 시작할 수 있게 되었다. 물어보니 아버지가 돌아가신지 6년 만이라고 했다.

"이제야, 저도 아버님 보기에 당당한 딸이 될 수 있을…."

거기까지 말하던 넬라는 만감이 교차하는지 곧 주르륵 눈물을 흘리고 말았다. 나는 잘 됐다고 축하해 주고 싶었지만 아직 큰 문제가 남았다. 가장 근본적이고 큰 문제.

"넬라 양. 아시겠지만 던전에서 거래할 1종 종군상인은 재무담당관이 정합니다. 제가 사적으로 몰래 넬라 양에게 마정석을 넘길 수야 있지만, 그 이상은 무립니다."

나 하나라면 들키지 않고 문제를 해결할 수 있다. 하지만 나를 따르는 신임 룸장들은 어쩌겠는가. 그렇다고 그들도 끌어들이면 언젠가 들키고 만다. 원래 꼬리가 길만 밟힌다지 않는가. 그렇게 되면 군법으로 재판을 받게 될 테니 락싸구가 덩실덩실 춤출 일만 만들어주는 거다.

그런데 넬라가 생각지도 못한 대책을 내놓았다.

"그거라면 답이 있을지도 몰라요."

"그렇습니까?"

"네, 요컨대 락싸구가 더는 재무담당관이 아니면 되잖아요?"

"그거야 그렇습니다만…."

자기 밥그릇 꽉 쥐고 있는 그놈이 어디 호락호락하겠는가. 그런데 넬라가 놀라운 증언을 해줬다.

"저를 인신매매하려고 했던 게 바로 그 락싸구예요."

"정말입니까? 아, 물론 저도 그 녹색 안광을 보고 의심은 했지만 그것만 가지고는……."

"유력한 증거가 있어요."

넬라 말로는 락싸구의 장비에 그을음이 묻어 있었다고 한다.

"그을음이야 다른 일을 하다가도 묻을 수 있는 거 아닙니까?"

"절 얕보지 마세요, 오토 님. 저는 불의 정령의 아이예요. 불길은 다 같아 보일지 몰라도 우리가 느끼기엔 아니랍니다. 불마다 냄새와 색깔이 다르죠. 예를 들면 이런 거예요. 태우는 재료가 다르면 불의 온도와 그을음의 냄새가 달라지는 것 정도는 아시겠죠?"

"네, 그 정도는."

학교 다닐 때 과학 시간에 불꽃 반응 실험을 했던 게 기억난다. 구리면 청녹색, 아연은 비취색, 나트륨은 노란색 불길이 일어난다.

"정령은 그런 걸 극히 민감하게 느낀답니다. 같은 불의 정령이라도 몸을 구성하는 정보는 다른 법이에요. 그리고 그 미묘한 색과 냄새의 차이를 우리는 구분할 수 있죠."

"즉, 그 그을음이 넬라 양의 것이란 말인가요?"

"네, 물론입니다."

이거 불의 정령을 상대로는 사기도 못 치겠구먼.

"그리고 추가적인 증거 역시 있어요. 저를 납치하려고 했던 게 카르헨 상단이라고 하더군요. 이건 며칠 전에 아버님과 거래하던 어떤 분께 몰래 들은 사실이에요. 아시겠지만, 락싸구와 독점으로 2-04 던전의 물량을 거래하는 게 카르헨 상단이랍니다. 뭔가 수상하지 않나요?"

"확실히 그렇군요."

넬라의 말을 들어보니 확실히 그때 그 인물이 락싸구란 확신이 들었다. 하지만 이 정도로는 던전의 장교를 실각시키기엔 부족하다. 그래서 이쪽에서 적극적으로 나설 필요가 있었다.

"좋습니다. 결정했습니다. 함정을 파죠. 물론 넬라 양께서 도와주신다면 말입니다."

내 의중을 넬라는 단번에 알아들었다.

"미끼가 되라 그 말이죠?"

"네, 위험한 일입니다. 넬라 양께서 원치 않으시면 추진하지 않겠습니다."

그런데 넬라는 내가 생각하는 것보다 훨씬 영리하고 용감한 여자였다.

"그건 위험한 게 아니에요. 인신매매범들을 그냥 놔두는 게 훨씬 위험한 일이지."

그 말에 옆에서 치즈헌터가 웃음을 터뜨린다.

"찌지직, 이 아가씨 진짜 걸물이구먼. 찍찍찍!"

계획을 세웠으면 실행은 재빨라야 한다.

우리는 락싸구와 카르헨 상단이 다시 넬라를 인신매매하려 할 때 덮치기로 했다.

"그런데 지난번에 실패했잖아? 그들이 다시 시도할까?"

내 의문에 치즈헌터가 확답을 내놓았다.

"넬라 양의 가치를 자네도 알잖는가. 눈앞에 최소 100만 밀짜리

가 왔다갔다하는 상황을 보고 그들은 결코 포기하지 않을 거야."

100만 밀도 최소지, 실제로 200만 밀이 나갈지 300만 밀이 나갈지 아무도 모른다.

"하긴 100만 밀이 무방비하게 다니고 있다면 욕심을 버리긴 어렵겠지."

일단 치즈헌터와 나는 넬라의 주위에 전문가들을 여럿 붙여놓기로 했다. 그들은 남몰래 호위를 하는 것에 훌륭한 기술을 갖고 있다.

"그래도 너 지난번에 록투에게 털렸잖아?"

조금 미심쩍어하며 묻자 치즈헌터가 긴 수염을 부르르 떨며 대답한다.

"중과부적이었다고. 셋이서 어찌 기습적으로 덤벼든 록투 떼를 당하겠나! 그 와중에 아가씨를 숨긴 것만 해도 대단한 걸세."

그건 그렇고 그때 일이 치즈헌터에게 상당한 트라우마로 남은 듯했다. 이 점잖은 래트맨이 보기 드물게 흥분해 버렸다. 게다가 그답지 않게 겁먹은 기색까지 보였다. 하긴, 그때 동료가 록투에게 모두 잡아먹혔지. 무신경한 말이었기에 나는 사과했다.

"자네가 생각 없이 내뱉은 말을 반성하게. 다음에도 이런 소리를 한다면 우리 사이가 더 유지되기 어려울 걸세."

"미안."

역시 남의 실패에 대해 이야기할 때는 조심스러워야겠단 생각이 들었다. 치즈헌터는 아직도 분이 안 풀린 듯한 목소리로 일 얘기를 계속한다.

"이번 일에 충분히 금을 들인다면 결코 실패할 수 없을 걸세. 뭐든 투자한만큼 결과가 나오는 거야."

"알겠어. 이번 일은 중요한 만큼 금을 아끼지 않을게."

그런데 전문가만으로도 부족해서 나는 치즈헌터와의 계약을 해제했다. 그를 군인의 신분에서 물러나게 해서, 본래 그의 직업에 더 어울리는 일을 시키기 위해서였다. 암중에서 벌이는 일에 대해 믿고 맡길 자가 필요했다. 치즈헌터 역시 이 일에 동의해줬다.

"팔자에도 없는 군인 흉내 내느라 불편했네. 이제야 나다운 일을 할 수 있겠구나."

이후 넬라는 일정한 시간에 일정한 장소를 움직이기 시작했다. 주로 인적이 없는 동굴을 따라서 말이다. 겉으로는 상행에 나선 것 같은 그녀는 인신매매범이 보기에 아주 좋은 표적이었다. 놈들은 금세 넬라의 동선을 파악하고는 미끼를 물었다.

"준비하게, 오토. 검은 이끼 공동에서 놈들이 숨어 있어."

검은 이끼 공동은 폭이 500미터 정도 되는 공동이다. 안에는 검은 이끼가 가득한 축축한 장소다. 이곳에는 이끼를 먹는 거대한 벌레와 그 벌레를 잡아먹는 포식자들이 살고 있다.

인적이 드문 곳인데 길에서만 벗어나지 않으면 그리 위험하지 않다. 이끼로 가득 찬 깊은 곳으로 들어간다면 다시 빠져나올 수 있을지 모르지만.

"좋아. 놈들을 단숨에 잡아오자."

인신매매범들은 락싸구와 상단에 고용된 용병들이다. 치즈헌터 같이 은밀한 일을 하는 전문가에 비하면 세심함이 떨어지는 자들이다. 그래서 이쪽의 감시를 눈치채지 못했다고 한다. 현재 넬라는 우리 앞쪽에서 먼저 나아가고 있다.

우리는 뒤에서 따르다 놈들이 나서면 그때 나설 계획이었다. 미끼를 물까 싶었는데 손쉬울 정도로 상대가 걸려들었다.

"정말이지 욕망에 충실한 놈들이군."

"오토, 자네라고 다를 줄 아나? 만약 넬라 양을 동업자가 아니라 금덩어리로 본다면, 자네도 쉽게 함정에 걸려들 걸세."

"동의할 수밖에 없군. 자고로 사내는 미녀와 금덩어리 앞에서 명청해지지 않나. 그런데 넬라 양은 둘 다 해당하니까."

내가 생각해도 너무한 함정이었다. 이래선 적의 명청함을 탓하기도 미안하다.

"모두 신속히 이동한다!"

내 신호에 주변에 있던 전문가들이 뜀박질을 시작한다. 확실히 정리하려고 스무 명이나 데리고 왔다. 이건 완전 승리일 수밖에 없다. 도착해 보니 불길이 일어나고 난리였다. 인신매매범을 상대로 넬라가 화염방사기처럼 불길을 쏘아내고 있었다.

"공격! 모두 제압한다!"

내 신호에 넬라는 불길을 크게 일으켜 적을 물린 뒤 우리 쪽으로 도망쳤다.

"넬라 양! 이쪽으로!"

내 손짓에 넬라는 적의 화살을 아슬아슬하게 피하며 달려온다. 그리고 거의 다 왔을 때 넘어지고 말았다.

나는 재빨리 뛰어나가 쓰러지려는 그녀를 받았다.

"괜찮습니다, 이제 괜찮아요."

넬라는 얼마나 긴장했는지 온몸이 뻣뻣하게 굳어 있었다. 그리고 부들부들 떨어댄다. 무서웠는데 정말 힘냈던 거 같다. 하긴, 그녀가 아무리 용감하다고 해도 인신매매범을 홀로 상대하는 동안 얼마나 두려웠겠는가.

"오토 님!"

"이제부터는 제게 맡기시길."

나는 넬라의 등을 두들겨 주고는 앞으로 튀어 나갔다. 이미 양쪽이 대대적으로 충돌 중이다.

"너 이 새끼들 뭐야!"

"뭐긴 뭐야! 니들 잡으러 왔지!"

하지만 모든 싸움이 그렇듯 허를 찔린 쪽이 주춤하기 마련이다. 그때 적 중 한 명이 노호성을 지른다.

"또 방해를! 오토! 네 이놈!"

언데드 특유의 녹색 안광.

저자가 누군지 말할 필요도 없다. 나는 즉각 웨어 블랙팬서로 변한 뒤 그에게 달려들었다.

"왜! 내가 누군지 알겠나!"

"크윽!"

"그러게 열 받아도 내 이름을 왜 부르나! 락싸구!"

"네놈!"

락싸구는 무척 놀란 모양이었다. 그때 내 앞발이 아슬아슬하게 그의 얼굴을 스쳤다.

퍽!

그의 얼굴을 가리고 있던 가면이 날아간다. 그러자 미라처럼 붕대로 감긴 언데드의 말라비틀어진 얼굴이 드러났다.

"이 자식이! 다 알고 있었구나! 그래서 이렇게 방해를 하는 거고!"

지난번엔 순전한 우연이었다. 뭔가 착각하고 있는 것 같았지만 정정해줄 필요는 없겠지. 나는 허세를 부리는 쪽을 택했다.

"네놈 계획은 모조리 알고 있다! 어차피 네놈은 내 손바닥 안이야!"

"빌어먹을 놈!"

락싸구는 정말 악에 받친 것 같았다. 그러나 미라인 그가 완력으로 웨어 블랙팬서인 내게 상대가 될 리 만무했다.

퍼억! 퍽!

큼직한 앞발에 맞아 급기야 그의 한쪽 팔이 날아가 버렸다. 위기에 몰린 그는 자신의 특기를 발휘했다.

"이거나 먹어라!"

갑자기 입에서 녹색 연기를 토해내는 락싸구.

미라가 자주 쓰는 시체 독이었다. 하지만 내겐 통하지 않았다. +5강을 했기 때문에 어지간한 독엔 면역이기 때문이었다.

"이 독이면 네놈도, 크아악!"

자신만만해하던 락싸구는 내 앞발에 다시 얻어맞고 뒤로 벌렁 쓰러졌다.

"대체! 왜! 안 먹히는 거냐! 그렇다면 이건 어떨까!"

락싸구와 싸우기 위해 미라에 대해 철저히 조사한 나다. 그가 뭘 할지 예상이 되었다. 미라의 능력 중에 상대에게 광기를 일으키는 정신 조종술이 있었다.

"미쳐 날뛰며 네놈 편이나 잡아먹거라!"

하지만 이것 역시 먹히지 않았다. +5강을 했기에 어지간한 정신 지배력에도 면역이었다. 불쌍한 락싸구는 내가 영혼석을 +5강이나 했을지 꿈에도 생각 못 하는 듯했다. 하긴 그게 정상이다.

타르나이 귀족도 아니고 누가 그 정도까지 하겠는가.

특히 던전의 초급 장교 중에 +5강을 한 자는 나 말고 없다고 봐도 무방하다. 그 정도 능력이 있다면 나처럼 베넘부터 시작하지 않겠지.

"대체! 믿을 수 없다! 이런!"

"그래, 그래. 믿을 수 없겠지. 하지만 이게 현실이라고!"

다시 한 번 앞발을 휘두르자 이번엔 락싸구의 반대편 팔이 허공으로 날아갔다. 그는 앞으로 쓰러졌고 내게 밟힌 채 꿈틀거리는 것밖에는 할 게 없었다.

"얼른 걸어."

나는 줄에 묶여서 앞서 걷고 있는 락싸구를 뒤에서 걷어찼다. 그는 이미 늘씬하게 얻어터진 뒤라 조금의 반항도 하지 못했다. 그저 작게 한숨을 내쉴 뿐이었다. 그래서 나는 그가 언젠가 나를 조롱하며 했던 말을 되돌려 줬다.

"왜? 뭐가 안 풀리나?"

"……."

아무런 대꾸도 하지 못한 그는 도살장에 가는 소의 심정으로 걷고 있었다. 그도 그럴 게 지금 우리는 락싸구와 카르헨 상단 놈들을 굴비처럼 줄줄이 묶어서는 2-04던전으로 돌아가고 있었기 때문이다.

락싸구는 간절한 어조로 애원한다.

"원하는 걸 다 들어 드리겠습니다. 이 일을 부디 조용히 처리해 주십시오. 가진 것도 다 드리고 전 전역하겠습니다."

"뭐? 명예로운 항복이라도 하겠다는 거냐? 웃기지 마라. 너 같이 비열한 인신매매범에겐 어림도 없는 얘기니까."

아무리 여기가 지하 세계라고 해도 열심히 사는 한 여자를 납치하려 했던 놈이다. 용서할 수 없었다. 게다가 팔아먹으려고 하지 않았나. 죄질이 극히 불량했기에 조금의 자비심도 피어오르지 않는다.

"너는 던전으로 돌아가 모든 이가 보는 앞에서 그간의 죄가 밝혀질 거다. 스스로 죄를 고백한다면 일말의 자비는 베풀 생각이 있다. 뭐 어차피 오브에 기록된 영상 때문에 부인해도 소용없겠지만."

락싸구의 짓거리는 넬라가 몰래 휴대한 마법 오브에 모두 기록됐다. 그게 아니더라도 락싸구의 뇌를 열어 확인하면 그간의 죄가 다 드러나겠지.

"알겠습니다. 다 자백할 테니, 목숨만! 목숨만은 제발!"

"언데드 주제에 삶에 대한 욕망이 대단하군."

"…저는 죽음이 두려워 언데드가 되었으니까요."

"그럴듯한 말이군."

2-04던전으로 돌아가자 난리가 났다.

당연히 그럴 수밖에

루테르 계급의 내가 그보다 계급이 높은 루테르 에머른 계급의 락싸구를 이 꼴로 잡아왔으니 말이다.

"뭐야? 무슨 일이야!"

"락싸구가 완전히 쥐어 터졌는데!"

"대체 무슨 일이 있었던 거야!"

2-04던전은 완전히 난리가 났다. 사방에서 던전의 인원들이 몰려든다. 락싸구는 이들 사이를 대역죄인처럼 비참하게 걸어갔다. 전투 때 양팔이 날아가 그의 몰골은 더 처량해 보였다.

"이게 대체 무슨 일이죠! 같은 던전의 장교를 공격하다니요!"

던전 코디네이터가 놀라서 날아왔다.

"제가 이 던전을 맡은 이래 이런 일은 없었어요. 하필 던전 로드님이 자리를 비운 사이에 이런 큰일이 터지다니. 제대로 설명해 보세요, 루테르 오토. 만약 그렇지 못하면 신상에 안 좋은 일이 닥칠 겁니다."

던전 코디네이터 입장에선 저리 날뛰는 게 이해가 된다. 그러니 잘 그녀 말대로 제대로 설명해 주는 수밖에.

"모두 들어주십시오!"

나는 어느새 연병장을 가득 채운 던전의 병사들에게 설명을 시작했다. 증거는 충분했다. 게다가 넬라의 증언도 있었고. 게다가 그녀는 놀라울 정도로 연기력까지 발휘했다. 모든 설명이 끝나고 그녀가 서럽게 훌쩍이기 시작하자, 락싸구는 세상에서 제일 나쁜 놈이 되었다.

"죽여! 죽여라!"

"저런 쳐죽일 놈!"

가뜩이나 락싸구가 그간 재무담당관으로 해먹은 게 많아 다들 불만이 컸다. 그가 돈을 벌수록 던전의 다른 자들은 손해를 입어왔으니까. 다만 락싸구가 무서워 불만을 제기하지 못했을 뿐이다. 그런데 이런 상황이 되자 다들 참지 않고 폭발했다.

퍽!

누군가 던진 오물이 락싸구의 안면에 적중한다.

퍼억! 퍽!

곧 사방에서 더러운 게 날아들었다.

"이 화장실 변기 같은 놈!"

"네놈같이 더러운 놈에겐 똥이 더 어울리지!"

하지만 그의 치욕은 여기서 끝이 아니었다. 그의 확실한 몰락을 위해서는 단순한 인신매매 이상의 것을 폭로해야 했다. 이미 여기까지 오면서 자백을 받아낸 뒤다. 슬슬 타이밍을 보고 있는데 락싸구의 개인 금고에 다녀온 치즈헌터가 자료를 내민다. 나는 고개를 끄덕이고는 다시 소리쳤다.

"여러분 주목해 주십시오!"

무슨 일인가 흥미를 보이는 모두에게 난 자료를 들고는 외쳤다. 락싸구가 보급 담당관으로서 그간 얼마나 착복했는지를 말이다.

돈이 걸린 문제로 들어가자 던전의 병사와 장교들은 몇 배나 더 흥분했다. 빌라의 사정이야 안타까운 정도지만 돈은 자기들 문제기 때문이었다.

"찢어 죽여라"

죽여라가 어느새 찢어 죽여라로 변했다.

분노한 던전의 병력들이 폭동이라도 일으킬 것 같았기에 던전 코디네이터가 황급히 수습해야 했다.

"모두 진정하세요! 그리고 오토! 당신도 불길에 기름 뿌리는 짓은 그만하고요!"

던전 코디네이터가 화를 내자 던전 전체가 울리기 시작한다. 그녀는 던전 자체를 컨트롤하는 존재. 모두 상황을 깨닫고는 황급히 입을 닫는다.

"이 문제는 제가 던전 로드와 상의해서 해결하겠어요. 여러분이 분노한 건 십분 이해합니다. 하지만 일단은 던전 로드의 판결을 기다리세요. 루테르 에머른 락싸구의 신병은 제가 맡겠습니다."

그녀는 사태를 그리 깔끔하게 정리하고는 날 쏘아본다.

"루테르 오토. 협조를 부탁드립니다."

협조란 말에 이빨을 가는 소리가 들렸다.

좀 더 온건한 방법이 없었냐는 질책 같았다. 방금 전 정말로 폭동이 터질 뻔했기 때문이었다. 던전 코디네이터 입장에선 식겁했겠지.

하지만 미안하게도 이게 내겐 제일 좋은 방법이었다.

나흘 뒤.

나는 던전 로드 더블바인드와 독대를 하고 있었다.

식은땀이 흐르고 목이 탄다. 과연 타르나이는 타르나이구나. 딱히 혼나는 자리가 아님에도 더블바인드의 기세에 숨이 막힐 정도다.

"잠시 자리를 비운 사이에 재밌는 일을 했더군."

"소란을 일으켜서 죄송합니다. 하지만 제국의 시민을 보호하기 위해서 어쩔 수 없었습니다."

더블바인드가 가볍게 웃음을 흘린다. 군대가 언제부터 제국의 시민을 그리 보호했냐는 듯 말이다.

"좋네, 자네 덕분에 락싸구의 횡령 역시 잡아낼 수 있었지. 이 점을 치하하는 바이네."

"감사합니다."

"하지만."

갑자기 더블바인드가 험악한 목소리로 덧붙인다.

"이런 문제들은 사실 아무 상관없다네. 이 더블바인드에겐 말이야."

"……."

"자네가 긁어 부스럼을 만들지 않았다면 이 던전은 여전히 잘 굴러가고 있을 걸세. 하지만 지금은 재무담당관이 사라져 행정업무가 삐걱거리고 있지. 이 점을 어찌 생각하는가?"

여기서 괜히 재거나 장광설을 늘어놓을 필요는 없다.

단도직입적으로 더블바인드에게 제안했다.

"50%를 던전 로드께 드리겠습니다."

"호?"

락싸구는 카르헨 상단을 1종 종군상인으로 배정하고 상당한 금전을 착복했다. 그리고 이 금전의 30%는 던전 로드인 더블바인드에게 갔다고 한다.

나는 락싸구보다 많은 50%를 더블바인드에게 제시했다. 속이 쓰리긴 했으나 지금은 어쩔 수 없었다. 그리고 반절을 주더라도 재무담당관 자리를 꿰차는 게 훨씬 이득이다. 물론 더 제시할 수도 있겠지만, 그랬다가는 공연히 의심이나 살 것이다.

"재밌는 말을 하는군. 나는 자네를 책망하고 있는데 이제는 재무담당관 직까지 내놓으라 하는 건가?"

말은 저래도 더블바인드는 흥미를 보이고 있었다. 어차피 그에겐 아무래도 좋은 모양이었다. 돈만 더 가질 수 있다면 말이다.

"지갑이 가벼우면 마음이 무거워지는 법입니다. 제가 던전 로드의 마음을 든든하게 해 드리고 싶습니다."

"뭐? 크하하하하핫!"

내 말에 더블바인드는 무릎을 치며 웃어댔다.

"던전에 오자마자 진급하고 이제는 락싸구를 쳐내는군. 아주 보통내기가 아니야. 솔직히 어디서 이런 인물이 나타난 건가 싶기까지 하네. 재무담당관까지 꿰차면 그다음은 내 자리까지 노릴 건가?"

"어찌 그럴 수 있겠습니까!"

황급히 한쪽 무릎을 꿇었다.

"던전 로드 지위는 군사령관 메르텔레스 합하께서 임명하는 자리입니다. 저는 그저 아군의 승리를 위해 하찮은 힘이나 보탤 뿐입니다."

"크크크! 말은 잘하는군."

더블바인드는 피식 웃으며 자기 의자의 팔걸이를 만지작거린다.

"그거 아는가? 만족하지 못하는 자에겐 어느 의자나 불편한 법이지."

"참 그럴싸한 말입니다."

"난, 이 의자가 불편하다네. 오토. 내 야망은 더 위를 올려다보고 있지. 그런데 자네에게선 이런 나와 비슷한 냄새가 난다네. 그래서 사실 싫지가 않아."

"감사합니다."

더블바인드의 목소리가 어느새 인자해졌다.

"이 자리는 곧 비워질 걸세. 나의 승리로 말이야. 그러니 나를 위해 노력해 주게. 그게 자네에게도 좋은 일이 될 거야."

"충성을 다하겠습니다."

더블바인드는 고개를 작게 끄덕이며 깊은 눈동자로 나를 주시한다.

"자네 같은 자들을 잘 알지. 막 차지한 그 좋은 의자도 금세 불편해질 걸세. 하지만 지금은 조금 참아주게나."

"……."

"크크큭. 너무 긴장하지 말게. 난 50%란 조건이 마음에 들었네. 그뿐이야. 자, 이걸 가지고 가서 던전 코디네이터에게 신고하게."

더블바인드가 툭 던져준 것은 재무담당관에 임명한다는 명령서였다. 그걸 받자 나는 고개를 푹 숙였다. 이건 더블바인드에 대한 순종의 뜻이 아니라 내 표정을 관리할 자신이 없었기 때문이었다.

희열이 척추를 스쳐 지나가며 온몸에 소름이 돋게 한다.

얼굴 근육이 제멋대로 풀리는 것 같았다.

그렇다.

이건 승리의 감각이었다.

던전 로드의 명령서가 있었기에 나는 정식으로 2-04던전의 재무 담당관이 되었다. 던전 코디네이터 다음 가는 던전의 실세라고 할 수 있었다.

일단 재무담당관이 된 나는 카르헨 상단과 계약을 해지했다. 인신 매매 건이 있었기에 카르헨 상단은 찍소리도 못하고 떨어져 나갔다.

새로 계약한 1종 종군상인은 바로 넬라였다.

내게 거금을 투자받은 넬라는 새로 상단을 꾸렸다. 짐꾼과 호위를 맡을 용병 등이 그녀의 주위에 북적이게 됐다.

그래서인지 넬라의 표정은 아주 밝았다.

그리고 변한 건 표정뿐만이 아니었다.

탁해 보이던 그녀의 불길도 지금 보니 선명하고 아름답게 불타고 있었다.

아… 원래 이런 색깔이었구나.

넬라는 그동안 했던 마음고생이 한 번에 날아간 거 같았다.

"다행입니다."

앞뒤 자른 내 말에 그녀는 미소와 함께 대답해 온다.

"오토 님 덕분입니다. 이 은혜 잊지 않겠어요. 반드시 보은할 테니 기대해 주세요."

나는 흐뭇한 얼굴로 고개를 끄덕인 뒤, 그녀에게 한 인물을 소개했다. 바로 전역 처리한 치즈헌터였다.

"그가 도움이 될 겁니다."

"배려 감사드려요, 오토 님."

넬라가 가장 먼저 처리한 일은 내가 지난 싸움에서 새로 얻은 영혼석은 36개로, 그 내역은 다음과 같다.

8등급 13개.

7등급 12개.

6등급 8개.

5등급 2개.

4등급 1개.

4등급은 대장이었던 사티로스에게서 나왔다. 그리고 이런 영혼석 외에도 육체 역시 매매 대상이었다. 나는 넬라가 이것들을 얼마에 처리해 줄지 학수고대했다. 그런데 그 결과는 기대 이상이었다. 내가 영혼석과 육체를 넘긴 대가로 362,036밀이 돌아왔기 때문이었다.

"세상에! 넬라 양. 정말 36만 밀이 제 몫입니까?"

"물론이에요."

심지어 이 금액은 넬라의 수수료도 뗀 금액이다.

"아버님과 거래하시던 분들이 여전히 아르탈란에서 영향력 있으시거든요."

넬라는 아버지에게 돈으로도 살 수 없는 유산을 물려받은 셈이었다. 사실 이 때문에 내가 그녀에게 투자한 것이기도 하고. 이렇게 넬라가 성과를 거둬오자 던전의 모든 이들의 관심이 쏠렸다.

락싸구 때와 수익률이 비교가 안 됐기 때문이었다. 그래서 다들 넬라와 거래하기 위해 앞 다퉈 몰려왔다.

"제 물건도 부탁합니다."

"락싸구 놈 때문에 감춰놓고 있던 마정석이니 부탁하겠소."

락싸구가 값을 후려친 탓에 던전 안에 처리되지 않은 마정석의 양이 상당했다. 넬라는 그 모든 매물을 독점으로 처리하며 많은 돈을 벌었다. 나 역시 넬라에게서 건당 얼마씩 뒷돈을 받을 수 있었다. 이 돈은 더블바인드와 반씩 나누고도 15만 밀이 넘을 정도였다.

"주인님, 금방 부자 되시겠네요."

보비는 쌓여가는 금화를 보고 어이가 없다는 표정이었다. 나도 이쯤 되니 전쟁을 하러 온 건지, 돈을 벌러 온 건지 모를 지경이었다.

그런데 내 수입은 이걸로 끝이 아니었다. 지금까지 나와 락싸구의 대립에서 중립을 지키던 룸장들이 상당한 금전을 성의 표시로 건넸기 때문이었다. 그들은 단체로 내 룸으로 찾아왔다.

"그간 지원하지 못해서 미안하오. 하지만 우리는 루테르 오토가 옳다는 걸 알고 있었다오."

"이제라도 우리 마음을 표시하고자 하니 부디 가벼운 마음으로 받아주시오."

선물이라는 명목으로 뇌물을 가지고 온 중립파 룸장들은 허리를 연방 굽실거리며 내게 잘 보이려 노력했다. 나보다 한참 선배들이었지만 지금 그런 건 아무 소용없었다.

짧은 사이 던전에서 내 위치는 극적으로 상승됐다. 이로써 룸장 중 락싸구와 붙어 다니던 단 한 명만 빼고 모두 내 영향력 아래 있게 됐다. 그 남은 한 명도 쥐죽은 듯 엎드려서는 내 눈치만 보느라 바빴다.

마음에 안 들긴 하지만 내가 던전 로드도 아니고 맘대로 공격할 순 없으니 당분간은 두고 볼 요량이다. 완전히 겁먹어서 내게 아무 위협도 안 되기도 했고.

"자, 자, 지난 일은 잊어버립시다. 다들 술잔을 드시지요. 하하 하하!"

내가 호방하게 웃으며 술을 권하자 굽신거리던 중립파 룸장들의 표정이 그제야 펴졌다.

"고맙소이다."

"자, 자 어서들."

우리는 서로 술을 권하고는 단숨에 들이켰다.

"루테르 오토, 앞으로 우리 도움이 필요한 일이 있으면 언제든 말씀하시오."

"이 사람 역시 같은 뜻이오. 말씀만 하시구려."

중립파는 총 셋이었는데 그 중 둘은 나보다 계급이 높은 루테르 에머른(대위급)이었다. 그럼에도 내 말이라면 뭐든 들어주겠다는 기세였다. 나는 그들을 환대하고 잘 돌려보냈다. 이후 이들의 뇌… 험험, 선물을 보비에게 계산해 보게 하니 총 3만 밀이나 됐다.

"두 당 1만 밀이나 내다니. 어지간히 급했군."

나는 수북이 쌓인 금화를 가득 쥐고서는 곧 손가락 사이로 떨어뜨렸다.

차르르.

금화끼리 부딪치는 소리가 그리 듣기 좋을 수 없었다.

2-5. 영혼 각인의 능력 각성

재무담당관이 된 후 여러 가지로 바빠졌다.

요직인 만큼 할 일도 많아졌다고 할까. 그리고 던전 코디네이터와도 자주 만나며 전보다 친근해졌다. 덕분에 나는 던전 로드가 되면 어찌해야 하는지에 대해 자세히 들을 수 있었다.

"당신은 정말 야심만만하군요. 루테트 오토. 발령받은 지 얼마 되지도 않았는데 벌써 던전 로드가 되고 싶으신 건가요?"

"미리미리 알아둬서 나쁠 건 없죠."

"…자기 일만 열심히 하신다면 저는 상관하지 않겠어요."

던전의 전문가인 그녀로부터 배워야 할 것이 많았다. 나는 열정적인 학생이었고 틈나는 대로 궁금한 걸 질문했다. 던전 코디네이터가 나를 보면 도망 다닐 정도로 말이다. 하지만 그 덕에 나는 점점 던전의 운용에 대해 많은 걸 알 수 있었다.

"또 튀었군."

던전 코디네이터와 새로운 물자 보급에 대해 협의한 후 언제나처럼 질의응답 시간을 가지려고 했다. 그런데 뒤를 돌아보니 이미 아무도 없었다.

어쩔 수 없지. 내일은 평소보다 두 배로 질문하는 수밖에. 던전 코디네이터 님, 도망가시면 당장은 좋겠죠. 하지만 내일의 당신에게 미안한 짓을 하신 겁니다.

"흐흐흐."

혼자 음침한 웃음을 흘리며 룸9로 돌아와 보니 반가운 인물이 와 있었다.

"넬라 양."

"안녕하세요, 오토 님."

불꽃이 조각한 듯한 미인이 화사하게 미소 짓는다.

"서류 정리를 도와드리려고 왔어요."

"정말 감사합니다."

재무담당관이 된 탓에 회계 기술이 필요해졌다. 원래라면 전임 담당관에게 인수인계를 받아야 정상이지만 내가 감옥에 보내버린 탓에 절차를 밟지 못했다. 그래서 결국 어릴 때부터 회계를 배운 넬라에게 도움을 요청한 것이다.

"저야말로 감사해요. 은인인 오토 님을 도울 수 있어서 기뻐요."

"하하하, 별말씀을."

이렇게 한창 분위기가 하하 호호 좋았는데 갑자기 한기가 돈다. 뭔가 싶어 보니 보비가 음침한 눈으로 날 쏘아보고 있었다. 질투심에 불타고 있는 그녀의 뒤로 보라색 소용돌이가 몰아치는 듯하다.

한창 회계장부를 보고 있는 넬라가 눈치를 못 채는 사이 보비는 입 모양으로 말해온다.

—잘해.

그 한 마디가 갖는 무게는 엄청났다.

마음속이 쿵, 하고 울린다.

잘 하라니…. 모든 걸 함축한 말이었다.

보비는 그걸로 그치지 않고 허리춤에서 단도를 꺼내 살짝 혀로 핥는다. 그 모습에 나는 열심히 고개를 끄덕일 수밖에 없었다. 그제야 보비는 표정을 풀고 떠났고, 나는 겨우 안도할 수 있었다.

"식은땀이 엄청나세요? 무슨 일 있으신가요?"

고개를 든 넬라가 날 보더니 놀라서 묻는다.

"아닙니다. 그냥 사랑이 깊고 무거워서 그렇습니다."

"네?"

"하하하. 넘어가죠. 그것보다 회계장부는 어떤가요?"

"아… 이거 말이에요. 좀 이상한데요? 더 살펴봐야 하겠지만 의심가는 구석이 있어요. 보통의 경우라면 눈치채지 못하겠지만 저 같은 전문가를 속이긴 무리죠."

"그렇습니까?"

일단 넬라는 장부와 창고의 비품을 비교하는 등 여러 가지로 대조해 본 뒤 확실히 말해주겠다고 했다. 그래서 우리는 반나절이 넘게 부산을 떨며 돌아다녔다. 그리고 마침내 내린 그녀의 결론.

"역분식회계의 일종이네요."

"역분식회계요?"

"네, 상단에서 사용하는 방법인데, 세금 부담이나 근로자에 대한 임금 인상을 피하기 위하여 실제보다 이익을 적게 계상하는 경우를 말해요."

지금 같은 경우에는 실제 보급이나 던전에서 올린 자체적 수익, 예를 들면 던전 하트의 마력 생산량 같은 걸 고의로 적게 기재했다고 한다.

"회계 장부를 조작하는 유형은 다양해요. 상단에서 쓰는 방법만 해도 140가지가 넘는다고 하죠."

"그 정도나 되나요."

"물론이에요. 돈에 목숨을 거는 상인들이 회계 기술을 그 정도로 발전시켰다고 해도, 별로 이상한 일은 아니랍니다."

듣고보니 그렇다.

"그런데 그 수법이 참 교묘하네요."

"락싸구 녀석이 그렇게 똑똑했나."

"아닐 걸요. 아마 그의 곁에 누가 붙어 있었겠죠. 그리고 이걸로 이득을 보는 자 역시 락싸구가 아니었을 것 같아요."

확실히, 아무리 알짜배기 보직이라고 해도 일개 재무담당관이 다룰 수준이 아니었다.

"설마 던전 코디네이터가?"

내 물음에 넬라는 고개를 끄덕였다.

"가능성이 있겠네요. 락싸구는 평범한 던전의 장교였어요. 회계에 대해 어느 정도 익혔겠지만 이 정도로 세련되게 일을 처리할 수 있을 거 같지 않아요."

락싸구는 단순히 동료들을 후려치는데 관심있었던 것 같다. 이 복잡한 장부는 아마 그의 밑에 있던 인물 중 하나가 했을지도 모르겠다. 하지만 그의 룸은 해산됐고 용병들은 모두 떠나갔다.

"던전 코디네이터라…."

"그게 아니면 던전 로드일 수도 있어요, 오토 님."

"그럴 수도 있겠군요. 그런데 이상한 게 있습니다. 누가 범인인지는 모르겠지만, 어째서인지 새로 재무담당관이 된 내게 참견하지 않네요."

"글쎄요. 일단은 내버려 두는 걸 수도 있고, 아니면 더는 장부를 조작할 필요가 없어진 걸지도 모르죠."

나는 후자가 더 가능성이 높다고 본다.

이미 필요한 만큼 해먹어서 더 위험한 짓을 안 하려는 걸수도 있다. 마침 재무담당관도 바뀌었겠다, 모른 척하려는 거겠지.

"지금처럼 회계장부를 보고 의문을 떠올린다는 생각은 못했을까요?"

내 물음에 넬라가 웃으며 대답한다.

"미안한 얘기지만, 오토 님. 오토 님은 제가 없었으면 장부의 문제를 알 수 있었겠나요?"

"아뇨, 절대 몰랐겠죠."

"아마 그래서 상대도 안심했던 거겠죠. 그리고 설령 문제를 제기해도 락싸구의 짓이라 얼버무릴 수도 있을 거예요."

명확하진 않지만 대강이나마 그럴싸한 추측이 나왔다.

하지만 왜 이런 짓을 한 걸까?

"이 던전에는 알 수 없는 게 여러 가지군요."

"어렵게 생각하지 마세요, 오토 님. 돈을 빼돌리는 건 군문에 있는 누구나 하는 일이에요."

넬라의 말대로 유별날 것 없는 일인 것 같다.

던전 로드인지 던전 코디네이터인지 모르겠지만 상관의 횡령에 대해 내가 취할 가장 현명한 태도는 입을 다무는 것이다.

　이런 때는 침묵이야말로 지혜의 상징이다.

　하지만 문제가 생겼으니….

　내 호기심이 고개를 들었다는 거다.

　일주일 뒤, 내가 향한 곳은 동부 전선의 후방에 있는 본부 쪽이다. 정확히는 본부 옆에 자리한 위락시설. 이곳에 외박 나온 군인을 위한 도박장, 술집, 유곽, 여관 따위가 설치되어 있다.

　아르탈란은 거리가 있는지라 외박에는 어울리지 않는다. 그럴 바에는 가까운 이곳으로 오는 게 낫다. 여기서도 업무에서 하루 벗어난 군인이 평소에 충족 못 하던 욕구를 어느 정도는 채울 수 있다.

　도박장에서 돈을 잃고 열이 받아 술을 진탕 마신 다음 싸구려 여자를 사서 여관방에서 하루 자고 복귀하는 게 군인의 단골 코스였다.

　만취했던 자들은 대게 아침에 자기 옆에서 자는 못생긴 창녀를 보고 기겁하는 게 보통이다. 어차피 도박과 술로 가지고 나온 돈을 다 잃기 마련이고 푼돈으로 살 수 있는 여자란 게 뻔하다. 게다가 술에 취해있는지라 포주가 대강 아무나 넣어준다고.

　세상이 빙글빙글 도니 매음굴로 밀려난 늙은 창녀의 얼굴도 서시로 보이고, 그 처진 엉덩이도 양귀비의 알몸 같이 보이니 항상 이런 불상사가 벌어졌다. 군인들은 아침이면 후회로 몸을 떨어도 외박을 나오면 늘 같은 패턴을 반복하는 게 이 바닥의 진리였다.

"보자, 어디더라. 근처에 있을 텐데."

미리 약속이 있었다.

여관에서 만나기로 했다.

"찾았다."

표지판에는 자운영紫雲英이 그려진 작은 주점의 문을 밀고 들어가자, 구석에 있던 자 하나가 손을 올려 보였다. 나는 조금 반가운 마음을 느꼈다.

"여기 맥주 한 잔."

날 기다리고 있던 인물은 치즈헌터였다. 두건을 쓰고 있었지만 기다린 쥐의 주둥이는 감출 길이 없다.

"오랜만이군."

"오랜만은 무슨. 자, 요청한 자료부터 받게."

"목 좀 축이고. 재촉하지 말라고."

치즈헌터가 건넨 서류를 유심히 살펴보기 시작했다.

"급히 조사한 것치고는 상당히 자세한데."

"말했잖나, 이 몸의 실력은 확실하다네."

치즈헌터가 뻐기듯 말해왔는데 고개를 끄덕일 수밖에 없었다. 일주일 전 회계장부 조사 이후 나는 던전 로드에 대해 관심이 생겼다.

그래서 치즈헌터에게 의뢰해 따로 조사하도록 했다. 다른 횡령 용의자인 던전 코디네이터의 경우는 용의선상에서 잠정적으로 제외한 상태다.

"일단 특별히 걸리는 건 없네. 그건 그렇고 이런 능력이었구나. 던전 로드의 힘."

"그렇다네, 자기 이름대로지."

내가 배치된 2-04던전의 던전 로드는 탈라스트 더블바인드. 그의 주요한 힘은 더블바인딩Double Binding. 쉽게 말해 '이중구속'이란 이능이다.

이중구속은 특이한 심리적 강제다. 두 가지 배치되는 일을 부여하여 결국 아무것도 하지 못하게 하는 방법이다.

예를 들면 이런 거다. 지휘관이 공격 명령을 내렸다. 한데 말은 그렇게 하면서, 군기를 아래로 내려 후퇴 신호를 보내고 있다. 당황한 병력들은 이래야 할지 저래야 할지 모르게 된다. 결국 그들은 이중의 명령에 의해 구속된 것이다.

"치즈헌터."

"말하게."

"이 일 좀 더 자세히 조사해 줘야겠어."

자료에는 더블바인드 개인에 대한 건 자세히 적힌 편이었다. 하지만 그가 던전에서 횡령한 돈을 어디에 썼는지는 알 수 없었다.

"얼마나 말인가? 이미 할 수 있는 건 대충 다 했네."

"아니, 고급 정보가 필요해."

치즈헌터는 조금 눈을 크게 떴다.

고급 정보는 캐기 어렵다. 시간이 많이 걸리고 들어가는 금액도 어마어마하다. 적지에 목숨을 걸고 침투할 스파이 하나의 비용이 한두 푼으로 되겠는가. 거의 만 단위의 금전이 기본이다.

"그 정도까지 하려는가?"

"내 얘기를 들어보라고."

나는 넬라와 있었던 일을 모두 말해줬다. 그리고 더블바인드가 그 돈으로 무엇을 하려고 했는지 알고 싶다고 했다.

"그런 일이 있었나. 흐음…."

한동안 생각에 빠져 있던 치즈헌터는 계산을 끝낸 듯 입을 열었다.

"적어도 3인 이상은 부려야 해. 그중 하나는 자네 밑으로 데려가. 마침 목표인 2-04던전의 내부에 공모자가 될 수 있는 자네가 있으니 적격이지. 기회를 봐서 용병 고용을 핑계로 우리 아이 중 하나를 밑에 두면 될 걸세."

"그건 바로 할 수 없겠는걸. 이미 인원편성이 가득 찼어. 내 룸원은 좀 많은 축에 속해."

"지내다 보면 전사자가 하나 나오겠지. 그때 데려가라고. 일단 다른 부분에서 조사를 시작하고 있겠네."

"받아들인다는 소리지?"

"물론이네. 이 몸의 유능함을 다시 증명해 보이겠어."

"당연한 얘기지만 보상은 섭섭하지 않게 할게. 자 여기 착수금."

마법 지퍼를 열어 일단 준비해둔 2만 밀을 건넸다.

"계약은 성립되었네. 그런데 자네 셋이 아니라 사람을 더 쓸 수 있겠나?"

"물론이야."

넬라 덕에 그 정도는 충분하다.

"그럼 다섯으로 늘리도록 하지. 한두 명은 자네 밑에 집어넣고, 나머지는 빠르게 팀을 구성해 일을 시작하겠네."

"좋아. 뭔가 이 일에 대해 알아내야 한다는 생각이 들어. 우리 던전 로드에게 뭔가가 있다고."

"좋아, 자네의 감을 믿겠네. 그게 아니더라도 이 조사는 충분히 의미가 있어."

치즈헌터의 말로는 이 횡령이 심각한 군법 위반과 연결되어 있으면, 더블바인드를 실각시킬 수 있다고 했다.

"그렇다고 내가 던전 로드에 오를 수 있는 건 아니잖아. 그리고 군부에서도 내부 고발은 달가워하지 않을 텐데?"

"원, 이 사람아. 건수를 잡으면 군사령부에 보고하는 게 아니라 던전 로드를 협박해야지."

"아하!"

생각도 못했다. 역시 이런 점에선 전문가인 치즈헌터가 훨씬 낫구나. 전문가들은 기본적으로 협잡꾼 기질이 다분하니 말이다.

"한 수 배웠군. 아, 참. 먼저 조사해 볼 게 있어. 이틀 전에 더블바인드가 본부에 들린다고 나갔거든. 정말로 갔었는지 궁금하군."

"그 정도는 식은 죽 먹기지. 오늘 돌아가면서 바로 알아보겠네."

그렇게 마무리를 지으려는데 뜻하지 않은 시비가 걸렸다.

근처에 앉아 있던 군인들이 치즈헌터를 보며 비아냥거리기 시작한 것이다.

"쥐새끼가 있어서 그러나 시궁창 같은 냄새가 나는군."

"크하하핫! 말 잘했군!"

이 위락지대에서 폭력은 매우 흔하다. 헌병들이 있긴 하지만 술에 취해 치고받는 군인을 전부 말리지는 못했다. 아무런 이유 없이 이런 공연한 시비에 휘말리는 건 별로 특별한 일이 아니었다. 마치 모험 소설을 보면 첫 번째 주점에서 불량배들과 싸움이 나는 것처럼 말이다.

"히로인이 없는 건 좀 안타깝군…."

주변을 둘러보며 중얼거리자 치즈헌터가 알 수 없다는 표정을 짓는다. 그러더니 자리에서 일어난다.

"저런 녀석들은 신경 쓰지 말게. 이만 가보겠네."

모욕을 받은 당사자인데도 그는 아무렇지도 않은 듯했다. 밖으로 나가려는데 군인 놈들이 기어코 더 시비를 건다. 한 놈이 발을 내밀어 걸어가던 치즈헌터의 다리를 걸려고 했던 것이다. 하지만 치즈헌터는 당하지 않았다.

"오? 이 쥐새끼 제법이네."

주변에서 재밌다고 박수를 치고 나섰다. 이쯤 되자 더는 참을 수 없어 자리에서 일어났다. 이 지역에서 무기를 빼는 건 엄격히 금지된 일이지만, 주먹질이라면 인사 정도니까.

"자, 이 쥐새끼야. 지나가고 싶으면 내 가랑이 사이를 기어가렴."

덩치 좋은 박쥐 오크 한 녀석이 일어나더니 다리를 벌린다. 그리고 두툼한 다리 밑으로 손가락질을 한다. 이 무슨…, 치즈헌터가 과하지욕跨下之辱을 당한 한신도 아니고….

그건 그렇고, 그렇다면 과연 치즈헌터는 한신처럼 가랑이 사이를 기어가는 수치를 감수할 것인가?

"아아악!"

아니군. 비명과 함께 박쥐오크가 벌러덩 뒹굴었다. 치즈헌터가 그대로 놈의 고간을 걷어차 버렸기 때문이었다.

"그래!"

나는 주먹을 쥐며 좋아했다.

"이 새끼가!"

곧 놈의 패거리들이 우르르 일어났고, 곧장 싸움이 일어났다. 나역시 달려들어서 주먹질을 시작했다.

"죽어!"

"다 갈아버려 이 자식들!"

퍼억! 퍽! 퍽!

곧 의자가 날아다니고 주점이 개판이 됐다.

나는 걸리는 놈은 닥치는 대로 두들겨 패기 시작했다. 치즈헌터역시 거친 전문가라 이딴 잡배 놈들 손봐주는 건 일도 아니었다. 곧중간에 도망간 한 놈 빼고는 모조리 얻어터져서 바닥에 쓰러졌다.

"좋냐! 좋아?"

내가 뺨을 때리면서 묻자 주눅이 든 녀석들은 대꾸도 제대로 못했다. 그런데 그때 치즈헌터가 한숨을 쉬더니 내 팔을 잡는다.

"왜? 이런 놈들은 더 패줘야 해."

"그게 아닐세. 저길 보게."

치즈헌터가 가리키는 문가를 보니 팔짱을 낀 채 인상을 쓰고 있는 사내들이 보였다. 회색 드워프, 박쥐 오크, 동굴 오거 등 그 구성이 다양하다. 딱 봐도 지금 두들긴 녀석들과 같은 던전의 군인인 것같다.

"우리 애들이 신세졌다면서?"

장대한 덩치를 가진 동굴 오거가 울며 걸어나온다.

그렇다고 겁먹을 내가 아니다.

곧장 웨어 블랙팬서로 변신했다.

콰직!

살이 찢어지면서 덩치 큰 흑표범 인간이 나타나자 놀란 적들이 움찔한다. 그리고 구경꾼들은 더 재밌게 됐다고 생각한 건지 환호를 울렸다.

"오오오! 쩌는데!"

"웨어 비스트였어! 믿는 구석이 있었구먼!"

그런 환호를 받으면 걸어간 나는 동굴 오거 녀석과 이마를 맞대며 서로 노려보았다. 마치 이종격투기 선수들처럼 말이다.

"왜, 네놈도 신세 지러 왔나?"

"크으… 자신만만해 할 수 있는 것도 지금뿐일 거다. 검은 고양이!"

곧장 다시 싸움이 벌어졌다.

난장판이라고 밖에 할 말이 없었다.

콰직! 퍼억! 콰앙!

주점 전체가 부서질 정도로 난리가 났으니 구경꾼에 술집 종업원까지 싸움에 말려들었다.

사방에서 서로 눈앞에 누군가만 보이면 두들겨대기 시작한다. 이리 싸움이 벌어지자 뭐 재밌는 거 없나 떠돌던 군인들의 관심을 끌게 됐다. 모두 한바탕 해보려는 건지 우르르 주점으로 몰려왔다.

입구는 그야말로 인산인해.

"크윽!"

한참 잘 싸우던 나는 미노타우르스의 뿔에 받혀서 뒤로 나뒹굴었다.

"이 소머리 새끼가! 장교도 몰라보고!"

"장교는 네놈 던전에서나 장교지!"

미노타우르스가 콧김을 뿜으며 다시 돌진해 온다. 나는 힘에 힘으로 맞서는 대신에 달려오는 놈 위로 우아하게 뛰어넘었다.

콰앙!

돌진한 놈은 주점의 벽을 들이받고는 어지러운지 머리를 흔들어 댄다. 나는 뒤에서 곧장 헤드락을 걸며 매달렸다.

"음머어어어─!"

미노타우르스가 숨이 막히는지 발광을 했지만 그 발악도 오래가지 못했다. 우악스럽게 목을 조인 탓에 곧 기절했다.

"죽어!"

그때 누가 내 등을 의자로 내리찍는다.

파악!

부서진 의자의 파편이, 먼지로 가득 찬 주점 안을 비산한다. 흐릿한 조명이 비추는 주점은 싸움의 열기로 인한 수증기가 가득 차 있었다.

"정말 열 받게 하는군!"

으르렁거리며 돌아보자 부서진 의자 다리를 들고 있던 트롤이 놀란 표정을 짓는다. 그 공격에 설마 쓰러지지 않을 줄 몰랐다는 태도로 말이다. 녀석은 슬그머니 의자 다리를 뒤로 숨겼지만 이미 내 사나운 이빨이 드러난 뒤다.

"열 받지만 그래도 신 난다는 건 부정할 수 없단 말이지!"

단번에 트롤 놈을 때려눕혔다.

몇 시간 뒤.

대단히 시끄러웠던 주점은 고요함에 잠겨 있었다. 실내는 태풍이라도 지난 것처럼 엉망이었고, 산더미처럼 기절한 사내들이 쌓여있었다.

그 작은 언덕 위에서 나는 치즈헌터와 나른히 앉아 승리를 만끽하는 중이다.

"정말 대단해. 우리가 이놈들을 다 쓰러뜨린 건가?"

언뜻 봐도 100명은 넘어 보이는 군인들이 뻗어 있었다.

"자네가 거의 다 때려잡았잖나."

"무슨 소리, 마지막에 보니까 몽둥이로 후려 패시더만?"

"결코 무기를 사용한 게 아니야. 그저 굴러다니던 가구를 좀 쓴 것뿐이지."

"하하하하!"

나도 모르게 웃음을 터뜨렸다. 엉망이 된 치즈헌터의 몰골이 웃겼기 때문이다. 이빨은 몇 개나 빠졌고 얼굴은 퉁퉁 부어서 원래 어떻게 생긴 건지도 모르겠다. 하지만 내 몰골 역시 다르지 않았다.

얻어맞은 곳이 부어 오른쪽 눈은 보이지도 않았고, 술잔을 든 손은 수전증마냥 떨리고 있었다. 내가 생각해도 대단하다. 몇 시간 동안 이놈들을 결국 다 두들겨 패다니.

"더 마시자고."

"좋지."

치즈헌터와 나는 독주를 계속 들이부었다.

"꽤 재밌었어."

"못 말리겠군."

"뭐야? 넌 재미없었다는 거야?"

"……굳이 묻는다면 재밌었다고 하지."

곧 우리는 다시 웃음을 터뜨렸다. 근사한 승리를 얻었다. 그리고 제법 취하기도 한 탓에 세상 모든 게 유쾌하게 느껴졌다. 그래서 나는 치즈헌터에게 제안했다.

"이봐."

"무엇인가? 자네."

"우리 결의형제 하지 않겠어?"

"뭐? 설마 그런 제안을 할 줄은 생각도 못했구먼."

지하에선 서로 믿기가 어렵다. 그래서 의형제를 맺어 어떻게든 신뢰 관계를 형성하려 한다. 물론 의형제라고 해도 완전히 믿을 수는 없었지만, 일종의 신사 동맹을 체결하는 거라고 봐도 좋았다. 정말로 형제처럼 서로 의지한다는 뜻은 아니었다.

"그래서 싫어? 좋아?"

"흠… 나쁠 건 없겠군. 그래서 누가 형님인가?"

"당연히 이 몸 아닌가. 오토 형님이라고 불러 보라고."

"나이는 내가 자네보다 많은데?"

"허허! 힘이 세면 형님이 아니겠어?"

지하 세계의 논리대로라면 내 의견이 정론이었기에 치즈헌터는 고개를 끄덕였다.

"좋네. 다만 따로 존대는 못하겠어."

"그건 나도 환영이야. 지금처럼 편하게 지내자고."

결의형제로 신뢰를 구축하는 게 진짜 목적이다. 누가 형이고 동생인지는 별로 의미가 없었다. 우리는 즉각 절차를 진행하기로 했다.

술잔에 서로의 피를 섞고는 단번에 들이켰다.

그런데 이때 지하 세계에서 쓰는 보통의 맹세 대신 내가 아는 걸로 대체했다.

"비록 같은 해, 같은 달, 같은 날 나지는 않았지만, 앞으로 같은 해, 같은 달, 같은 날 죽기를 원하니, 천지신명이시여. 대업을 이루게 하소서!"

치즈헌터는 그게 무슨 말인가 의아해하면서 그대로 따라서 읊었다.

"비록 같은 해, 같은 달, 같은 날 나지는 않았지만, 앞으로 같은 해, 같은 달, 같은 날 죽기를 원하니, 천지신명이시여. 대업을 이루게 하소서!"

이걸로 우리는 의형제가 되었다.

"처음 듣는 맹세긴 하지만 나쁘지 않네."

"마음에 들었다니 다행이야. 원래는 복숭아 꽃밭에 어울리는 거지만…."

"복숭아? 그게 뭔가?"

그런데 그때 밖이 소란스러워졌다.

그리고 누가 소리친다.

"헌병이다!"

정말 빨리도 출동하는군. 창밖을 내다보니 헌병 몇이 서둘러 바지를 끌어 올리며 달려오고 있다. 몇은 허리띠도 제대로 못 한 상태다. 그리고 그들 뒤로 돈을 내지 않았다고 소리 지르며 쫓아오는 포주와 창녀도 보인다.

개판이네. 그런데 지금은 저런 모습도 재밌었다.

그래, 이래야 지하 세계답지.

"물러날 때로군."

"날 따르게, 이 주점에 뒷문이 있지."

빠져나가는 건 어렵지 않았다. 곧 우리는 지저분한 판자촌으로 숨어들었고 헌병들의 고성은 저 멀리에서만 울리고 있었다.

더러운 골목을 걸어가며 난 그에게 물었다.

"결의형제 했으니 뭔가 조언이라도 해주지 그래?"

"조언 말인가?"

치즈헌터는 현명한 사내였기에 나는 그의 이야기를 듣는 걸 좋아했다. 이번에도 뭔가 도움이 되는 금언을 알려줄지도 모른다.

잠시 생각하던 치즈헌터는 내게 말한다.

"믿는 자만이 속게 되어 있는 법이네."

"의미심장한 말이로군."

"나는 지금까지 많은 배신을 겪었다네. 그리고 내린 결론이 믿는 자만이 속게 되어 있단 사실이었지. 세상에 영원한 아군은 없네. 지하살이는 믿음으로 살아남는 게 아니야. 믿음이 부족해야 살아남는 거지."

"하? 결의형제한 상대한테 할 소리는 아닌 거 같은데."

내 말에 치즈헌터는 씩 웃는다.

"의형제니 해준 말일세. 만약 우리가 결의형제를 하기 전이었다면 이렇게 조언했겠지."

"뭐라고?"

"곁에 둔 사람을 믿게. 믿는 자만이 대업을 이룰 수 있는 법이라네, 라고 말이야."

"하하하하핫!"

크게 웃음이 터지고 말았다.

치즈헌터의 말이 정말 맞았기 때문이었다.

"오토, 믿음이란 말일세. 축축한 곳에 놓아둔 동굴생선과 같지. 금방 상해버리거든."

"아주 머릿속에 불신을 꽉 박아주는군."

"하지만 언젠가는 내게 감사할 날이 올 걸세."

그럴지도 모르겠다고 속으로 생각하며 그에게 가볍게 고개를 끄덕여 보였다. 곧 치즈헌터가 후드를 깊게 쓰고는 헤어지자고 했다.

"또 보자고. 어쩐지 이번 건은 좋은 예감이 드는군. 드래곤의 둥지에 금화가 많은 법일세."

드래곤의 둥지에 금화가 많다는 건 지하의 속담 가운데 하나다. 지구에서의 표현을 빌리자면, 하이 리스크, 하이 리턴쯤 되려나.

그의 전문가로서의 오랜 감이, 더블바인드에게 뭔가 있다는 생각이 들게 한 건지도 모른다.

"좋아, 잘 부탁하지. 동생."

"집어치우라고."

치즈헌터는 발치의 돌을 내게 차더니 떠난다.

하지만 그는 분명히 즐겁게 웃고 있었다.

곧 나는 등을 돌렸는데 저 멀리 어둠 속에서 목소리가 들려왔다.

"잘 듣게, 이게 처음이자 마지막이니까!"

그리고 몇 초 뒤.

"형님!"

거울이 없어서 알 수 없지만.

아마 나는 지금 웃고 있는 것 같았다.

2-04던전으로 돌아와서는 올가를 불렀다. 올가는 내가 왜 부른지 알기에 미리 준비하고 있던 걸 내밀었다.

"형님, 요청한 방어 설비 배치도야."

요즘 룸9 지역에 방을 하나 더 파서 함정을 설치하는 방법을 올가와 논의 중이었다. 룸9로 쳐들어온 적의 병력이 함정에 먼저 진입하도록 유도하는 식이다. 공격자들에게 큰 피해를 주고 시작할 수 있으니 괜찮은 방법이었다.

한동안 살펴보고는 고개를 끄덕였다.

"아주 좋네. 역시 너 대단하구나."

꼼꼼하게 잘 만들어진 설계도에 순수하게 감탄하자 올가는 크게 기뻐하였다. 아직 16살이라 칭찬이 기분 좋은 모양이다.

이해할 만한 게, 그간 무뚝뚝한 드워프들 사이에서 컸으니 상냥한 말이나 제대로 들어봤겠는가. 조금만 잘했다고 해도 이렇게 좋아하는 모습을 보니, 좀 짠하다. 앞으로 더 챙겨줘야지 싶다.

그나저나 참 예쁘구나. 숨결도 설탕처럼 달콤하고. 어째서 남자로 태어난 거야, 이 녀석아.

불쑥.

"아, 아닙니다!"

"갑자기 무슨 소리예요? 주인님."

눈앞에 돌연히 나타난 보비를 보곤, 깜짝 놀라 부정부터 하고 말았다.

"으음?"

의심스러워하는 눈빛이기에 함정 이야기를 하며 대강 넘겼다. 다행히 큰 관심은 없는 듯 그녀의 시선도 설계도로 향했다.

"일단 던전 코디네이터를 만나야겠군요. 최종적으로 던전 로드의 승인도 필요하고 말이죠."

함정을 돌릴 동력원은 결국 던전 하트다. 던전 하트의 힘을 끌어 쓸 것이라, 관리자의 허가가 반드시 필요하다.

사실 지구의 감각으로는 장교 개인이 배정된 지역을 알아서 증설하고, 사비를 들어 방을 파는 게 이상해 보일지도 모른다. 하지만 전근대적인 이곳에서는 자연스러운 일이었다.

군부의 예산이란 늘 들쭉날쭉했고 행정은 효율성이 없는 데다가 주먹구구식인 경우가 많았다. 통합된 자금의 운용은 어렵고 전쟁은 막대한 지출의 연속이다. 그래서 던전에 새로운 설비를 갖추든 말든 어쨌든 자기 돈으로 배정된 지역 방어를 한다는 것은 이쪽에선 상식이다.

"일단 던전 코디네이터를 만나보고 올게."

던전 코디네이터에게 면담을 청했고 즉각 허락이 떨어졌다. 그런데 특이하게도 이번에는 던전 코디네이터의 개인실로 부름 받았다.

그 방 안은 던전 로드라도 허락이 없이는 못 들어가는 곳이다. 왜냐, 던전 코디네이터의 진짜 육체가 있는 장소기 때문이었다.

"개인실에 가는 건 처음인데……."

아무튼 이 기회에 함정 설치의 허락도 받고 던전 코디네이터에 대해 파악해 보기로 했다. 요즘 그녀가 던전 로드와 반목하고 있다는 소문이 은근히 돌고 있었으니 그에 대해서도 떠봐야 했다.

똑똑―.

던전 하트 옆에 있는 방문을 두들겼다.

"들어오세요."

안에서 맑은 목소리가 흘러나왔다.

"루테르 오토입니다. 면담 신청에 응해주셔서 감사합니다."

"어서 오세요. 자, 이쪽으로."

자신의 방 안에 있는 던전 코디네이터는 더는 홀로그램 같은 상태가 아니었다. 그녀는 지금 숨 쉬는 육체를 움직이고 있었다.

그녀는 매우 특별한 존재다. 중요한 일을 하고 던전 로드도 함부로 못 하는 지위를 갖지만 동시에 감옥에 갇힌 것과 같은 처지이기도 하다.

이 방 안은 아무나 쉽게 침범할 수 없는 그녀만의 영역이었고 그녀가 자신의 육체를 움직일 수 있는 유일한 지역이었다. 방은 넓긴 했지만 일종의 수용소나 다름없다.

현재 던전 코디네이터의 영혼은 던전 하트 안에 잠들어 있다. 그녀의 영혼석이 던전 하트인 것이다.

던전 코디네이터는 어떻게 보면 생체 프로그램 같다고도 볼 수 있다. 그녀는 후임자가 올 때까지 결코 던전을 떠날 수 없다. 물론 후임자가 올 것은 기대하기 힘들었다. 이 던전이 적의 수중에 넘어가면 던전 코디네이터의 운명도 끝이 난다고 보면 된다.

던전 로드가 함장이라면 그녀는 함선이다.

배가 침몰하면 함장은 단정을 타고 도망갈 수 있다. 하지만 함선 그 자체인 던전 코디네이터는 같이 침몰한다. 그런즉슨 2-04던전이 그녀 자체란 말이다.

어찌 생각하면 상당히 잔인한 이야기다.

나는 어째서 그녀가 던전 코디네이터가 된 지는 모르겠다. 다 자기 나름의 사정이 있을 테지만.

"자요, 차. 그리고 그렇게 보지 마세요. 그나마 2선이라 낫답니다."

"아, 죄송합니다."

시선을 눈치채버렸군. 실례하고 말았다.

"그래도 저는 제 처지에 감사하고 있어요. 최전선에서 실시간으로 죽어가는 분들에 비하면 저는 천국에 있는 거나 마찬가지예요."

늘 잔소리만 해서 잘 몰랐는데, 따로 만나니 참 성품이 바르고 착한 것 같다. 하늘하늘하고 깨끗한 여성이란 느낌이다. 여기 말고 영주의 던전 같은 곳에서 던전 코디네이터를 했으면 좋았을 텐데.

사유 던전에 잘만 들어가면 일평생 호사를 누릴 수 있다.

생각해 보라. 공작 같은 고위 귀족의 거대한 던전을 관리하는 던전 코디네이터의 위세가 얼마나 대단하겠는가.

"차 잘 마셨습니다."

슬슬 본격적인 이야기를 꺼내놓을 상황이 왔다. 딱 보니 잔소리를 시작하려고 입을 여는 던전 코디네이터를 보고는 재빨리 선수를 쳤다. 아마 한바탕 설교를 하려고 개인실로 불렀던 모양이다. 얼마 전에 있었던 주점에서의 폭력 사태 때문에 아직도 난 그녀에게 주의를 듣고 있었다.

"이걸 봐 주십시오."

설계도를 탁자에 펼치고 나 지금 일 이야기로 진지하다는 어필을 강력하게 했다.

"쳇―."

허, 지금 이 여자 살짝 쳇이라고 하지 않았나?

아마 잘못 들었겠지. 저렇게 우아한 미소를 지은 그녀가 그럴 리가 없지.

"이게 뭔가요?"

나는 함정에 대해 설명하며, 설치의 필요성에 대해 강조했다. 상당히 훌륭한 도안이었기에 던전 코디네이터는 곧 관심을 보였다.

"룸9의 방어 시설이 부실하니 함정을 하나 만들면 좋긴 하겠네요.

거기에 사비를 쓰시겠다니…."

던전 코디네이터는 감격한 표정을 지었다. 그녀는 이곳에서 살고 이곳에서 죽는다. 그런데 자기 터전을 내가 돈을 들여 강화해 주겠다고 하니 기쁠 수밖에.

"동력에 문제는 없을까요? 코디네이터 님께 부담이 되고 싶지는 않습니다만."

"아니요, 그럴 리가요."

오히려 상대는 반색하고 있었다.

다행이다, 이야기가 잘 될 것 같아.

그리고 이제까지 말을 섞어가며 추측한 결과, 이 여자는 역시 횡령과는 관계가 있다고 보기 어려웠다. 그녀 입장에선 한 푼이라도 더 던전에 투자해야 살아남을 수 있기 때문이었다. 반면 횡령은 던전을 좀먹는 행위였다. 그녀는 함정이 마음에 드는지 설계도가 맘에 드는지 방긋방긋 웃고 있었다.

"그렇게 웃으시니까 귀엽네요."

"네?"

"뭔가 항상 차가운 느낌이었는데 그리 웃으니까 예쁘시네요."

"흐읏? 무슨 소리를 하고 계세요! 루테르 오토!"

삽시간에 얼굴이 붉어진 던전 코디네이터가 역정을 내었다. 물론 진짜 화난 것 같지는 않다. 애초에 특수 위치에 있는 그녀인지라 미인이든 아니든 누가 여자로 대해주지도 않는다. 그래서 그런지 이 갑작스러운 칭찬에 당황한 기색이다.

이런 면을 보면 그냥 보통 여자 같다. 대한민국이었으면 한창 예쁘게 차려입고 돌아다닐만한 나이인데. 역시 좀 짠한 건 어쩔 수가 없다. 게다가 그녀의 눈망울은 이제 보니 참 순해 보인다.

"그렇지만 귀여우신 걸요. 귀여운 걸 귀엽다고 하는 게 잘못입니까?"

넉살 좋은 말에 결국 던전 코디네이터는 의자에서 일어나 버렸다. 딴 데를 보고 손부채로 얼굴을 식히며 중얼거린다.

"루테르는 지금 엄청 무례해요. 상급자에게 귀엽다느니 하는 소리나 하고 있고…."

"하하하, 죄송합니다."

"웃기나 하고!"

이런 말을 할 수 있는 건 다 재무담당관 일을 하며 그녀와 친해져서 그렇다. 그래도 농담을 던지긴 쉽지 않았지만 그녀는 화난 척하며 자연스럽게 받아줘서 다행이었다.

이후에는 우리는 소개팅 나온 남녀처럼 잡담을 이어갔다. 던전 코디네이터와 한 시간이나 더 즐겁게 얘기를 하며 새삼 알게 된 점이 있었다. 이 여자, 이전엔 이렇게 누군가와 수다를 떨 일이 없었을 것이란 점이었다. 생각해 보니 주변에 그녀의 친구가 되어 줄 사람이 있어야지.

"그만 일어나 보겠습니다."

인사를 하자, 잡지는 않았지만 아쉬워하는 기색이 역력했다.

"저기, 던전 코디네이터 님."

"네?"

"이름이 뭐예요?"

발그레.

던전 코디네이터는 볼이 붉어져서 어쩔 줄 몰라 했다.

보통 던전 코디네이터의 본명을 알게 되는 일은 없다. 그냥 코디네이터는 코디네이터일 뿐이다. 누구도, 설령 던전 로드도 묻지 않을 테니 이런 물음에 당황할 수밖에.

"제 이름을 알고 싶으세요?"

여자아이 같은 목소리로 그녀가 물어왔다.

"네."

한참 망설이던 그녀는 모기 만한 작은 목소리로 대답한다.

"…메이니예요. 메이니 체리트리예요."

"메이니라… 귀여운 이름이군요. 체리트리 님."

"……."

부끄러운 듯 체리트리는 아무 말도 하지 않았다.

함정은 결국 설치하지 못했다.

던전 로드 더블바인드가 말도 안 되는 이유를 대고 거절했기 때문이었다. 그리고 치즈헌터에게 연락이 왔는데, 더블바인드는 예의 그날 본부에 들린 적이 없다고 적혀 있었다.

"냄새가 나는데."

내 혼잣말에 옆에 있던 올가가 깜짝 놀라 자신의 몸을 킁킁거렸다. 야, 겨드랑이 내는 맡지 마.

"미안, 한창 일하고 와서. 얼른 씻으러 갈게."

"아니야. 그게 아니라 딴소리였어."

그러고 보니 좀 땀 냄새가 풍겨온다.

한데 뭐랄까… 싫지가 않네. 아무래도 나는 이 녀석에게 반해 있는 게 확실하다. 오히려 냄새를 맡기 위해 코를 들이대자 올가가 비명을 지르며 도망가 버렸다.

"형님, 그러면 안 돼!"

올가의 뒷모습을 묘한 아쉬움과 함께 배웅한 나는 혼자 여러 가지 생각에 잠겼다.

역시 더블바인드 녀석 파면 팔수록 뭔가 수상하다.

그렇지만 아직도 증거는 미비하니 좀 더 여러 가지로 알아봐야 한다. 일단 치즈헌터가 파견한 전문가를 내 룸원으로 끼워 넣었다.

마침 리저드맨 둘이 고향에 사정이 생겨 돌아가겠다고 했기 때문이었다. 그래서 나는 치즈헌터에게 요청해 전문가 둘은 내 밑에 뒀다.

그들은 처음 두 달간은 평범하게 지냈다.

그럼에도 그들은 어느 정도 주목을 끌었다.

롱다리 엘프와 숏다리 드워프라는 언밸런스한 콤비를 이루고 있었기 때문이다. 엘프는 니골, 드워프는 무트로란 이름이었는데, 그렇게 친할 수가 없었다.

엘프와 드워프, 두 종족간의 사이를 생각해 보면 참으로 희한한 조합이었다. 하긴, 프로의 비지니스니 종족 간의 악감정이 대수겠는가.

그들은 금세 던전의 용병들 사이로 순식간에 녹아 들어갔다. 니골은 스마트했고 무트로는 호탕한 대인배로 보였다. 용병들은 그들과 게임을 하거나 술을 마시는 일을 좋아했다. 두 달이 지나자 두 전문가는 2-04던전의 마당발이 됐다.

그후 니골과 무트로는 그런 우호적인 분위기를 바탕으로 던전 로드인 더블바인드의 동태를 살폈다. 위병을 맡은 자가 귀띔해준 '더블바인드가 언제 외출했다' 정도도 중요한 정보였다.

니골과 무트로는 무언가 정황이 포착되면 밖에 있는 다른 전문가에게 연락하는 모양이었다. 그러면 던전 밖의 전문가들이 더블바인드의 동선을 찾는 식이었다.

확실히 그들은 전문가답게 행동했다. 그러나 결정적 증거를 찾기 위해서는 더블바인드의 방을 뒤질 수밖에 없다고 입을 모았다. 나는 일단 그 일에 대해서는 대기하도록 명했다.

니골과 무트로가 더블바인드의 방에 접근할 때 던전 코디네이터 체리트리가 이상한 점을 눈치챌지도 모르기 때문이었다. 그러니 결정적인 순간 체리트리의 주의를 분산시키는 게 중요했다.

"그건 이쪽에게 맡기게."

호언장담했지만 어떻게 하면 체리트리가 신경 쓰지 않게 할 수 있을까?

물론 체리트리의 던전 관찰은 평시에는 느슨한 편이다. 그럴 때 그녀의 주의는 던전 밖에 더 집중된다. 지난번에 굴착해 오는 적을 미리 발견했던 것처럼 말이다. 하지만 니골과 무트로가 딱히 이유도 없이 던전 로드의 방에 접근하다가는 의심을 살 가능성이 있었기에, 일에 만전을 기하는 게 좋았다.

일단 결정적 증거만 확보되면 체리트리를 설득할 수 있다고 보지만 그전에 일을 그르칠 수는 없다. 그 때문에 나는 최근 계속 체리트리의 방을 방문하고 있었다.

"이렇게 계속 사적으로 찾아오시면 곤란합니다, 루테르 오토."

체리트리는 민망한 표정으로 애써 항의하고 있었지만 나는 넉살 좋게 행동했다. 의자를 권하지도 않았는데 털썩 주저앉고는 차를 달라고 청했다.

"나 참, 남자들은 원래 그렇게 막무가내에 무례한가요?"

"음? 무슨 소리신지? 체리트리 님 정도 되는 미녀라면 남자를 여럿 사귀어 봤을 텐데 그것도 모르시나요?"

"흐음!"

체리트리가 깜짝 놀라 헛기침을 했다. 그리고 떨리는 목소리로, 명백히 거짓말이 분명한 말을 늘어놓았다.

"무, 물론이죠. 저 정도 되면 남자가 늘 붙는 법이랍니다. 지금이야 없지만 과거에 많이 사귀어 봤어요? 아, 아니! 봤어요! 한 다스는 될 걸요✓"

너무 심한 거짓말을 해서 마지막에는 목소리가 삑사리 나버렸다.

아아, 불쌍한….

남자도 못 사귀어 보고 던전 코디네이터가 된 건가. 그것도 오늘내일 하는 전선의 던전 코디네이터가.

너무 가여워서 눈물이 날 것 같다.

물론 따지고 보면 나도 남 말할 처지는 아니었지만.

"역시 그렇지요?"

"흠흠! 물론입니다. 이성 관계가 고민이라면 이 누나에게 언제든 물어봐도 좋아요."

누가 누나라는 거냐. 설령 누나라고 해도 전혀 의지가 안 되는 누나다.

"정말입니까?"

"무, 물론이죠."

아까는 왜 왔냐고 한 주제에 체리트리는 어느새 나와의 대화에 빠져들었다.

친구가 없었던 그녀는 차츰 내 갑작스러운 방문을 즐기게 되었다.

"저, 그러면 묻습니다?"

"물어요!"

단순히 남녀관계에 대해 질문하려는 건데 왜 그리 긴장하는 것인가. 두 손을 꼭 말아 쥐고 두근두근 거리고 있다.

그렇게 예쁜 표정으로 긴장하지 마.

괴롭히고 싶어지잖아.

"섹×요, 섹×! 섹×가 하고 싶습니다. 어떻게 하는지 혹시 아시나요?"

퍼엉!

순간 체리트리가 멍-한 표정을 짓더니 그녀의 머리 위로 활화산이 하나 터지는 듯한 환상이 보였다.

"저기? 코디네이터 님?"

"어버버- 세쿠쑤?"

큰일 났다. 맛이 가버렸어.

안구가 하얗게 변해버린 것 같다. 몸이 또 부들부들 떨리고 있다. 나는 차라도 한 잔 마시라고 할 요량으로 그녀가 마시던 잔을 쥐고 건네려 했다. 그 순간 체리트리가 비명을 지르더니 물건을 던지기 시작했다.

"끄아아앗! 손대지 마! 귀축! 강간마!"

"진정하십시오."

"까아앗!"

"누나에게 물어보라면서요. 저는 순전히 궁금해서 섹…"

"그만! 그 '섹' 다음 음절을 말하면 죽어버릴 거예욧!"

이 아가씨 완전히 흥분해 버렸다.

늘 고요한 체리트리가 이렇게 격렬한 모습을 보여주는 건 처음이다.

"나가요! 어서!"

"네네. 다음에 올게요, 그럼."

"필요 없어요! 영원히 사절이에욧!"

나는 물건을 계속 던지는 체리트리를 피해 신속히 탈출했다. 돌아가면서 한참 웃다가 곧 결행 일을 잡아야겠다고 생각했다.

지금 일은 사실 체리트리를 떠본 거다.

전문가인 니골과 무트로가 더블바인드의 방에 잠입할 때 나는 체리트리의 정신을 분산시킬 작정이었다. 물건에 많이 맞긴 하겠지만 이 정도 격렬한 반응이라면 그녀는 딴 데 신경도 못 쓸 것이다.

사실 이리 연애 쪽으로 그녀를 떠본 건 니골과 무트로의 조언 덕분이었다. 그들은 체리트리가 연애에 대해 쑥맥인 것 같다고 했다.

그리고 누구든 자기가 모르는 부분을 건드리면 당황하기 마련이다.

나는 돌아와서 니골과 무트로에게 체리트리와의 이야기를 털어놓았다. 그러자 그들은 무릎을 탁 치며 반색했다.

"일이 쉽게 되었습니다."

"그런가?"

내 물음에 니골이 간단한 해법이 있다고 했다.

"그냥 꼬셔버리십시오. 오토 님의 여자로 만들면 쉽게 해결될 문제입니다."

"뭐?"

어이없어서 반문했지만 그들은 농담하는 게 아니었다.

"순진한 아가씨는 사랑에 빠지면 극히 취약해집니다. 좋아한다고 속삭이면서 품에 안고 계십쇼. 그 사이 무트로와 일을 끝내겠습니다."

"아니 그래도……."

마음 같아선 어떻게 사람 마음을 가지고 그럴 수 있냐고 따지고 싶었다. 그랬다가는 이 두 지저인이 날 병신으로 볼 테니 차마 입에 올리지 못했다. 이곳은 속고 속이는 세계다. '속는 놈이 나쁘다'는 정론이다. 대신 다른 이유를 대서 이 문제를 피하려고 했다.

"쉽게 마음을 얻을 수 있을까?"

그 말에 니골과 무트로 둘이 박장대소한다.

"크하하하핫! 오토 님도 참!"

"오토 님! 옆에 그렇게 아름다운 다크엘프를 끼고 계시면서 그깟 던전 코디네이터 정도를 걱정하십니까!"

누굴 얘기하는 건가 했더니 보비였다. 옆에 늘 있어서 의식하지 못했지만 녀석이 대단한 미인이긴 하지.

"그런 다크엘프가 그리 매달릴 정도인데, 설마 못하신다는 건 아니겠지요?"

아, 망했다.

솔직히 자신이 없었다. 하지만 못한다고 할 수 있는 상황이 아니었다. 결국 나는 애매하게 웃으며 알겠다고 대답했다.

"무, 물론이다! 그 정도는 식은 죽 먹기지 ／"

으윽.

목소리가 하이톤으로 나와버렸다. 갑자기 내게 허세를 부리던 체리트리가 생각났다. 그녀의 태도를 재밌게 여기며 속으로 한껏 거드름을 부렸는데, 나도 똑같구만. 사실 그 나물에 그 밥인데… 미안합니다, 체리트리.

"다, 다, 다크엘프도 옆에 끼고 노예로 부리고 있는 나라고? 그 정도는 일도 아니지!"

그렇게 나는 말도 안 되는 약속을 하고 말았다.

서글픈 얘기지만 나는 연애 경험이 전혀 없다. 고등학교 때는 반에서 겉돌기만 했고 이세계에 와서는 말할 것도 없다. 보비와는 특별한 관계긴 하나 정상적으로 연애를 한 사이는 아니다.

이러니 나는 여자의 마음을 어떻게 얻는지 알지 못했다. 아아……, 대체 어쩌면 좋단 말인가. 어쩌자고 내가 이런 허세를. 하지만 거기서 연애 경험 전무에 동정이라고 고백할 수도 없잖아.

"끄-응…"

입에서 앓는 소리가 절로 나왔다. 그러다 한 가지 탈출구가 보였다.

"그래!"

책이다. 책을 보는 거야. 분명히 이곳에도 실용연애서적이 있을 터. 연애를 책으로 배우면 대체로 성적이 좋지 않은 것 같지만 지금은 찬물 더운물 가릴 때가 아니었다.

나는 곧장 외박을 내고 책을 사러 나갔다.

그런데 의외로 그 종류가 다양했다.

〈이상적인 타르나이 기둥서방 생활〉

흠…… 뭐지, 이건? 내가 한국에 있을 때 즐겨보던 라이트노벨 제목이랑 비슷한데. 그 외에도 비슷한 책들을 집어들었다.

도움이 돼야 할 텐데.

큰 기대를 갖고 던전으로 돌아온 나는 식음을 전폐하고 책만 파기 시작했다.

"주인님, 밥 드세요."

보비가 불러도 손짓으로 물리고 독서삼매경이었다. 지금 이 건에는 내 자존심이 걸려 있다. 호언장담했는데 체리트리의 환심을 얻지 못한다면 얼굴을 들 수가 없다.

"주인님……"

두 끼를 굶고 책만 보자 보비가 걱정스러운 목소리로 말을 건다. 하지만 내 어찌 뜻을 이루지 않고 끼니를 입안에 넣겠는가. 보비를 다시 보내려다가 머릿속에 한 가지 생각이 떠올랐다.

그래, 예행연습.

뭐든 실전에 들어가기 전에 연습해 보는 게 중요하다. 마침 좋은 샘플이 눈앞에 있지 않나. 아까부터 귀여운 다크엘프가 귀를 쫑긋거리며 내 눈치만 보고 있었다.

"주인님?"

뭔가 불안을 느낀 듯 보비는 슬쩍 뒤로 빠지려고 한다. 하지만 내가 손을 낚아채는 게 더 빨랐다.

"꺄!"

살짝 놀라서 움찔하는 보비.

좋아, 이 기세다.

실용연애 서적에서 보면 이때 벽쿵을 하라고 했다. 놀란 그녀의 하트가 마구마구 두근거릴 거라나?

그런데 벽쿵은 어떻게 해야 할까?

실용연애서적에 의하면 벽쿵도 종류가 있다고 했다.

일단 박력있는 양손 벽쿵은 내 팔 사이에 그녀를 완전히 가둘 수 있다고 한다. 팔꿈치 벽쿵은 그녀와 나 사이가 가까워서 키스로 이어지기 쉽다고. 다만 상대에게 부담스러울 수 있으니 조심하라고 했다. 그게 아니면 나쁜 남자를 좋아하는 상대를 위해 한 손은 주머니에 넣고 다른 한 손으로 벽쿵하는 법도 있다.

반면 안 좋은 벽쿵도 있었는데, 의욕이 넘쳐서 벽에 발까지 걸치는 경우, 아니면 실수로 가슴에 손바닥을 쿵 해버리는 경우 등이었다.

참, 멱살을 잡는 것도 금지였다.

그리고 웃긴 건 벽쿵 시 여자가 무술의 수법으로 반격할 때를 대비하는 법도 있었다. 박치기나 겨드랑이 찌르기, 고간 까기 등 다양한 상황이 그림과 함께 설명 중이었다. 지하 세계 굉장한데… 벽쿵 때문에 전투가 벌어지기도 하는 건가.

"저? 주인님?"

다행히 보비는 무술의 수법으로 반격해 오지는 않을 거 같다. 얼굴에 홍조가 잔뜩 올라서는 내 얼굴만 올려다보고 있었다. 좋아, 다음 단계를 진행해도 될 거 같아. 실용연애서적에서 본 대사를 사용해보자.

"보비야."

"네?"

"어디서 타는 냄새 안 나니?"

"무슨?"

"내 마음이 너 때문에 타는 냄새 말이야."

좋아, 해냈어!

그런데 이 대사 정말 괜찮은 거 맞나? 아무리 생각해도 오글거리는 거 같은데 책에 쓰인 말이니 믿어도 괜찮겠지. 책이란 전문가들이 집필하는 거잖아.

"워어……."

그런데 괴상해지는 보비의 표정을 보니 오판인 거 같다. 보비의 볼에서 빠르게 홍조가 없어진다. 그리고 그녀는 냉랭한 목소리로 평가해 왔다.

"마이너스 50점이요. 한 번만 더 기회를 드릴게요."

"윽!"

다음 멘트로 준비했던, 혹시 지도 있어? 네 마음속에서 길을 잃어 버렸어는 빠르게 폐기했다.

갑자기 식은땀이 났다. 부끄러워하며 눈을 초롱초롱 빛내던 보비가 이제는 팔짱을 낀 채 어디 해보려면 해보라는 듯 날 쳐다보고 있었다.

"보비야, 사랑은 참고 견디는 거야."

"음? 우리가 사랑하는 사이던가요?"

윽, 반격이 대단하다.

"조금만 기다려봐. 만회할 수 있으니까."

"뭐, 좋아요."

숨이 다 막힌다. 이번에 확실히 알았다. 기회란 놈은 제때 따라가지 못하면 도리어 위기가 되기 마련이란 점을. 나 때문에 두근거리던 다크엘프가 지금은 심드렁한 얼굴의 엄격한 선생님이 되어 있었다.

솔직히 지금 청소부라도 있으면 부르고 싶다.

속이 울렁이는 게 아무래도 토하기 직전 같다.

생각해, 제발 생각해라. 내 머리야. 그러다가 가식적인 실용연애 서적의 말은 소용없음을 깨달았다. 그래서 그녀에 대한 심경을 솔직히 말했다.

"보비, 너는 특별해. 나에게 있어서, 보비란 존재는 지하에서 겪는 내 모든 인생의 무게와 고통을 이겨낼 원동력이 되거든. 즉, 나에게 보비란 단어는 사랑과도 같아."

사랑은 뭘까, 2차 대전에서 병사들이 먹던 필로폰 같은 거니까.

물론 이 말은 덧붙이지 않았다.

"오~."

보비는 제법이라는 듯 웃는다.

"플러스 50점."

살았다.

"고마워, 내가 만회할 수 있다고 했잖아."

"그렇지만 이제 원점이라고요."

그건 그렇네. 보비는 내 한 손 벽쿵으로는 만족할 수 없었던지 나머지 손도 끌어다가 벽에 붙인다. 이제 내 팔 사이에 흥미로운 기색을 다시 찾은 다크엘프가 눈을 빛내고 있었다.

이미 교훈을 얻었지만 연애시에 등장할 거 같은 말은 안 먹힌다. 그녀에게 통하는 건 솔직한 내 감정, 내 마음에서 우러나오는 말이었다.

"흠……."

가볍게 숨을 내쉰 나는 담백하게 말했다. 아무런 가식도 섞지 않고서.

"네가 없었으면 난 아무것도 못했을 거야."

그건 실용연애서적 실린 많은 대사와 다른 정말 내 마음속의 말이었다. 문득 지난 세월들이 하나씩 떠올랐다. 쓰레기장에서의 노동, 루제플과의 목숨을 건 싸움, 아르탈란으로 단둘이 출발한 일…

"혼자서는 여기까지 오지 못했을 거라고 생각해."

"……."

"있지. 앞으로도 네가 내 옆에 있었으면 좋겠어. 너랑 함께라면 나는 해낼 수 있다는 기분이 되니까."

좀 어리광부리는 말이었을까?

보비는 고개를 숙인 채 묵묵부답이었다.

괜히 걱정하고 있는데 보비가 고개를 들더니 씩 웃으며 내 가슴팍을 손으로 두들긴다.

"호호호, 제법이네요. 주인님. 던전의 주인이 아니라 바람둥이가 목표 아니에요?"

"뭐야? 괜찮았어?"

대답 대신 보비는 내 목을 두 팔로 휘감더니, 곧 볼에 가볍게 뽀뽀해줬다.

"아까 우리가 사랑하는 사이던가요? 라고 묻지 않나?"

"뭐, 어쩌면 사랑하는 사이일 수도 있겠네요. 호호."

장난치듯 웃는 보비는 곧 일이 있다고 자리를 떠났다. 다행이네, 그래도 진심이 통한 듯해서. 솔직히 말했는데 마이너스 점수를 받으면 좀 속상했을 것 같다. 그런데 보비에게 뽀뽀까지 받았으니 제법 기분이 괜찮았다.

좋아, 예행연습은 잘한 거 같은데, 이제 체리트리에게 도전해 볼까? 다만 문제는 체리트리에겐 보비에게 한 것처럼 솔직히 보여줄 진심이 없다. 그래서 어찌 될지 잘 모르겠단 생각이 들었다.

오주윤과 헤어진 보비는 총총거리는 빠른 걸음으로 나아갔다. 그리고 주변에 아무도 없는 걸 깨닫고는 그제야 숨을 내쉬었다.

"후우……."

오주윤은 몰랐지만 보비의 심장은 지금 터질 것처럼 뛰고 있었다.

"주인님……."

괜히 장난스럽게 굴던 태도와 다르게 그녀는 몽롱한 표정이었다. 현재 그녀의 머릿속에선 오주윤의 대사가 반복재생되고 있었다.

―네가 없었으면 난 아무것도 못했을 거야.

―네가 없었으면 난 아무것도 못했을 거야.

―네가 없었으면 난 아무것도 못했을 거야.

"흐흐히힛….."

보비의 입에서 웃음이 흘러나오고 있었다. 아무래도 쉽게 망상의 세계에서 돌아오진 않을 거 같았다.

"주인님, 걱정 마세요. 보비는 언제나 주인님과 함께니까. 설령 무덤 속이라도…."

오늘도 그녀의 사랑은 그렇게 깊고 무거워지고 있었다.

치즈헌터가 더블바인드의 꼬리를 잡는 동안, 나는 그간 미뤄왔던 걸 해결하기로 했다. 정확히는 미뤘다기보다 생각 못 하고 있던 부분이었다.

바로 능력 개발이다.

만약 더블바인드와 싸워야 한다면 지금 상태로는 어림도 없었다.

그래서 반드시 해결해야할 부분이었다.

웨어 블랙팬서의 육체는 세 가지의 잠재적인 고유 능력을 사용할 수 있다. 보비의 경우는 두 가지고.

이것은 능력 개발이란 시술을 받으면 발현할 수 있는데, 전제 조건이 있다.

가장 기본은 돈이고,

두 번째는 유착한 육체에 대한 숙련도다.

충분히 그 몸을 사용해서 그게 전투든 노동이든, 몸에 익숙해져야 능력 개발로 잠재력을 발동할 수 있었다.

투자금의 일부가 마침 들어왔으니 여유가 있을 때 하는 게 딱 좋았다. 기왕이면 보비와 같이 가고 싶었는데 룸장과 부룸장이 한꺼번에 자리를 비울 수 없는 규칙이 걸렸다.

결국 던전 코디네이터가 임시로 하루 우리 룸을 봐주기로 하고 어렵사리 둘이 함께 외출할 수 있었다. 대신 그전에 지난번의 '섹' 어쩌고 하는 발언을 백배사죄해야 했지만.

던전 로드인 더블바인드는 정신이 딴 데 나갔는지 우리 둘의 외출에 신경도 쓰지 않았다. 기강을 바로 하려면 룸장과 부룸장의 동시 외출을 단속할 수도 있었겠지만 그냥 간부의 주말 외출 중 하나로 치부해 버리는 모양이었다.

"요즘 던전 로드, 뭔가 수상하지 않나요?"

"내 생각도 같아. 치즈헌터가 조사 중이니 조만간 뭐가 나오겠지."

보비는 2-04던전을 나와서는 팔짱을 끼고 걸었다.

늘씬한 미녀가 딱 붙어서 걷자 솔직히 기분이 괜찮았다. 어째서인지 요즘 보비가 내가 정말 잘해주고 있었다. 그 이유는 잘 모르겠지만 말이다.

"불안해하실 거 없어요."

어찌 내 기분을 느꼈는지 보비는 방긋방긋 웃으며 말한다.

"주인님이 바람을 피우지 않는 이상, 보비는 주인님을 찌르지 않으니까."

"…고마운 이야기인데. 전에는 바람을 안 피워도 찔릴 수 있었으니, 우리 사이가 많이 발전한 건가?"

"그럼요. 조만간 애도 낳을 수 있겠는데요. 호호호."

"애 아빠가 되면 목숨은 보장받겠구먼."

나는 그런 농담을 하며 아르탈란의 거리를 걸었다.

눈에 확 들어오는 보비의 미모에 주변의 사내들 눈이 확확 돌아간다. 그렇게 31번째 남자의 목이 휙 돌아가 옆에서 같이 걷던 여자에게 조인트를 까일 무렵, 우리는 목적지에 도착했다.

능력의 개발은 강화합성 길드에서 받을 수 있다.

마법 길드와는 다른 집단으로 몬스터강화합성에 매진하는 그룹이다. 물론 연구원 중에 마법사들도 상당수 섞여 있다고는 하지만.

"이쪽으로 오시죠."

나와 보비는 연구원의 안내를 받아 시설로 향했다.

실험실 같은 곳에 도착했는데 그곳에는 마치 MRI같은 설비가 놓여 있었다.

이 지하세계는 문명도가 유럽의 근세기와 비슷한데 가끔 이렇게 스팀펑크Steampunk같은 장비들이 있단 말이지.

증기기관은 확실히 소수긴 하나 사용자들이 있는 것 같았다. 저 MRI같은 기계도 위쪽에서 증기를 뿜어내고 있고 말이다. 다만 마력이란 주동력이 있으니 보조적인 부분에서만 활약하고 있는 것 같았다.

마력의 경우는 던전 하트에서 생산이 가능한데 건전지 역할을 하는 마정석에 담아서 판매한다. 전에 던전 하트를 던전의 동력원이자 '광산'이라고 표현했는데, 이런 이유 때문이다. 던전 공격이 어려운 것은 이 던전 하트가 동력을 자체 생산하는 탓이다.

생산된 마력을 이용해 음식 창조 마법을 쓰면 반영구적으로 던전 안에서 버티는 게 가능하다. 물 창조도 할 수 있고, 막을 수만 있다면 방어자들의 수명이 다 될 때까지 점령이 안 될 수도 있는 것이다.

이래서 던전 하트를 중심으로 하는 요새 개념의 던전이 전선에 자리 잡았다.

물론 던전은 전선에만 있는 건 아니다. 아르탈란의 황녀가 머무는 거성 아래에는 난공불락의 던전이 있다고 하니 말이다.

영주급 귀족이나 부유한 상인들도 자기들만의 던전을 가지고 있다. 그런 그들의 던전 안에는 세대를 이어오며 모은 금은보화가 차곡차곡 쌓여 있다고 한다.

유력자의 하렘 역시 보통 던전 안에 자리 잡는다.

던전의 가장 깊은 곳에 침략되지 않는 낙원 같은 시설을 건설해 놓고 주인을 기다리는 미녀들로 가득 채워 놓는 것이다. 그녀들은 그 깊고 깊은 땅속에서 주인님의 사랑만 갈구하며 살아간다.

완전한 사육도 아니고 이건 뭐….

하나 이 지하세계 안의 지독히도 험한 삶을 생각해보면 그들이 불행하다고만 할 수 있을까? 내가 처음 이곳을 지옥이나 마계라고 칭할 정도였다는 점을 생각해 보면 충분히 알 수 있는 부분이다.

그러니 차라리 유력자의 하렘에서 호의호식하는 게 흉년이 오면 굶어 죽는 자유민보다 훨씬 낫지 않을까. 게다가 미녀들은 육체 매매의 제1표적이기도 하고.

"여기서 기다리고 있어."

"네, 주인님."

먼저 능력 개발 시술을 받기로 했다.

딱히 의복을 다 벗어야 하는 건 아니지만 금속으로 교란이 일어날 수 있기에 가벼운 바지 한 장을 빼고는 다 떼어냈다. 내 탄탄하고 완벽한 몸에 주변에서 감탄이 터진다. 늘 실험실에 있는 연구원들이 몸이 좋을 리가 없다. 부러울 수밖에.

육체를 옮길 수 있는 지저의 특성상 훌륭한 몸은 마치 고급 스포츠카처럼 인식된다.

"자, 그럼 부탁합니다."

나는 세 가지 고유 능력이 무엇일지 궁금함을 참기 어려웠다.

고유 능력은 '육체 한정'과 '영혼 각인'으로 나뉜다. 9할은 육체 한정이 나타나고 어쩌다 영혼 각인의 형질이 발현된다.

육체 한정은 말 그대로 영혼석이 안착해 있는 현재 육체의 능력이다. 동굴 오거의 경우 '광폭화'나 다크엘프의 '소리 없이 걷기' 따위가 고유 능력으로 유명하다.

다만 육체 한정 능력들은 영혼석이 다른 육체로 옮겨가면 얼마나 숙련도를 올렸는지에 상관없이 소멸한다. 그 육체를 기반으로 사용하는 기술이기에 하드웨어 자체가 없어지면 소용이 없다. 프로그램의 업데이트가 계속 이어져 가장 안정되고 빠른 최신 버전을 굴리게 된다 할지라도, 컴퓨터가 없어지면 말짱 꽝이듯 말이다.

이에 반해 영혼 각인은 이름대로 영혼에 각인되는 기술이기에 육체를 옮겨가도 계속 사용이 가능하다. 그러나 예전 육체와 새 육체 사이에 간극이 너무 크면 사용 못 할 수도 있다.

예를 들어 검술과 관련된 영혼 각인의 고유 능력이 있는데 새로운 육체가 슬라임이라면?

당연히 기술을 잃지 않았어도 운용이 불가능하다. 그래서 지하세계에서는 영혼 각인의 고유 능력을 더 높게 치긴 하지만 크게 고려할 사항은 아니다.

일반적인 경우 한 번도 육체를 갈아탈 일이 없기 때문이다. 적어도 중간 계급이나 전쟁으로 돈을 많이 번 고참병 정도 되야 시도해볼 수 있으니 대부분의 하층민에겐 먼 나라 얘기일 뿐이다.

"지금 바로 시술하겠습니다."

연구원의 말에 막 기계 안으로 들어가려 하다 갑자기 멈칫하지 않을 수 없었다.

나쁜 예감이 드는 건 아니었는데 문득 조금 뒤에 하는 게 좋지 않을까하는 생각이 들었다. 순서를 보비에게 양보하는 게 더 나을 것 같았다. 왜 그런지는 알 수 없다.

이것도 바페의 힘에 영향을 받은 직감인가.

"잠시만요. 약간 현기증이 나는군요."

"그러십니까?"

변신하지 않았지만 190센티의 근육질인 나다. 현기증이 난다는 말이 이상했지만 기계에 들어가기 전에 신체 상태가 완벽해야 한다. 연구원은 잠시 쉴 것을 권했다.

이 세계는 종합적인 건강 검진 같은 건 없다. 그냥 주먹구구식이기 일쑤인데 몸이 좋으면 하고, 안 좋으면 안 하고, 그런 식이다.

"주인님, 괜찮으세요?"

보비가 얼른 달려와 상태를 묻는다. 그녀의 눈에 수심이 밀려들고 있었다.

이 녀석아, 나 때문에 그렇게 일희일비하지 마. 잘 돌봐 주지 못한 것 같아서 요즘 미안해하는 중인데 말이야.

"네가 먼저 할래? 난 어제 늦은 밤까지 병법서를 보느라 좀 피곤했나 봐."

"네, 그렇게 할게요."

병서를 보고 있다는 건 거짓이 아니다.

장교로서의 소양을 기르기 위해 요즘 잔뜩 읽고 있다. 던전 공격과 방어에 대한 기초적인 교본이었는데 말이 기초지 두께도 상당하고 어려운 내용이었다. 건축, 기하학에 관한 부분도 상당히 포함하고 있어 난해하게 느껴졌다.

"저부터 부탁할게요."

보비가 걸치고 있던 옷들을 벗기 시작했다.

곧 그녀는 핫팬츠와 탱크탑 정도만 입은 모양새가 됐다.

"오오오."

하나 이번에도 주변에서 감탄사가 터졌다.

보비의 맑고 깨끗한 피부는 굉장히 아름다웠다. 전에도 느꼈지만 달빛을 발라놓은 것 같다. 이것이야말로 다크엘프만의 신비한 미.

자신을 향해 쏟아지는 시선에 보비는 좀 얼굴을 붉히고는 시술을 재촉했다. 그제야 연구원들이 서둘러 움직였다.

이윽고 보비는 MRI처럼 생긴 그 기계 장치 안으로 쏙 들어가 사라졌다.

우우우웅-.

가동이 되는 소리가 들리고 마력이 요동치는 게 느껴졌다.

피시시익!

위로는 증기 기관이 작동하며 증기를 뿜어내기 시작했다.

개발 과정은 꽤 걸리기 때문에 일단 좀 기다릴 필요가 있었다. 사실 이런 능력 개발은 마치 온라인 게임 속 기술 습득과 비슷하게 느껴진다. 굉장히 인위적인데 이건 지하 세계의 역사와 관계가 있다.

과거, 지저로 내려온 타르나이와 그들을 따르는 무리들은 막강한 원주민들과 겨뤄야 했다. 헤르즐락 나낚이라 불리는 괴생명체들이었는데 그들은 이 행성의 오래된 원시체라는 말도 있었다.

지하 세계의 패권을 놓고 수많은 싸움이 벌어져 끝도 없이 피가 흘렀다. 들리는 소문으로는 그때 고인 피가 아직도 모여 호수를 이루고 있는 지역도 남아 있다고 한다.

결국 팽팽하던 전쟁은 타르나이의 전설적인 왕, 오그마르 핫홈의 등장으로 끝을 보게 된다.

오그마르는 왕이면서 본인이 아주 뛰어난 마법사이기도 했다고 한다. 그는 영혼석 시스템을 만들고 영혼들이 육체를 갈아타게 했다. 죽어가던 전사가 새로운 육체에 옮겨가 다시 싸움에 나설 수 있게 한 것이다.

참으로 획기적이고도 경이로운 수단이었다.

과거엔 엘리트 전사 한 명이 죽으면 끝이었지만 설비와 자금만 소모하면 그런 엘리트 전사를 다시 전장에 내놓을 수 있게 됐다. 죽음을 계속 건너뛴 그 전사들이 대단히 강하고 노련했을 것임은 말할 필요도 없다.

마치 이것도 온라인 게임의 플레이어 캐릭터가 무한 부활하는 이치와 같다. NPC는 스토리상 죽어버리면 더는 안 보이는 데 말이다.

또한 영혼석과 함께 인위적으로 기술을 주입하는 시스템 역시 오그마르 핫흠이 만들었다. 그 덕분에 새로 안착한 육체의 숙련도만 쌓으면 그 뒤로는 그냥 능력을 개발해 버릴 수 있게 되었다.

개발되는 능력은 개인의 형질과 지나온 과정에 따라 무작위로 발현된다. 하나 하위급일수록 그 기술의 폭이 넓지 않기에 대부분 예측이 가능하다.

예를 들면 랫맨의 고유 능력은 한 가지인데 알려진 기술은 총 세 가지다. 그러니 능력 개발을 하면 그 셋 중의 하나가 나타나리란 걸 예상할 수 있다.

우우우우웅-.

고유 능력에 대해 이런저런 생각을 하고 있을 때 보비의 과정이 끝나가고 있었다. 벌써 30분 정도 지났으니 슬슬 막바지다.

아니나 다를까 보비가 약간 현기증을 내는 듯한 표정으로 휘청휘청 걸어 나왔다. 얼른 부축하니 이때다 하는 눈빛으로 매달려온다.

"히힛!"

이 녀석 웃음소리 좀 보게.

남자 연구원 몇이 부러워하는 표정을 짓는 게 보였다. 눈부시게 아름다운 다크엘프가 애교를 부리며 안기니 그럴 수밖에. 지금 보비는 약간 콧소리를 내며 힘들다고 칭얼거리고 있었다.

"괜찮아, 자 이리 와."

미리 준비한 물을 좀 먹이고 쓰다듬어 주니 그제야 정신을 차렸다.

일단 능력 개발 기계를 돌리면 가열된 열기 때문에 30분 정도는 가동을 멈춰야 한다. 그 사이 보비가 얻은 고유 능력을 파악하기로 했다.

"말해 봐, 무슨 능력을 갖게 되었는지."

능력 개발은 매우 편리하다.

시술이 끝나면 원래 할 수 있었던 것처럼 자연스럽게 힘을 갖게 된다. 이후 기술의 숙련 문제야 별개지만.

대체 오그마르 핫훔은 이런 시스템을 어떻게 만든 걸까?

전설처럼 사실 그는 타르나이가 아니라 신격이 아니었을까 싶다.

지하에 웅크리고 있던 원시체들이 신격들에게 부담이 되었고, 타르나이로 현신한 어떤 신격이 그들을 이용해 원시체들을 지저보다 더욱 깊은 곳으로 격퇴했다는 이론도 있었다.

"두 가지를 얻었어요. 〈얼음 화살〉과 〈그림자 변환〉이요."

"몇 급이야?"

내가 급부터 물어본 이유는 간단하다.

좋은 건지 나쁜 건지 기술 이름만 알아서는 소용이 없었기 때문이다.

현재 보비는 7등급 영혼석에 7등급 육체를 갖고 있다.

능력 개발로 발현한 고유 능력도 보통은 7등급이겠지만, 이 부분에 다소 변수가 있다. 1~2등급 정도는 높거나 낮게 나오기도 하는 것이다.

최악의 경우라면 9등급 스킬을 얻을 것이고, 최상이라면 5등급 스킬도 가능하다.

"얼음 화살은 7등급이고 그림자 변환은 6등급이에요. 둘 다 육체 한정이고요."

"와아, 잘 나왔네."

다행이라는 듯 머리를 쓰다듬어 주었다. 그러자 보비는 칭찬받는 아이처럼 웃었다.

보비는 능력 개발을 잘 끝냈다. 그중 얼음 화살은 마력을 끌어와 화살 끝에 결빙의 힘을 갖게 하는 능력이다. 당연한 이야기지만 십자궁과 볼트로 수행해도 문제는 없다.

"연속해서 10발 정도는 가능할 것 같아요. 그 뒤로는 잠시 마력을 끌어오기 위해 회복할 시간이 필요하고요. 것보다 그림자 변환이 아주 좋네요."

"6등급이었지. 무슨 능력이야?"

"말 그대로 그림자로 변신해서 도망가는 힘이에요. 일반 물리력에 대해 보호를 얻게 되지만 저 역시 일반 물리력을 행사하지 못하게 되죠."

"마법은 가능한가?"

"네. 그러나 전 마법을 모르니 그냥 도주할 때나 유용할 듯하네요."

지하세계의 그림자 속으로 녹아 들어가면 그녀를 추적할 수 있는 적은 많지 않을 터이다. 하니 그녀에게 이런 강력한 도주 기술이 생겼다는 사실 자체에 안도했다. 여차하면 몸을 뺄 수 있으니 참으로 좋은 일이 아닌가.

그렇게 기술에 대해 얘기하다보니 내 차례가 되었다.

"오토 님. 이쪽으로."

열기를 식힌 기계 안으로 들어갔다. 그래도 먼저 기동했던 것이라 안이 따뜻해서 괜찮았다.

"힘 빼고 계세요. 몸에 간섭하는 마력을 밀어내시면 안 됩니다."

"알겠습니다."

그 외에 몇 가지 주의점을 설명한 연구원은 기계 장치의 문을 닫았다.

우우우우웅ㅡ.

기계음이 울리며 나를 둘러싼 마력이 요동치기 시작한다.

대단하네, 진짜. 이런 시스템을 수백 년 전에 이미 완성했다니, 생각할수록 말이 안 되는 것 같다.

잠시간 아무 일도 없다가 곧 몸 안에서 무언가 끓어올랐다. 전자 렌지에 들어간 음식의 기분이 지금 나와 같을까.

이윽고 좀 통증이 심해지기 시작했지만 자연스럽게 누워 있었다.

본능적으로 아무 문제도 없다는 걸 알 수 있었기 때문이었다.

30분 정도만 참으면 되겠지.

그렇게 어떤 문제도 없을 거라고 생각했는데, 과정이 15분 정도 지속되었을 때 즈음, 일이 요상하게 돌아가기 시작했다.

"뭐지?"

타는 냄새가 난다.

순간적으로 기계 장치에 이상이 생긴 게 아닐까 싶었다.

이이이이이잉!

보통 가동되는 속도보다 빨라지더니 급기야 기계가 가동 한계를 넘어가고 있었다.

밖에서 다급한 비명이 들려왔는데, 어쩌지도 못하고 누워 있어야 했다. 지금 나는 온몸을 간섭하는 마력에게 온전히 몸을 맡겨 무력해진 상태였다. 저항도 못 하고. 지금으로선 몸을 들끓게 하는 이 마력을 그저 받아들일 수밖에.

우우우우우웅!

급기야 기계 장치 안에서 비행기 제트 엔진 소리와 같은 소리가 나기 시작했다.

퍼엉! 펑!

기계의 일부가 과부하를 견디지 못하고 폭발하고 있었다.

어떻게 되어 가는 걸까.

한 가지 확실한 건 뭔가 잘못되었다는 거지만.

"주인니─이이임!"

보비의 찢어지는 소리가 아득하게 들려온다.

이 멍청한 녀석.

얼른 도망가라고. 이 장치, 폭발이라도 할 것 같으니까.

"대피해야 하네!"

"이거 놓으세요! 주인님에게 가 봐야 해요!"

"여기 다크엘프를 붙잡아!"

"이런! 그림자로 변해버렸어!"

"마법이라도 쓰라고! 빨리 데리고 도망가야 해! 터지겠어!"

밖에서 떠드는 소리가 점점 생생하게 들려온다.

기계 안은 폭음으로 가득 차 있었음에도 잘 들리는 게 신기했다.

"꺄아아아악!"

"됐다! 잡았다!

이어진 보비의 비명. 고통 때문이 아니라 안타까움이 가득 묻은 절규다. 안 봐도 상황을 알 수 있었다.

보비가 끝까지 기계 안의 내게 접근하려 했고 도망가려는 연구원들이 억지로 데리고 나가는 것이리라.

연구원들은 상당히 실력 있는 마법사가 많기에 결코 만만한 존재가 아니다. 새로 얻은 그림자 변환을 쓴 그녀를 마법으로 구속해서 강제 대피시키는 게 틀림없었다.

"놔! 놓으라고! 안 돼! 주인님!"

억지로 끌려가는 보비가 머릿속에 그려졌다.

아, 계속 같이 있고 싶었는데 그러지 못한 건 미안하다.

나 말고 다른 남자라도 만나서 잘 살도록 해.

산 사람은 살아야지.

"빌어먹을."

지금 나는 직감하고 있었다.

이 기계 장치가 대폭발을 일으킨다는 걸. 그런데 탈출하고 싶어도 몸에 남은 힘이 조금도 없었다.

안타깝구먼.

머릿속에 이 세계로 들어와 겪었던 기억이 주마등처럼 스쳐 지나갔다.

그리고 폭발이 일어났다.

콰아아아아앙!

눈앞이 하얘지고 귀에는 폭음만이 가득 찼다.

아무런 통증도 없었다.

그렇구나, 느낄 새도 없이 전신이 찢어져 버린 건가.

하지만 그건 착각이었다.

나는 기계 장치의 잔해 속에서 경악에 빠져 있었다.

왜 몸이 멀쩡한 것인가, 에 관한 답 같은 것엔 관심도 없었다.

"이, 이게 대체…."

덜덜 떨리는 손을 부여잡고 새로 얻은 고유 능력 세 가지를 살펴보았다.

그것들은 모두 영혼 각인이었다.

한데 문제는 단순히 새로 얻은 모든 능력이 영혼 각인이란 점이 아니었다. 지금 내 정신에 이상이 있는 건가 싶을 정도로 개발된 고유 능력이 지나치게 높은 수준이었기 때문에 놀란 것이다.

아니 높은 수준이란 말로도 표현하기 어려울 정도다.

지금 내 안에 자리 잡은 세 가지의 능력은 모두 더블S 등급이었다.

"믿을 수가 없군. S급에 대해 듣기는 해봤지만."

육체, 영혼석, 고유 능력은 모두 같은 분류 기준을 가지고 있다. 1~10등급까지의 일률적인 기준이다.

하지만 분명히 상위의, 일반적인 등급을 벗어난 기준도 있다. 그걸 S급이라고 하는데 지금 얻은 세 가지 영혼 각인의 고유 능력은 모두 더블S 등급이라는 점.

이걸 믿어야 하나?

행운이란 녀석도 정도가 있다.

이쯤 되니 내가 어떤 소설의 주인공이 아닐까 하는 생각을 다시 하게 되었다.

"후우…."

한숨을 내쉬고 정신을 맑게 하려 했다.

현재의 육체와 영혼석은 6등급. 운이 좋아 봐야 4등급 기술이 나오는 게 한계다.

극한의 운을 사용하면 받을 수 있는 고유 능력 세 가지가 모두 4등급이 되는 건 가능할 것이다. 0에 가까운 확률이긴 하나 불가능은 아니니까.

하지만 이론상으로는 3등급에서 1등급 기술은 나올 가능성이 없다.

이건 법칙이며.

개정을 불허하는 법률이며.

도전받지 않는 챔피언 같은 것이다.

이 시스템 안에서 오그마르 핫훔이 만든, 그가 정립한 질서는 벗어날 수 없다. 내가 만약 1등급 기술을 받았다면 영혼석 시스템에 뭔가 문제가 있다는 것이다.

그런데 더블S 등급이 세 개라고?

이 무슨 천지개벽할.

"정신 차리자."

누워서 고개를 흔들고는 다시 볼을 때렸다.

워낙 혼란스럽다 보니 자꾸 이상한 망상의 파도에서 헤엄치게 되는 것 같다. 지구에 있을 때도 수업 중에 딴생각하기 대장이었는데 이 심각한 사태에서도 이러다니…. 정말 나란 인간은 못 말리겠구나 싶었다.

현재 내가 얻은 더블S 등급의 고유 기술의 이름은 다음과 같다.

빛살 모으기.
영혼 다루기.
성광 뛰기.

뭘까?

이럴 때는 아이큐가 높으면 추리에 도움이 될 텐데, 그냥 일반인이라…. 일단 영혼 다루기는 빼고 나머지 둘에서 공통점을 발견했다.

그건 바로 빛이었다.

빛살이나 섬광이나 결국 빛이다.

빛은 그녀의 힘이다.

실각한 제국의 프린세스 임피리얼, 바페 말이다.

"그래, 확실해."

이제야 뭘 알겠다. 아마 영혼 다루기도 결국 바페의 힘과 관련이 있겠지.

지금 이 더블S 등급 능력들은 바페가 부여해준 힘 때문에 튀어나온 게 틀림없다. 육체 한정이 아니라 영혼 각인인 점도 그렇고.

원래는 웨어 블랙팬서의 능력이 세 가지 튀어나왔어야 맞다. 하지만 바페의 권능 탓에 웨어 블랙팬서의 능력은 밀려났다. 아무리 레어 클래스라지만 그건 6등급 사이에서나 먹히는 말이지, 황녀 바페의 권능 앞에선 먼지만도 못하다.

그리고 기계가 과열되어 폭발한 원인도 알만했다.

저 기계는 아마 1등급에서 10등급까지의 능력 개발을 해주는 일반적인, 지극히 상식적인 성능을 가진 물건이었을 것이다.

그런데 더블S 등급을 개발해야 하니, 과부하가 걸렸고 결국 오버페이스로 일을 수행하다 터져버리고 만 것이다.

아마 이걸로 짐작하건대 S급 이상은 따로 능력 개발을 해주는 기계가 있을 것이다.

일단 지금 얻은 세 가지 더블S 등급의 고유 능력이 뭔지 떠올려

보려고 했다. 그런데 타이밍 나쁘게 방해를 받고 말았다.

웅성웅성.

밖이 소란스러워 진 게 도망갔던 연구원들이 돌아온 모양이었다.

"주인님!"

애타는 보비의 외침이 들려온다. 그녀는 마구잡이로 잔해를 치우고 있는 모양이었다.

"소용없을 걸세."

"안타깝구먼, 유감이야."

뒤에서 연구원들이 그런 모습에 혀를 차는 소리가 났다.

상식적으로 연구원들의 생각이 맞다.

그러나 보비의 마음을 이해하기에 말리는 자는 없는 듯했다. 이윽고 다른 사람들도 합류해서 부서진 기계 장치에 달라붙었다.

나는 빨리 행동 방침을 정해야 한다.

결국, 따지고 보면 이 사단은 결국 나 때문이 아닌가. 솔직히 말하고 변상할 수 있지만 이 힘을 설명할 수는 없다.

사실은 실각한 황녀 바페 님의 힘을 제가 갖고 있습니다, 라고 하면 무슨 난리가 날지 예측하기 어렵다. 당연히 감출 수 있을 때까지 감춰야 한다. 게다가 내가 살아 있는 걸 보면 연구원들은 황당해하며 원인을 조사하고자 할 것이다.

이래저래 곤란하다.

하니 아직 저쪽이 제대로 사태를 파악하지 못하고 있을 때 책임을 떠넘기는 게 현명했다.

결론이 나자 일부러 목소릴 냈다.

"으윽! 보비!"

잠시 바깥쪽에서 말소리가 일거에 사라졌다.

귀신의 목소리라도 들은 듯했다.

웃기는 놈들.

동굴 저 깊은 곳에 가면 귀신을 실제로 볼 수 있는 세상에 살면서.

"주, 주인님?"

울음이 섞인 그녀의 목소리에 조금 마음이 아팠다.

얼마나 놀랐을까.

"그래, 멀쩡하다고. 엄청 당황하긴 했지만. 지금 나갈 테니 뒤로 물러나."

무너진 철판 아래서 들리는 내 목소리에 보비는 후다닥 뒤로 움직였다. 뭘 하려는 알아챘기 때문이었다.

이윽고 나는 그대로 웨어 블랙팬서로 변신했다.

쿠앙! 콰가강!

잔해를 뒤집어엎으며 흑표범 머리를 한 230센티미터의 거한이 갑자기 튀어나오자 연구원들이 기겁하며 뒤로 넘어졌다.

"정말 죽을 뻔했다고."

몸 이곳저곳이 안 좋다는 시늉을 했다.

"으아아아앙! 주인님!"

보비는 울음을 터뜨리며 안겨 왔다. 그녀는 반쯤 정신이 나간 상태였다.

"으아아아아아앙! 주인니이이임—!"

거의 멘탈이 붕괴된 상태라 뭐라 더 하지 않고 그냥 꽉 안아주었다. 그러면서 동시에 연구원들에게 버럭버럭 소리를 질렀다.

"이게 어떻게 된 겁니까!"

솔직히 내가 봐도 흑표범인 이 몸의 두상은 무섭게 생겼다.

케이블에서 외국계 다큐 채널에 보면 가끔 흑표범이 인상 쓰는 게 나오지 않는가.

미간에 주름이 생기고, 귀가 뒷목 쪽으로 바짝 붙는다. 그리고 벌어진 입에는 기다란 송곳니가 훤히 보인다. 예전에 보면서 야생에서 저런 걸 만나면 답이 없겠다 싶었다.

"쿠어어엉!"

화가 난 듯 포효하자 다들 놀라서 나자빠진다.

몇몇은 훌륭한 마법사인 듯 보였지만 그거랑 이거랑은 다르다. 연구실에서만 죽치고 있는 마법사가 담이 셀 리가 없다. 마법 잘 쓰는 거랑 싸움 잘하는 거랑은 또 별개의 문제다. 게다가 잘못한 게 있으니 고객 항의에 꼼짝 못할 수밖에.

이 기회를 기점으로, 나는 울고 있는 보비를 품에 안고는 입에서 화염을 토해내듯 외치며 블랙 컨슈머의 진수를 보여주었다.

"지금 이 문제를 헌병대에 보고하겠습니다. 정식 절차를 밟아서 원인을 조사하는 방향으로 할 생각이니 그리 아시길! 어디 이딴 식으로 운영하고 잘 되나 봅시다!"

내 폭언에 연구원들이 일제히 부복했다.

"아이고! 선생님!"

"살려주십시오! 선생님!"

결국 일을 원하는 방향으로 이끌 수 있었다. 모두 합의해서 오늘 사건을 덮어버리기로 했다. 밥줄이 달린 일이니 이 연구원들은 입도 뻥긋하지 않을 게 틀림없다.

잘 되었다.

나도 이런 특이사항이 밖으로 흘러나가길 원하지 않는다.

원래 서로의 이득에 부합하는 약속은 잘 깨지지 않는 법이다. 언젠가는 소문이 날지도 모르나 그때쯤엔 한 자리 차지하고 있어야지. 함부로 건드릴 수 없는 위치에 올라가면 그만이다.

그 후 적절한 보상을 해주겠다며 연구원들이 즉각 금괴를 들고왔다. 처음엔 안 받을 생각이었지만, 그랬다가는 공연히 의심을 살 수 있었기에 냉큼 챙겼다.

대략 5만 밀 정도의 가치가 있는 금괴였다.

사실 더 뜯어낼 수도 있었다.

아르탈란에는 몇 곳의 몬스터강화합성 시설이 더 있다.

이들 길드 간에는 심한 경쟁과 알력이 있기 때문에 오늘 일이 소문나면 큰일이었다. 적당히 협박을 하면 20만 밀도 문제없을 듯했으나 양심상 그만두었다.

더블S 등급의 고유 능력 세 개를 얻은 지라 마음이 넉넉해진 것도 한 이유였다.

일단은 표면적으로 나는 아무런 고유 능력도 얻지 못한 것이 되었다.

"나중에 심신을 추스르시면 꼭 저희 길드를 다시 방문해 주십시오. 무료 개발을 해 드릴 테니, 부디."

"알겠습니다. 이렇게까지 하시니 저도 상급부대에 보고하지 않고 그냥 넘어가겠습니다. 서로 좋은 게 좋은 거지요."

"맞는 말씀이십니다."

두 손, 두 발 다 비비는 책임자의 태도를 보니 정말 뭐든 할 기세였다.

"흑… 흐윽."

보비는 심하게 놀란 모양이었다.

아르탈란 거리를 걷는 동안 옆에 붙어 떨어질 줄을 몰랐다. 아직도 간헐적으로 눈물을 흘리고 있다.

나는 현재 웨어 블랙팬서로 변신해 있기 때문에 그녀보다 한참이나 키가 컸다. 그래서 보비는 허리 쪽에 양팔을 착- 감고 걷고 있었다.

이인삼각도 아니고 이렇게 껌처럼 달라붙어 있으니 민망하기 그지없었으나, 그녀의 마음을 헤아려 떼어내지 않았다.

일단 좀 어딘가 안정된 장소로 향할 필요성이 있었다. 안전 가옥이라도 있으면 좋으련만.

돈은 충분하니 시설이 좋은 고급 호텔로 가기로 했다.

현재 개발된 능력 세 가지는 아직 완전히 수습을 못 하고 있었다. 얼른 차분히 육체와 영혼의 상태를 돌아볼 필요가 있었다.

반면 보비는 내가 무슨 스킬을 얻었는지 관심도 없어 보였다. 혹여나 떨어질까 싶어 두 팔에 힘만 꽉 주고 있었다. 아까부터 볼이 촉

촉하게 젖은 게 마를 줄을 몰랐다. 이미 고운 눈가는 퉁퉁 부어 있었다. 기계가 터졌을 때 대성통곡을 했으니 그럴 법도 했다.

"괜찮아, 멀쩡하니까. 일단 내일 복귀니 오늘 잘 곳으로 가자."

"주인님…."

호텔 안으로 들어가자 그제야 보비는 정신을 차렸다. 그리고 방을 하나만 잡자 부끄러워하는 기색이 역력했다.

사실 방 하나에서 같이 자는 게 보비와 나 사이에는 어색한 일은 아니었다. 가족이나 다름없는 그녀였기에. 그러나 지금 우리 둘은 서로를 의식하고 있기에 이전과는 상황이 달라진 것이다.

나도 사실 좀 두근거리긴 한다.

"편히 쉬십시오."

종업원이 떠나자 나는 보비의 손을 꽉 잡고 안으로 들어갔다. 보비는 볼이 붉어져서는 아무 말 없이 끌리는 대로 따라온다.

그러나 오늘 보비를 호텔에 데려 온 이유는 그녀를 안으려는 것이 아니었다. 오히려 날 지켜달라고 하기 위해서였다.

"보비."

"넷? 네, 주인님."

깜짝 놀라는 그녀를 일단 안심시키고 사실 무슨 일이 있었던 건지 고백했다.

보비에게 비밀이란 없다. 그녀에게는 이미 모두 다 말하기로 다짐한 후다.

"더블S 등급의 고유 능력이라니요?"

그런 반문은 당연했다.

일단 어디서부터 설명해야 할까.

지금 보비에게 내 내력과 황녀 바페와의 일도 다 알려줄 생각이었다. 바페에 관해 털어놓지 않는다면 이 더블S 등급 기술 세 가지에 대해 설명할 도리가 없다.

"있잖아, 보비. 한 가지 약속부터 해줘. 네게 중요한 할 말이 있으니까."

2-6. 함정 파기

"뭔지 모르지만 주인님이 원하시는 걸 약속할게요."

"그래, 고마워. 그리고 다시 말하지만 내가 더블S 등급 고유 능력을 세 개나 얻었다는 건 사실이야."

"네, 믿어요."

보비는 이 말도 안 되는 선언에도 불구하고 고개를 끄덕였다. 내 체면을 생각해서 그리 말하는 게 아니라 정말 눈빛에 믿음이 가득 차 있었다.

이거 원, 내가 사실은 신격이었다고 해도 고개를 끄덕일 기세가 아닌가. 사랑 때문에 큰일 낼 아가씨구먼. 역시 내가 평생 데리고 살면서 챙겨 줄 수밖에 없는 건가.

"그리고 내가 그동안 숨겨왔던 이야기를 해줄게. 하지만, 그전에 할 일이 있어."

일단 개발된 더블S 등급의 고유 능력을 몸 안에서 추스를 필요가 있다. 나는 이것들의 이름만 떠올렸고 어떤 건지 파악해볼 여유도 없었다. 기계가 터져 정신이 없었으니 말이다.

"지금부터 나를 지켜줘. 거의 무방비한 상태나 마찬가지니까. 그래도 무슨 일이 있으면 건드려서 깨워도 돼. 대신 급한 일 아니면 가급적 방해는 하지 말고. 최대한 집중할 생각이야."

"네, 제가 꼭 지켜 드릴게요!"

"하하하. 너무 기합이 들어갔어. 편히 있어도 돼. 네가 옆에 있어 주면 안심할 수 있으니까."

"…주인님."

조금 감격해 버린 표정이다. 별 생각 없이 한 말인데 마음에 들 었나.

"크흠!"

괜스레 얼굴이 달아올라 나도 모르게 헛기침을 한 번 했다. 그리 고는 차분하게 마음을 가라앉힌 뒤 고요한 명상에 빠져 들어갔다.

이 과정이 무협소설에 나오는 운기조식이나 내면의 관조, 이런 것 과 비슷한 건 아니다. 훨씬 간단하다. 마치 깔린 프로그램이 잘 돌아 가나 확인하기 위해 탐색기를 클릭하는 일과 같달까.

흐음….

집중해서 부여받은 고유 능력들을 살펴보았다.

먼저 '빛살 모으기'다.

오호….

이것 참.

감탄사가 절로 나온다.

마침내 나는 강자가 될 길을 찾은 것일까?

빛살 모으기가 뭔지 알려면 먼저 이 세계의 마력 구조에 대한 이 해가 필요하다. 빛살 모으기 자체가 사용자의 마력 운용량을 폭발적 으로 늘려주는 기술이기 때문이었다.

마법사에게 마력은 두 종류로 나뉜다.

〈내부 마력〉과 〈외부 마력〉

〈내부 마력〉은 말 그대로 몸 안에 저장된 마력이다.

인간과 유사인간의 경우에는 그릇의 한계가 있기 때문에 예외적인 경우를 제외하고는 주된 전력으로 삼지 않는다.

〈외부 마력〉은 세계 전체에 퍼져 있는 광대한 마력을 말하는데 마법사는 이를 주로 이용하게 된다. 요컨대, 외부 마력을 주력으로 굴리고 내부 마력은 보조 동력으로 사용한다.

사실 신체 내부에 넓은 마력 저장소를 가진 용도 아니고 인간이 내부 마력을 개발할 필요가 있냐는 의문이 있다. 하지만 안전을 위해 보조 장치는 늘 요구되는 법이다.

가령 빙하 지대에서는 화염계 마법이 제대로 발동이 안 된다. 아니면, 불의 원소계 같은 극단적인 곳으로 가면 얼음 마법의 구현은 불가능할 정도다. 이때 효과를 보는 게 내부 마력이다.

외부 마력은 주변의 환경적 특징에 따라 변동이 많기 때문에 항상 기복 없이 마법을 쓰기 위해서는 내부 마력이 필수다.

내가 가진 빛살 모으기는 더블S라는 등급에 어울리도록 내부 마력과 외부 마력의 총체적인 향상을 위한 기술이었다.

이런 사기 같은….

마력에 대해 어느 정도 이해하고 있는 나이기에 신음성을 낼 수밖에 없었다.

다만, 제약도 있었다. 내부 마력 저장량을 획기적으로 늘려주긴 하는데 신체적 그릇의 한계를 뛰어넘을 수는 없었다.

애초에 이 기술은 황녀 바페의 것이다. 당연히 타르나이 중의 타르나이인 그녀에게 맞춰져 있을 게 뻔하다. 마력 운용에 소질이 없는 웨어 블랙팬서에게는 그다지 유용한 능력이 아니었다.

이건 아무래도 나중에 육체를 바꿨을 때나 빛을 보겠네.

그러나 외부 마력에 관해서는 확실히 지금도 혜택을 받을 수 있겠다.

외부 마력은 주변에 있는 마력을 끌어와 몸을 통과해 원하는 지점에서 마법으로 변형시켜 구현한다.

쉽게 말해 세계에 떠도는 마력이 마법사의 몸을 통로 겸, 변환기로 사용해 마법으로 변환되는 것이다. 그런데 이 과정에서 마력의 손실이 있을 수밖에 없다.

가령 마법계의 베스트셀러인 파이어 볼을 시전 한다고 치자.

마력을 100정도 끌어왔는데, 마법사의 손끝에서 불의 공으로 발현될 때는 60정도의 마력만 사용하게 된다. 마법 캐스팅의 과정에서 40의 손해가 생겨버렸다.

하지만 대마법사 초입에 이르면 100을 끌어와 100을 그대로 방출한다. 그리고 그 경지가 상승하면 오히려 증폭된 마력을 방출한다. 그게 120이 될지 150이 될지는 대마법사의 실력에 달려 있지만.

그래서 이 세계에서는 끌어당긴 마력을 증폭시킬 수 있다면 그 때부터 대마법사란 수식어를 붙여주는 것이다. 그런데 이 빛살 모으기는 내게 대마법사와 같은 마력 운용을 가능하게 해주는 것이었다.

뭐냐, 이 터무니없는 능력은.

방금 능력을 개발하고 랭크업도 하지 못했는데 증폭률 50%라고?

손실만 없어도 대마법사다. 그런데 처음부터 50% 향상된 위력으로 마력을 쓸 수 있게 됐다.

물론 내가 마법을 사용할 일은 없다. 하지만 이 지하 세계에서는 마법을 쓰지 않아도 마력을 운용할 수 있다.

보비가 배운 7등급 능력인 얼음 화살을 생각해 보라. 그것도 마력의 운용이다. 보비가 마법사는 아니지만 화살에 냉기를 담아낼 수 있게 되었다.

만약 내가 얼음 화살을 쏘게 된다면, 이 바페의 빛살 모으기의 위력 덕에 보비의 것과 비교가 안 되는 힘을 보여줄 것이다.

나는 마력을 끌어다 사용하는 면만 놓고 보면 대마법사 급이 되었다. 게다가 좋은 건 외부로 튀는 능력도 아니라는 점. 지금 실질적으로 이 능력을 활용할 방안은, 피에 젖은 그로스메서를 운용할 때겠군.

그로스메서로는 두 가지 기술을 쓸 수 있다.

'블러디 웨이브'라는 광역 공격 기술.

그리고 사용자의 피를 빨아 하미센 급으로 일시적 업그레이드를 하는 것.

이 기술들에 대해 빛살 모으기가 적용되면 얼마나 강해질지 예상하기 어려웠다.

아무래도 바로 되지는 않을 테니 수련을 하면서 연구해 보는 수밖에 없다. 이 세계의 마법이란 콘센트와 플러그처럼 늘 알맞는 건 아니다. 필요에 의해 다듬고 호환성을 올려가는 개인의 노력이 요구된다. 그래도 대박이라고 밖에 할 말이 없다.

바페는 이렇게 강한 힘을 갖고도 실각한 것인가.

도대체 무슨 일이 있었던 걸까.

생각이 그쪽으로 흐르려고 해서 급히 마음을 다잡았다. 아직 두 가지 고유 능력을 더 살펴봐야 한다.

두 번째 능력은 '섬광 뛰기'였다.

이건 간단했다. 나나 대상을 순간이동 시킬 수 있다는 것이다.

주문도 필요 없이 의지만으로 발동한다니. 휘하의 용병들이나 아군이 죽기 직전에 의지만으로 빼돌리는 게 가능한 것이다. 앞으로 돈 엄청 굳겠는걸.

대신 이동할 장소의 좌표에 미리 작업해 놔야 한다고 한다. 안전 가옥에 포인트를 지정해야만 하는 것이다. 조만간 안전 가옥을 알아보긴 해야겠다.

이래저래 나는 마음이 크게 놓였다. 이 기술을 쓰면 최악의 순간에 보비나 올가를 섬광 뛰기로 날려버리는 게 가능하다. 위험지역에서 도망갈 수 있다. 필요하면 나도 내뺄 수 있고.

적이 이 기술을 눈치 채고 막을 수 있는 역량이 있다면 또 모르겠지만, 최소한 보비나 올가를 순식간에 빼돌리는 건 어쩌지 못할 것이다.

게다가 이건 일반적인 순간이동과는 다른 개념 같았다. 그렇다면 일반적으로 도주하는 마법사들을 공략하기 위해 사용하는 순간이동 방해로는 간섭하지 못할 것 같았다.

그리고 마지막 능력은 '영혼 다루기'였다. 그런데 여기서 약간의 문제가 생겼다.

알 수 없잖아.

이상하게도 영혼 다루기는 뭐가 뭔지 파악이 안 된다.

희한하네. 보통은 이럴 수가 없는데. 기계가 터지더니 능력 개발 과정에서 문제가 있었나?

그러나 본능적으로 이 능력이 내 영혼에 잘 각인되었다는 걸 알 수 있었다.

그럼 문제는 무엇일까.

한참이나 고민해 보았다.

각인은 잘 되었지만 막판에 기계가 터지는 바람에 영향을 받은 건지도 모른다. 생각해 보니 책에서 비슷한 사례도 봤던 것 같고.

이 부분은 계속 고민만 해서는 소용이 없다. 그 사례를 떠올려 보자. 후에 어떻게든 결국 얻게 된다는 결론이 기억났다. 대신 그럴 동기나 필요한데 영혼 다루기를 깨우칠 방아쇠가 될 게 뭔지 알 길이 없다.

어쩔 수 없군. 아쉽지만 일단 시간에 맡기는 수밖에.

빛살 모으기와 섬광 뛰기라는 더블S 등급의 고유 능력을 얻었으니 일단 만족하기로 했다.

둘 다 영혼 각인이라 후에 육체를 바꾸더라도 지장을 받지 않으니 아주 좋았다.

"흐으음."

몸 상태 살피는 것을 마치고 눈을 뜨자 보비의 사과처럼 탐스럽고 예쁜 엉덩이가 보였다. 앉아 있는 내 앞에 서서 경계 중이었던 모양이다. 그럴 필요까지는 없는데. 그래도 정신을 차린 순간 이 녀석의 멋진 둔부를 볼 수 있어 행복하다.

"보비보비!"

망설임없이 그대로 보비의 엉덩이골 사이에 얼굴을 묻었다.

"꺄아아아앙!"

이 갑작스러운 기습에 보비가 비명과 함께 놀라서 펄쩍 뛰었다.

"주인님! 언제 깨어나셨어요!"

막 화를 내려던 그녀는 곧 한숨을 내쉬고는 못 말리겠다는 표정을 지었다.

보비는 오늘 화를 내고 싶지 않은 모양이었다. 내가 추행을 할 정도로 기운이 넘치는 것에 다행이라고 생각하는 듯했다.

"지금 막. 이제 괜찮아. 나 얼마나 눈을 감고 있었던 거야?"

"네 시간 정도요."

"뭐? 정말?"

믿을 수 없었다. 시간이 그렇게 흘러갔다니.

보비는 옆에 앉아서 다리가 아픈 듯 허벅지를 두들기고 있었다.

"설마 네 시간이나 서 있었던 거야?"

"흥! 그럴 리가 있나요."

거짓말이다. 네 시간이나 서 있었군. 이런 고지식한 녀석.

역시 츤데레란 종족들은 기본적으로 남들보다 성실한 것 같다.

"이제 다 하셨어요? 몸은 괜찮으신 거죠?"

옆에 바짝 다가와 걱정이 가득한 표정을 짓는 것이 너무도 예뻐 보였다. 당장이라도 안고 토닥토닥— 해주고 싶었지만 일단 할 얘기가 많았다.

"약속해 줄 수 있다고 했지? 지금부터 내가 하는 이야기를 다 진지하게 받아들여 줬으면 해. 그리고 절대 누구에게도 발설하면 안 돼."

"물론이에요. 그런 약속이 없더라도 저는 주인님을 믿어요."

일단 어디서부터 얘기해야 할까.

좀 복잡한 기분이 들었지만 하나하나 천천히 말하기로 했다. 어차피 아침이 오려면 멀었다.

그간 있었던 일을 담담하게, 가감 없이 정리하듯 설명했다. 내가 이 세계의 주민이 아니었다는 사실에 보비는 처음에 놀란 듯 보였으나 곧 쉽게 이해했다. 따지고 보면 그녀도 깨끗한 창공이 보이는 곳에서 왔으니까. 원래부터 지하세계에서 살던 주민은 아니었을 것이다.

그 뒤로 바페와의 약속, 벽돌 굼벵이 생활, 아크 펠리스에서의 만남 등으로 이어진 사연을 그녀는 진지하게 들어주었다.

"그래서 내게 더블S 등급 능력이 세 개 생긴 것 같아. 바페에게 힘을 받았으니 이번에 그게 계발된 거겠지."

"…그렇군요."

"너, 내 말을 다 믿는 거야?"

"물론이죠. 저는 예전부터 주인님에게서 조금 다른 느낌을 받았는걸요. 뭔가 사연이 있는 것 같다고 생각은 했는데, 이런 건지는 몰랐네요."

그렇게 말한 그녀는 잠시 머뭇거리더니 용기를 내서 물어왔다.

"주인님은 큰일을 하실 분이에요. 그런 주인님이지만, 제가 앞으로도… 곁에 있어도 좋을까요? 부족한 몸이지만, 위대해질 주인님에게 어울리지 않는 여자지만, 그래도 주인님 그림자라도 되고 싶어요. 저는 주인님의 노예니까요."

그녀는 내 운명에 주눅이 든 것 같았다. 하지만 무슨 일이 있어도 나와 함께하고 싶다는 의지가 느껴졌다.

"말했잖아. 네가 없었으면 난 아무것도 못했을 거야."

"주인님!"

보비는 감격한 표정으로 몸을 떨었다.

"부탁할게. 앞으로도 함께 해줘. 힘든 일이 많겠지만."

"기꺼이요."

고백하길 잘했다는 생각이 들었다.

나와 그녀 사이가 이전보다 더 단단하게 이어진 느낌을 받았다.

다음날 아침 일찍 보비와 부대로 복귀했다.

던전에는 치즈헌터가 보낸 보고서가 있었다.

살펴보니 요즘 던전 로드 더블바인드가 몸을 사리고 있다는 내용이었다. 그 사이 나는 여러 가지 대비를 할 작정이었다.

일단 본격적으로 빛살 모으기의 수련을 하기 시작했다. 육체가 웨어 블랙팬서라 내부 마력의 저장량은 별로였지만 외부 마력의 운용은 얼마든지 발전시킬 수 있었다.

대부분의 업무는 보비에게 일임하고 최대한 시간을 내서 수련에 집중했다. 다만 넬라와 관련있는 일 정도에는 시간을 냈다. 보비가 내 덕에 바빴기에 거기까지 떠넘길 순 없었다.

"넬라 양."

"오토 님."

우리는 가볍게 인사하며 서로에게 웃어 보였다. 우리 관계는 좋을 수밖에 없었다. 서로 돈을 많이 벌고 있었으니 어찌 볼 때마다 웃음이 나오지 않겠는가. 하하호호 웃으며 서로의 얼굴에 금칠을 해주는 사이랄까.

"자, 금액 확인해 보세요."

"매번 감사합니다."

"다 오토 님 덕분이죠."

"이럴 게 아니라, 나가서 식사라도 하시겠습니까? 마침 외출할 일이 있습니다."

여러 가지로 고마운 일이 많았기에 그녀에게 식사를 대접하고자 했다. 넬라는 흔쾌히 응해주었다. 그래서 우리는 가까운 소도시로 향했다. 귀족들이 다니는 품위 있는 식당을 예약해 놨더니 넬라가 무척 좋아하는 눈치였다.

"마음에 드시나 보군요?"

"아, 네. 호호. 어릴 때 아버님과 이런 곳에 자주 와봤거든요. 갑자기 추억이 떠올라서요."

"아… 그러시군요."

넬라는 어릴 때 거상의 딸로 유복하게 자랐다고 했지. 이런 귀족들이나 다닐 거 같은 식당도 익숙하겠지.

"초대해 주셔서 감사해요, 오토 님."

"별말씀을, 넬라 양처럼 아름다운 레이디랑 동행하니 저도 이런 곳에 와보는 것 아니겠습니까?"

"말솜씨가 계속 느시는 느낌이네요. 호호호."

식사는 좋았고 분위기도 화기애애했다. 그런데 나는 한 가지 문제가 신경 쓰였다. 아까 말이 나오는 바람에 넬라의 과거사가 말이다. 와인도 적당히 들어갔겠다 한 번 물어볼까?

"넬라 양. 그런데 아버님께선 어찌 그리되신 겁니까?"

꽤 곤란한 질문일 수 있다는 걸 안다. 하지만 이 이야기는 들어놓을 필요를 느꼈다. 넬라와 일하게 됐는데 그녀를 적대하는 세력이 있는지 없는지 파악할 필요가 있지 않겠는가.

"사적으로 궁금하신 건 아니겠죠?"

넬라는 내가 묻는 이유를 단번에 알아챘다.

역시 똑똑한 여자였다.

"마음 아픈 이야기면 안 하셔도 됩니다. 다만 넬라 양의 파트너로서 파악해 둘 필요를 느꼈습니다."

"그… 일단… 너무 걱정하실 건 없어요. 제 원수도 이미 사라졌답니다. 아무것도 남지 않았죠."

슬픔이 느껴지는 말투였다. 넬라는 술을 약간 들이키더니 말을 이어갔다.

"이 얘기를 털어놓는 건 오토 님이 처음이에요."

그건 안타깝고 슬픈 사연이었다.

하지만 이 지하에서 특별한 이야기는 아니었다.

넬라의 부친이 몰락한 이유는 간단했다.

믿고 일을 맡기던 동생이 있었는데 그 동생이 배신했다는 것. 그

때문에 상단이 몰락하고 몸져누운 그녀의 아버지는 오래가지 못했다고 한다. 그 후 승승장구하던 동생도 누군가에게 배신을 당해 죽었단다.

"유감입니다."

"옛날엔 정말 힘들었지만 이제는 괜찮아요."

넬라는 다시 술잔을 들이키고는 한동안 말이 없었다. 나는 가만히 그녀의 손을 꽉 잡아주었다. 넬라는 살짝 놀라는 듯했으나 곧 자신도 내 손을 맞잡는다.

"오토 님."

"말씀하세요."

"은인에 대한 마음으로 한 마디만 드려도 될까요?"

"듣겠습니다."

"가까워질수록 조심하세요. 가깝다는 건 배신자의 비수가 닿을 거리가 된다는 말이에요."

그건 그녀가 자신의 아버지의 죽음에서 배운 교훈이었다. 나는 고개를 숙여 감사를 표하며 잊지 않겠다고 약속했다. 하긴 배신이란 것도 가까우니까 할 수 있는 거다. 대놓고 으르렁거리는 적은 배신할 기회조차 없으니까.

"이상하네요, 오토 님과 함께 있으면 힘이 나요. 슬픈 이야기도 이렇게 쉽게 해버릴 수 있고."

"감사한 말씀이군요. 힘이 될 수 있어 기쁩니다."

내 말에 넬라는 좀 주저하더니 물어온다.

"……앞으로도 의지해도 될까요?"

어쩐지 그녀의 미성이 좀 떨리고 있었다. 그래서 서슴없이 대답했다.

"물론입니다."

그녀는 어떤지 모르겠지만, 나는 이미 그녀를 친구로 생각하고 있다.

"정말 고마워요. …아무래도 오토 님은 자기가 한 말의 뜻을 잘 모르는 것 같지만요. 호호호."

"네?"

"아니에요. 어쨌든 그 말 책임지시는 걸로 알겠어요."

무슨 소린지 잘 모르겠지만, 앞으로 든든한 동맹이 되어 달라는 얘기 같다. 그렇기에 다시 확신을 갖고 대답했다.

"물론입니다. 책임지겠습니다."

퐁!

갑자기 볼에 인체 발화를 일으키는 넬라.

놀란 나는 서둘러 손바닥으로 불을 꺼주느라 부산을 떨어야 했다. 곧 둘 다 웃음이 터지고 말았다.

"정말 아무렇지도 않게 파괴력 강한 소리를 하시네요, 오토 님."

"네? 무슨 소린지."

"아니에요, 아무것도 아니랍니다. 오늘 식사, 정말 즐거웠어요."

그녀가 즐겁다니 그걸로 된 거겠지.

나는 슬픔을 떨쳐내고 일어난 이 화염정령 아가씨가 앞으로 잘 되길 마음속으로 빌어주었다.

넬라와의 식사 후 나는 계속 수련에 매진했다.

별일이 없이 석 달 정도가 지나갔다.

하지만 그건 폭풍 전야의 고요함 같은 것일 뿐이었다.

던전 2-04의 던전 로드인 더블바인드는 조심스럽게 이동하고 있었다.

오늘 그는 황자 군의 중요 인물과 만나기로 했다. 이곳은 동부 전선에서도 더 동쪽에 치우친 비밀 터널. 혹시라도 미행은 걱정할 필요가 없었다. 자신의 감으로도 걸리는 녀석은 없었다(그러나 탁월한 전문가인 치즈헌터가 멀찍이 따라붙어 있었다).

부지런히 한참 나아가자 앞쪽에 공동이 나타났다. 거기에는 일단의 무리들이 잔뜩 모여 있었다.

태반이 거미나, 거미의 아류, 유사인간과 거미가 합쳐진 기분 나쁜 무리였다. 보기에도 아주 징그러운 조합이었다.

"쉬잇! 스에에엑! 왔구나. 이제 도착했어."

코끼리만한 거대거미가 사람의 말을 하며 다가왔다. 타란툴라를 크게 확대해 놓은 것 같은 생김새였다. 굵고 긴 다리에는 거칠고 강해 보이는 털이 촘촘하게 돋아 있었다.

"쉬이잇! 건방지구나, 더블바인드. 감히 누굴 기다리게 하는 것이야. 주인께서는 먼저 도착해 있으셨다."

거미의 질책에 더블바인드는 황송하다는 듯 고개를 숙였다. 더블바인드는 제법 지위가 있는 타르나이였지만 이 거미에게 꼼짝도 못하는 것 같았다. 거미의 태도 역시 아주 고압적이었다.

주변에는 이십여 마리 이상의 비슷한 거미들이 있었다. 혹은 사람과 닮았는데 등에 거미의 다리가 돋아 있는 기괴한 부류도 보였다. 아니면 상반신은 다크엘프인데 하반신부터는 거미인 역겨운 생물도 있었다.

"위대하신 분이시여. 다소 늦은 걸 용서해 주시기 바랍니다. 꼬리가 붙을까 조심하느라 그랬나이다."

더블바인드가 상석에 버티고 있는 자에게 비굴한 어조로 말하며 다가갔다. 거미들의 중심에는 마법 지팡이를 든 사내가 포악한 표정을 지은 채 앉아 있었다.

그는 거미술사 벨리어트라 불리는 강력한 마법사였다. 거미를 부리고 소환하는데 특화된 힘을 가진 자로, 황자 군에서 높은 지위를 갖고 있다. 속칭 거미 장군이라 불렸다.

"건방진! 감히 본관을 기다리게 하다니!"

천둥이 치는 것 같은 고함과 함께 거미 장군 벨리어트는 지팡이를 휘둘렀다. 그러자 더블바인드가 비명을 지르며 땅바닥에 납작 엎드렸다.

"죄송합니다! 위대하신 분이여! 소인이 죽을죄를 지었습니다."

"쓸모없는 놈! 특별히 이번 한 번만 용서해 주지."

"감사하옵니다."

벨리어트가 지팡이를 거두자 그제야 더블바인드는 안도의 한숨을 내쉬었다.

"그럼 진행 상황을 속히 보고하라. 본관은 느긋한 인물이 아니다."

"물론입니다. 위대하신 분이여."

놀랍게도 밸리어트는 황녀 군의 제2전선에 위치한 2-04던전을 직접 쳐들어올 계획을 갖고 있었다.

그가 누구인가.

황자 군 소속 4명의 대장군 중 하나인, 젤로베크 휘하 용장이다.

4인의 대장군 아래 라인에는 유명한 9인의 장군들이 있는데, 9인 중 하나인 밸리에트는 젤로베크 대장군을 지지하는 인물이었다. 그는 폭력적이고 잔인하면서도 거미의 교활함을 갖춘 인물이기도 했다. 한데 최근에 큰 실수를 저질러 자신의 위치를 위협받고 있었다.

비록 황자 군이라는 하나의 깃발 아래 모여 있었지만 이 음험한 지하세계의 정치란 그리 만만한 것이 아니었다. 멀리 있는 적보다 가까이 있는 아군이 더 위험하기도 한 법이다. 최근 입지가 흔들리고 있는 밸리어트는 공을 세워 위기를 탈출하려 하고 있었다.

그는 상대편 제2전선을 점령하고는 던전에 틀어박혀 농성할 생각이었다. 적들로서는 전선 안쪽에 장군급인 밸리어트가 자리를 잡으면 큰 혼란에 빠질 것이다.

일단 밸리어트는 던전을 빼앗기만 하면 적의 종심에 있더라도 방어할 자신이 있었다.

그는 던전 방어에 탁월한 힘을 발휘하는 던전 로드였다. 다만 던전 공격에는 약하다는 평이었는데, 이는 기습으로 만회할 작정이었다. 더군다나 제2선으로 장군 급이 직접 오리라고 예상하긴 어려우니

적의 방심을 끌어내기도 쉬울 것이다.

설령 나중에 지키던 던전을 잃어버려도 괜찮다고 밸리어트는 생각했다.

다른 누구도 아닌 자신이 방어하는 던전을 뚫으려면 황녀 군은 엄청난 피해를 입을 것이다. 비록 던전을 내주게 되더라도 그 과정에서 공을 세우기 충분하다고 생각했다.

이렇게 거물 하나가 자신의 위기를 타파하고자 오주윤이 있는 2-04던전을 직접 공격하려 하고 있었다.

치즈헌터와 전문가들은 더블바인드가 드디어 적과 접촉했다는 건 파악했으나, 설마 그 상대가 밸리어트 같은 거물일 줄은 생각도 못 하고 있었다. 육안으로 관측할 거리까지 가면 치즈헌터라도 상대에게 들키고 말기 때문이었다.

치즈헌터는 오주윤에게 연락을 넣었다. 이제 직접 더블바인드의 방을 털어볼 때가 되었다고 말이다.

오주윤은 마침내 휘하에 위장전입시킨 전문가 둘을 이용하기로 했다. 그는 더블바인드가 자리를 비울 때를 노려 직접 던전 코디네이터 체리트리의 주의를 끈 뒤에 전문가를 보낼 작정이었다.

"부탁하지."

치즈헌터가 위장전입시켜준 니골과 무트로에게 일을 확실히 해달라고 강조했다.

"깔끔하게 처리해 주면 보너스를 아끼지 않겠네."

"맡겨만 주십시오. 제 입으로 말하긴 뭣합니다만, 이런 일로 잔뼈가 굵었습니다."

그의 눈빛을 보니 확실히 프로다웠다. 그들도 오늘 일이 얼마나 중요한지 알기에 기합이 잔뜩 들어가 있었다.

이윽고 체리트리와 약속한 시간이 되었다. 내가 자리에서 일어나자 니골과 무트로가 준비를 시작했다. 보비와 올가가 그들을 돕기로 되어 있었다.

올가에게도 최근에 던전 로드에 관한 사안을 캐고 있다고 말해둔 뒤다. 후에 올가의 힘이 필요했기에 계속 감출 수는 없었다. 다만 내가 차원 이동을 한 점이나, 황녀 바페의 권능을 계승했다는 건 현재까지 보비만 아는 비밀이었다.

일단 오늘 올가가 던전의 한 구역을 수리한다는 핑계로 일부의 통행을 막을 예정이었다.

이미 올가의 뛰어난 토목 기술이 2-04던전에 잘 알려져 있었고 던전 코디네이터의 의뢰로 몇 차례 공사를 수행한 전력이 있다. 이런 올가가 길을 막고 돌아가게 한다면 다들 의심하지 않을 것이다.

"좋아, 내가 입실하고 적당한 때가 되면 행동하게."

오늘 나는 체리트리의 마음을 흔들어 그녀가 평소처럼 던전을 감시하지 못하게 해야 한다. 부디 실용연애서적이 도움이 되어야 할 텐데.

똑똑똑.

노크 후 체리트리의 방 안으로 들어갔다.

"루테르 오토, 또 당신인가요?"

체리트리는 말은 그렇게 했지만 차를 준비하기 시작한다.

"제가 있어서 얼마나 다행입니까?"

"에? 그게 무슨 소리죠?"

"체리트리 님처럼 인생을 일에만 전부 쏟으면 결국에는 저 서류
뭉치만 남게 될 거예요."

"저는 별로 상관없어요. 다즐 티? 아니면 베이즈 티?"

나는 다즐 티가 담긴 상자를 손가락으로 가리키며 말했다.

"하지만 걱정하지 마세요. 서류뭉치만 남아도 저는 옆에 있을 테
니까요. 그런 이유로 체리트리 님은 운이 좋다고 할 수 있죠."

"혹시 불운이랑 행운의 의미를 헷갈리는 거 아닌가요? 왜 제가
말년에 은퇴한 상황에서도 차만 축내는 귀찮은 손님을 기뻐해야 할
까요?"

"걱정마세요. 그때쯤이면 귀찮은 것도 오래가지 못할 테니까."

"차라리 빨리 죽으라고 악담을 하지 그러시나요, 루테르 오토."

말은 저렇게 해도 체리트리는 나와의 대화에 열중했다. 만약 체리
트리가 멍하니 무언가를 생각하는 모습이라면 던전 이곳저곳을 살
피고 있는 거라고 여겨도 좋았다. 아직까지는 그런 기색이 보이지
않아 다행이었다.

슬슬 니골과 무트로가 방에 들어갔을 텐데. 그들은 잠긴 방문을
열고 함정이나 알람을 피하는 데 달인이다. 설령 그게 마법의 장치
라고 해도 예외는 아니었다. 보기와는 다르게 그들 역시 뛰어난 마
법 사용자들이었기 때문이다. 가장 성공한 전문가는 도둑과 마법사

의 겸직이라는 게 그들의 주장이었다.

　이대로 시간만 끌면 모든 게 무난히 잘 끝나리라 보였다. 한데 그때, 말이 잠깐 끊어진 틈을 타서 체리트리가 뭔가 생각났다는 표정이 되었다.

　"잠시만요, 루테르 오토. 정기적으로 하는 게 있거든요."

　양해를 구하고 그녀는 집중하는 표정으로 눈을 감았다.

　이런, 위험한데.

　지금 들키면 일을 그르칠지도 모른다.

　비록 체리트리가 던전 로드인 더블바인드와 반목하고는 있지만 그를 배신자로 생각하지는 않는 것 같았다. 체리트리는 완고한 성격이라, 지금 내가 벌이는 일을 이해하고 넘어갈 줄 리가 만무했다.

　역시 뭐라도 해야 한다.

　나를 도와달라고, 실용연애서적.

　"체리트리 님."

　"…네?"

　갑자기 목소리를 깔고 부르자 그녀가 좀 당황한다.

　"저기? 루테르 오토. 남녀 둘만 있을 때, 낮은 목소리로 분위기를 잡으면 엄청 어색해지는 거 알아요?"

　"체리트리 님. 언젠가 우리 사이에 이런 분위기가 생길 걸 예상하지 않았나요?"

　"네? 네네?"

　갑자기 허둥대는 체리트리. 하얀 볼은 삽시간에 붉어져 간다. 그러거나 말거나 나는 강한 어조로 말을 이어갔다.

"당신께 하고 싶은 말이 있습니다."

움찔.

그녀는 던전의 다른 구역을 살필 엄두도 못 내고 있었다. 그저 얌전한 고양이처럼 미동도 하지 않고 있다.

"…말씀하세요."

들릴락 말락한 목소리로 대답하는 체리트리.

나는 여기서 잘해야 했다. 전문가들에겐 허세를 부리며 그녀의 마음을 빼앗겠다고 자신했지만 솔직히 그럴 생각은 없다. 거짓 고백을 하고 상대의 마음을 기만하는 건 최악의 행동이다.

특히나 체리트리처럼 연애에 대해 순진무구해서 작은 충격에도 깊게 판 도랑처럼 상처가 생길 여자에겐 말이다.

적당히 하다가 장난이었다고 말할 작정이다. 물론 무시무시하게 화내겠지만 내가 감당할 부분이었다. 그래도 미리 장난이나 고백 연습이라고 했다가는 전혀 효과가 없을 거다. 미안한 일이었지만 지금은 이 여자의 정신을 뒤흔들어야 했다.

"길 좀 알려줄래요?"

"네? 뭐라고요?"

"당신 마음으로 가는 길 말이에요."

"……에?"

체리트리가 곧 하얗게 굳어버렸다.

좋아, 이때다. 공세를 유지해 더욱 몰아치자.

"체리트리 님. 응급처치를 할 줄 아세요? 당신이 제 심장을 멎게 했거든요."

그건 그렇고 정말 이런 멘트 먹히는 거 맞나? 아무리 생각해도 영 아닌 거 같다는 생각을 버릴 수 없다. 하지만 내겐 이 실용연애서적에 수록된 멘트 말고는 던질 게 달리 없다.

보비야, 그녀를 향한 내 솔직한 마음을 얘기하면 되지만 체리트리를 상대로 뭐 그런 게 있을 리가 없잖은가. 그냥 전문가의 저서를 믿을 뿐이다.

하지만 내 믿음은 이번에도 배신당했다.

"푸하하하하하!"

메이니 체리트리. 다소곳하고 행동거지도 우아한 그녀가 갑자기 뒤로 발라당 뒤집어져서, 눈물까지 흘리며 웃어댔기 때문이었다.

"루테르 오토! 루테르 오토! 아하하하하! 대체 그게 무슨 대사예요!"

"……."

진짜 책 쓴 새끼들 다 죽여버리고 싶었다.

사람이 믿고 사서 열심히 공부한 대가가 겨우 이건가?

피같이 번 돈을 들이고 내 귀중한 시간까지 쪼개서 비웃음을 당하다니.

부들부들.

내가 몸을 떠는 사이 체리트리가 눈가에 눈물을 닦으며 묻는다.

"혹시 〈이상적인 타르나이 기둥서방 생활〉 보신 거예요?"

"그걸 어떻게…."

"세상에, 못 말려. 그걸 대체 왜 봤어요. 그 책은 타르나이 귀부인들을 상대하는 얘기예요. 그리고 그 책이 나온 지 500년이나 지났다고요. 그때 멘트가 지금도 제대로 먹힐 거라고 생각한 건가요?
설마?"

"뭐? 500년이라고요?"

세상에, 맙소사.

무슨 500년이나 된 책이 서점에 버젓이 팔리고 있는 거야!

"진짜 루테르 오토는 못 말리겠네요. 설마 절 좋아하는 것도 아닐
테고, 대체 왜 그런 거예요?"

아직도 웃느라 몸을 들썩이며 체리트리를 보며 괜히 빈정이 상했
다. 뭔가 말로 되갚아 줄 게 없나 싶어서 고민하다가 한 가지 생각이
떠올랐다.

"잠깐, 체리트리 님은 어떻게 그 책 내용을 아는 거죠?"

"에? 네에?"

급격히 당황하는 체리트리.

입을 벌린 채 어쩔 바를 몰라 했다.

"아니, 그게! 아니! 아니!"

"아니, 뭐요?"

"아니아니아니아니!"

체리트리는 누가 봐도 대위기였다. 이제 그녀에게 남은 선택은
뒷목 잡고 혈압 때문에 쓰러지는 척하는 것 정도 같았다. 아니면, 진
짜 혈압 때문에 쓰러지거나. 얼굴이 달아올라서 터지기 직전으로 보
인다.

"누나한테 물어보라며!"

"으아아아아!"

체리트리가 머리를 쥐어뜯는다.

그러다 한계를 넘었는지 눈빛이 확 변해버렸다. 아무래도 내가 이 여자의 역린을 건든 것 같다.

"주, 죽여서 이 치욕을 가려야…."

"저기 체리트리 님?

"죽어어어!"

급기야 정신이 나간 체리트리가 단검을 빼들고 달려 들어온다. 그러나 그녀는 던전 코디네이터긴 하지만 전투력은 제로에 가깝다.

"꺄앙!"

곧 두 팔이 제압되어 내게 덮쳐졌다.

팔이 눌려 침대에 쓰러진 그녀는 부질없이 바동바동거린다.

"놔줘요! 놔! 흑흑."

"진정하세요, 체리트리 님."

"엉엉, 이제 다 끝났어. 그래요, 저 연애 한 번 못해봤다고요. 연애는 책으로 배웠어요. 흐으윽! 끅!"

불쌍한 체리트리.

나는 그녀를 일으켜 세우고는 달랬다.

"너무 그러지 마세요. 저도 연애는 책으로 배운 건 똑같은데요."

"아는 척해서 죄송해요. 으아앙!"

대체 이게 무슨 난리인지 모르겠다.

"제 몸에 전원 스위치가 있었으면 좋겠어요. 그냥 꺼버리면 다 끝날 텐데. 흑흑."

어지간히 부끄러운가 보다. 그래도 이젠 다 체념한 모양이다.

"사실 뽀뽀는커녕 남자 손도 제대로 못 잡아봤어요. 아니, 남자랑 이렇게 많이 얘기한 것도 루테르가 처음이에요. 그런데 아는 척이나 하다 들키고… 우아앙!"

뭐랄까, 이 정도로 허세가 무장해제된 체리트리를 보니 미안한 마음이 가득해진다. 사실 나도 그녀와 다른 게 없다. 연애 경험도 없으면서 이것저것 해본 것처럼 허세를 부릴 뿐이었다.

"체리트리 님."

"네?"

"너무 자책하지 마시길. 이해합니다. 그 있잖습니까… 우리는 허세 없이 살기에는 너무 겁쟁이였던 거 같습니다. 하지만 그런 건 누구나 비슷하지 않을까요?"

우리는 전투에서 허세를 부리고, 비즈니스에서 허세를 부리고, 인간관계 여러 부분에서 허세를 부리고 살아간다. 그런데 유독 연애에 대한 허세가 놀림감이 될 이유는 없다고 생각한다.

나는 이런 점을 설명하며 체리트리를 달랬다.

그녀는 눈물을 닦으며 내게 묻는다.

"그러면… 오토 님과 제가 갖고 있는… 구애 활동의 전반적 빈곤과 성적 교합에 관한 경험 부재는… 부끄러운 게 아니란 말인가요?"

"그렇습니다. 아직 사랑을 만나지 못한 것뿐입니다. 빠르던 늦던 결국 만난다는 결과는 다른 이와 같지 않겠습니까?"

"그, 그렇군요."

"하지만 우리의 고상한 사회적 지위를 고려해 어느 정도는 있어 보이게 행동할 필요가 있겠죠. 얕잡아 보일 순 없으니까요."

"맞아요!"

메이니 체리트리에겐 해결책이 필요했다. 이대로 우리는 괜찮아요, 라고 끝나면 결국 변하는 건 없다. 그리고 나 역시 해결책이 필요하다.

"이렇게 된 거 서로 돕는 게 어떨까요?"

"도와요? 서로를."

"네, 일종의 연애 시뮬레이션을 하는 거죠. 서로 가짜로 연인이 된 뒤 맞춰서 행동하는 거예요. 그러면 우리는 우리가 모르는 남녀 간의 구애 활동에 대한 전반적인 지식을 습득할 수 있을 겁니다. 책이 아니라, 실습으로."

"오오!"

내 의견이 맘에 들었는지 체리트리는 눈빛을 빛낸다.

"저, 저는 사실 진짜 연애를 하고 싶지는 않아요. 언제 죽을지도 모르는 던전의 코디네이터고. 하지만 더는 여자 병사들이 연애 상담을 해 왔을 때 식은땀만 흘리고 싶지 않아요!"

나름대로 그녀도 맺힌 게 많은 것 같았다.

결국 그래서 우리 둘은 가상의 연애 계약을 체결하기로 했다.

"계약 기간은 우리가 충분히 검증했다고 합의할 때까지로 하죠. 어떻습니까?"

"좋아요."

그런데 여기서 물어볼 중요한 부분이 있었다.

"그런데 구애 활동은 그렇다 쳐도… 사랑을 육체적으로 확인하는 일은 어찌하시겠습니까?"

"네? 아! 흐아앗!"

내가 뭘 말하는지 이해한 메이니는 곧 얼굴을 홍시처럼 붉히고 고개를 숙인다.

"그… 보류할게요. 나중에 다시 얘기해요."

그래도 거절하지는 않는다. 그 때문에 갑자기 심장이 엄청나게 뛰어댔다. 그, 그러면… 나중에 이 가짜 연애를 하다 성적인 접촉도 시뮬레이션해 볼 수 있는 건가!

대, 대단해.

"알겠습니다. 그 문제, 꼭 다시 얘기했으면 좋겠습니다."

"대, 대신 조건이 있어요. 저도."

"말씀하세요."

"그, 그… 만약 아까처럼 절 침대 위에 쓰러뜨리려면… 제, 제대로 책임지셔야 해요."

화끈.

갑자기 저 얘기에 얼굴이 달아올랐다.

"알겠습니다. 일단 그전에 평범하게 연인 사이를 시뮬레이션 해 보죠."

"네, 좋아요."

살포시 웃는 그녀. 어쩐지 귀여운 모습이었다.

그녀는 몸을 좀 배배 꼬더니 말한다.

"이제부터는 메이니라고 부르세요."

"알겠습니다. 메이니 님."

"님 자도 빼고요…."

"알겠습니다. 메이니."

"반말하셔도 돼요. 둘만 있을 때는….”

"알았어. 메이니."

"저도 오토라고 편히 불러도 될까요?"

"물론입니다."

내 말에 메이니 체리트리는 곧 부끄러움을 참으며 내게 말했다.

"고마워, 오토."

대체 무슨 일이 있었던 걸까.

메이니의 방을 빠져나와서도 한동안 나는 정신이 없었다. 계약에 의한 가짜 연애라니. 사실 목적 자체는 괜찮다고 본다. 메이니나 나나 남녀관계에 대해 지식이 전무한 상태니 서로 이것저것 시험해 보며 돕겠다는 약속 아닌가.

이건 우리가 사회적 위치를 지키기 위한 허세력에 충분한 도움이 될 거다. 결코 우리 사이에 따로 사적인 감정이 있어서 이런 일을 벌인 건 아니다.

그저 부족한 사람들끼리 돕고 살자는 거지.

그런데 왜 이렇게 심장이 아프게 뛰는 건지 모르겠다.

"후우… 후우….”

심호흡을 길게 하고 나니 그래도 괜찮았다.

메이니와 나는 우정의 관계니 별 문제 없다고 본다. 그리 결정하자 마음이 편해졌고 다시 일에 집중할 수 있었다. 메이니를 속인 건 미안하지만 이제 던전 로드의 방을 조사한 니골과 무트로가 올 시간이었다.

메이니가 이 문제로 화를 버럭 낼 게 뻔하지만 일단은 나중의 문제였다. 힘내서 잘 해결하라고, 미래의 나.

"돌아왔습니다."

마침 좋은 타이밍에 니골과 무트로가 돌아왔다.

"어찌 되었나?"

"이걸 보시죠."

"호오…."

나는 연신 감탄사를 터뜨리며 잠입했던 전문가들이 구해온 자료를 살피고 있었다. 확실한 물증이었다. 이거면 더 바랄 게 없었다. 더블바인드는 반역자였다.

"이제 어떻게 하면 좋을 것 같은가?"

니골과 무트로에게 일단 의견을 구했다. 판단을 내리기 전에 전문가의 조언을 들어보는 게 좋다.

"일단 던전 코디네이터를 섭외하시지요. 그리고 더블바인드 녀석을 이쪽에서 먼저 잡아야 합니다. 최대한 뇌에 손상이 안 가도록 말입니다."

그의 말인즉슨 더블바인드를 잡아 육체와 영혼석을 신속하게 털어버리자는 것이었다. 그리고 수하 중에 믿음직한 친구를 그 영혼석에 넣는다. 그러면 겉은 더블바인드지만 속은 더블바인드가 아닌 존재가 탄생한다.

더블바인드의 뇌에는 그가 이뤘던 지식이나 최근 접촉한 존재에 대한 모든 사안이 들어가 있다. 오늘 빼낸 증거로는 알 수 없는 부분이 말이다.

물론 믿을 만한 존재는 보비와 넬라, 올가 이렇게 셋뿐이다. 그런데 보비와 넬라는 아름다운 여성인데 아무리 일 때문이라지만 중년 타르나이로 살아가게 할 수 없다. 그리고 올가는 늙은 콜휴어 영감에게 잘 돌보겠다고 약속했다.

해서 할 수 있는 방편이 휘하 용병 중 유능한 자를 포섭하는 것이다. 하지만 그들은 전적으로 믿을 수 없어 걱정이었다.

"제약을 걸면 됩니다. 그 정도 주문이면 아르탈란의 마법 길드에서 쉽게 시술받을 수 있죠."

"그런가."

용병 중 하나와 거래해서 더블바인드의 육체를 주는 대가로 이번 일을 수행하고 앞으로 정해진 기간 동안 무상 복무하게 하라고.

실제로 이건 고용주들이 잘 쓰는 방법이다.

적을 쓰러뜨리고 육체와 영혼석을 얻으면 평소 봐둔 용병에게 제약 마법을 걸고 내린다. 대신 그 용병은 육체의 가치에 따라 일정 시간 동안 고용주에게 무상으로 복무한다.

서로 좋은 일이다.

고용주 입장에서는 강한 수하가 생긴다.

용병 입장에서는 언제 돈을 벌어 상급 육체로 갈아탈지 기약이 없는데 단번에 상급 육체로 영혼을 옮길 수 있다.

앞으로 50년 뒤에 상급 육체로 갈아탈 수 있는 돈을 모을 수 있다면, 그냥 먼저 갈아타고 50년을 무상 복무하는 게 낫다. 그 50년 동안 상급 육체를 가진 자로서 대우란 대우는 다 받을 테니까.

지하세계는 약자에게는 지옥과도 같은 곳이지만 강자라면 신나는 삶을 살 수 있다.

그렇기에 모두 무력을 탐했다.

그리고 내 휘하에는 딱 적당한 존재가 셋이나 있다.

바로 귀족 미노타우르스 삼인방.

이들은 머리가 좋지는 않지만 긍지 높고 우직하며 타고난 전사들이다. 재밌게도 자기 종족 자체에 자부심은 있지만 일생의 목표가 강자가 되는 게 미노타우르스들의 심리다. 그래서 강해질 수 있다면 다른 몸으로 갈아타는 걸 주저하지 않는다.

어쩐지 우직한 그들은 따로 제약 마법을 걸지 않아도 정해진 기간 동안 계약을 수행할 것처럼 보일 정도였다.

"알겠네. 그러면 내가 던전 코디네이터를 설득하지. 그 후에 남몰래 더블바인드를 잡겠네."

전문가들은 잘 생각했다는 듯 고개를 주억거렸다.

"그러면 다음에 더블바인드가 나갔다 돌아오는 길에 결행하는 게 좋겠습니다, 루테르. 던전 외곽에는 으슥한 곳이 많으니까요."

"좋은 생각이군. 더블바인드가 강자이긴 하나, 함정을 파고 기다리는 다수에겐 못 당할 테니."

"맞습니다. 치즈헌터 님에게 연락해서 결행일을 상의해 보겠습니다."

그날 우리들의 작당모의는 점점 구체적으로 완성되어 갔다. 이제 더블바인드 녀석을 낚아서 가짜를 만들면 된다. 그 가짜 더블바인드는 그의 알맹이가 바뀐 것을 모르는 적을 함정으로 이끌 것이다. 그리고 던전 로드인 더블바인드가 가짜긴 하겠지만 내 충실한 엘리트 부하가 되는 건 보너스랄까.

참 재밌지 않은가.

쳐들어올 놈들의 우두머리 역시 영혼을 빼내고 수하로 만들어 주지.

이 세계의 등용登用이란, 죽여서 빼앗고, 계약한 영혼을 집어넣어 수하로 부린다는 의미였다.

설득도 회유도 고문도 없다.

적은 죽이고.

육체와 영혼석은.

빼앗는다.

그게 지하세계의 룰이었다.

"후우……."

깊은숨을 내쉬고는 자리에서 일어났다.

벌써 몇 달째 하루도 빼지 않고 하는 정해진 일과가 있다.

바로 빛살 모으기를 단련하는 것.

황녀 바페의 힘에 의해 발현된 더블S 등급의 능력.

이 힘은 내가 마력을 대마법사의 수준으로 운용하게 해준다. 아직

전혀 랭크업이 안 된 시작 단계인데도 대마법사 수준이니 앞으로 어떻게 될지 짐작도 하기 어렵다.

그래서 나는 이 빛살 모으기의 랭크업을 위해 새벽같이 일어나 두 시간 동안 수련을 반복하고 있었다.

빛살 모으기를 하는 방법은 간단하다.

마력을 끌어와 몸 밖으로 다시 내보내면 된다.

이 과정에서 마력이 증폭되기 때문에 내 방 주위에는 늘 마력이 충만하게 퍼져 있었다. 그래도 일과가 끝나고 오면 안정되기 때문에 별문제는 없었지만.

그리고 빛살 모으기란 이름은 사실 좀 안 어울리는 것 같지만 그건 내가 이 능력의 반밖에 쓰지 못해서 그런 거다. 지금은 의미가 없는 부분이야말로 실제로는 빛살 모으기란 이름에 어울린다.

빛에서 마력의 정수를 뽑아내 몸속에 저장하는 방법 말이다. 하지만 현재 웨어 블랙팬서의 육체는 마력을 효율적으로 담을 그릇이 아니다.

언젠가 드래곤처럼 몸에 막대한 마력을 저장할 능력이 있는 존재의 육체를 얻어야만 이 빛살 모으기는 제 위력을 발휘할 것이다. 물론 현재 수련 중인 반만으로도 충분히 무서웠지만.

나는 어젯밤에 보비가 떠 놓은 물로 얼굴을 씻고는 방을 나섰다. 곧 아침을 준비하고 있는 올가를 만날 수 있었다.

"안녕! 형님!"

"응, 안녕."

이 녀석은 생긴 것도 미소녀나 다름없지만 하는 짓도 여성스러웠다. 일을 제외하면 다소곳한 취미밖에 없었다. 요리 역시 발군의 실력이었고.

아아, 보기만 해도 귀엽구나, 올가는. 역시 성변환 마법이 없나 진심으로 찾아보는 게 좋겠다. 이대로 남자애로 두기 아깝다니까.

"밥이 거의 다 됐어. 조금만 기다려, 형님."

"그래."

당연한 얘기지만 이 세계에는 배식이나 급식 시스템은 없다. 그냥 자기가 알아서 해결해야 한다.

식사 때면 간이식당이 서는 게 보통이다. 2종 종군 상인이나 외부에서 따로 업자가 방문한다. 거기서 대충 먹거나 아니면 음식을 사다 놓고 자기가 알아서 챙겨 먹는 수준이었다.

당연히 웰빙이나 그런 건 존재하지 않는 개념이었고 그냥 뭘 먹든 힘만 나고 배만 채우면 족했다.

병사들끼리 삼삼오오 모여서 자기들끼리 요리를 해먹는 모습도 볼 수 있었다. 다채로운 병사들이 있는지라 식성이 맞는 같은 종족끼리 모이는 것도 흔하다. 그래서 서로 음식을 훔치고 싶어도 훔치지 못하기도 한다.

예를 들면 귀족 미노타우르스 삼인방은 한 번에 엄청난 양의 동굴 버섯을 먹어치우는데, 그들이 먹는 건 대단히 질기고 맛이 없기로 유명한 칼라투스라는 종이다. 대신 활력 넘치는 미노타우르스의 에너지원이 될 정도로 칼로리가 높고 영양분이 많았다.

하지만 다른 종족에게는 굶을지언정 못 먹겠다는 평을 받는 것이 바로 동굴 버섯이었다. 실제로 호기심에 먹었다가 배탈이 나는 인원도 있었다.

그 외에 리저드맨들 같은 경우에는 식사가 꽤 간편한 편이었다. 그들은 미각이란 단어가 없는 종족으로 대화하며 즐기는 식사를 이해하지 못한다. 대개 죽은 동굴 쥐를 몇 마리 꿀꺽 삼키면 그게 하루 식사의 전부였다.

하지만 나와 보비, 올가의 경우는 그럴 수 없는 일.

우리는 맛있는 걸 좋아하고 제대로 요리해 먹을 수 없는 상황에 슬퍼한다.

"그런데, 올가. 내가 따로 조사해 보란 건 어때?"

"진행 중이야. 중요한 일이라 조심스럽거든. 아무래도 적이 아닌 아군을 조사하는 일이니까."

"잘 부탁할게. 네가 아는 드워프 중에 그런 재주가 있는 자들이 있어서 다행이야."

"응, 도움이 되어서 기뻐. 그런데, 형님. 형님 요즘 엄청 변한 것 같아. 나만 그런 게 아니라 다른 사람들도 수군거리는걸."

"정말?"

"그래!"

빛살 모으기를 계속 수련하면서 심후한 힘을 모아가고 있었다. 강력한 마력을 유통할 능력을 갖춰가고 있었으니 뭔가 사람이 달라 보이는 게 당연하다. 대마법사에게서나 볼 수 있는 포스가 이 몸에게서도 풍기고 있다는 사실.

그러나 그건 보이지 않는 무형적인 기운이라 사람들이 딱히 뭐라고 하지도 못하고 있었다.

가령, 사랑을 하면 여자가 예뻐진다고 하지 않는가. 그거보다 좀 더 구체적인 변화긴 했지만, 뭔가가 달라지긴 했는데 딱히 꼬집기는 모호한 모습일 것이다. 애초에 신체적인 변화가 있었던 것도 아니니 그럴 수밖에.

"우리 주인님이 좀 멋있긴 하지."

보비야 전후사정을 알지만 딱히 내색하지 않았다. 그러나 그녀조차도 내게서 점점 짙게 느껴지는 강자의 기운에 놀라워하는 눈치였다.

사실 나조차 믿기 어렵다. 하루하루가 갈수록 뭔가 자신감이 붙어가는 것 같달까.

"주인님, 이따 던전 코디네이터 님을 만나러 갈 건가요?"

"응."

드디어 체리트리를 설득할 작정이었다.

쉽지 않은 일이다. 어젯밤 내내 오늘 말할 얘기들을 정리하느라 정신이 없었다.

"부디 잘 되길 빌게요."

"응."

그날 일과가 끝나고 체리트리의 개인실로 들어갔다.

이미 던전에는 내가 체리트리와 사귄다는 소문이 돌고 있었다. 이토록 빈번하게 체리트리와 만나고 있으니 그렇게 생각할 수밖에. 그러나 그건 사생활이었다.

지하 세계 군대는 용병들의 집합이다. 지구에 있는 현대 군과는 매우 다르다. 엄정한 성군기 같은 건 있을 수 없다. 병력 중에는 던전 안에 마누라를 같이 데리고 있는 자도 있었다.

"코디네이터 님."

"틀려."

그러고보니 둘만 있을 때는 말 놓고 이름을 부르기로 했지.

"메이니."

"응, 오토. 무슨 일이야?"

체리트리는 조금 얼굴을 붉히고 있었다. 지난번 일이 생각나는 모양이다. 그런 그녀가 귀엽다는 생각이 들었다.

어쩐지 좀 짓궂게 굴고 싶은 기분이었으나 중요한 일이 있었다. 나는 준비한 서류를 체리트리 앞에 늘어놓기 시작했다. 그리고 이후 면담은 여섯 시간이나 이어졌다.

빼도 박도 못 하는 확실한 증거에 결국 메이니는 던전 로드를 잡는 것에 찬성했다. 물론 자기를 속인 것에 불같이 화내는 것도 잊지 않았다.

"날 속였구나, 오토! 이 거짓말쟁이! 속삭이던 말도, 계약이라는 것도 다 날 속이려는 구실이었어!"

"아냐! 그건 절대 아니야. 너 몰래 던전 로드의 방을 턴 건 내가 잘못했어. 백배사죄할게."

"잘못했지! 당연히 잘못했지!"

던전 전체를 감시하고 관리하는 게 그녀의 책임이다. 난 그녀가 그런 책임을 완수하지 못하게 한 거고. 불법 행위였으니 무슨 할 말이 있으랴.

그런데 메이니의 분노가 생각보다 엄청났다.

나를 던전의 작은 방에 밧줄로 거꾸로 매달더니, 안에 물을 계속 채워넣는 것이었다.

"메이니! 누구 죽일 일 있어!"

"죽을 짓 했잖아!"

"속인 건 사실이지만! 불가피했다니까! 그리고 너랑 연애 계약을 한 건 진심이라고!"

"시끄러워!"

콸콸콸.

물이 계속 방 안으로 차오른다. 던전 코디네이터의 힘을 가진 그녀가 던전 안의 물을 조절하는 건 일도 아니다.

"이러다 진짜 죽으면 어쩌려고!"

얌전하고 조근조근한 그녀도 화가 나니까 엄청나네.

"죽기 전에 변명이 있으면 더 해 보시지!"

속은 입장에서 얼마나 화날지 짐작이 가긴 한다. 하지만 내가 그녀에게 했던 말이 전부 거짓말인 건 아니다.

"메이니! 일단 던전 로드 일이 우선이잖아!"

"그렇게 빠져나가려고?"

"대신 약속할게, 나중에 메이니의 소원 하나 꼭 들어줄 테니까!"

"정말?"

뭘 요구할지 좀 무서웠지만 일단 넘어가는 게 우선 아니겠나. 게

다가 메이니도 지금 이럴 때가 아니란 점을 잘 안다. 다행히 곧 던전에 차오르던 물길이 줄어들기 시작한다.

"좋아. 일단 던전 로드의 일이 우선이니까 넘어가는 거야. 나머지는 나중에 이야기해."

여전히 앙금이 남은 목소리였다.

"미안, 제대로 설명할 테니까."

메이니, 정말 성깔 있네.

나는 이번 일로 아무리 얌전한 사람이라도 뚜껑 열리게 하면 안 되겠다는 걸 깨달았다.

"좋아, 그러면 다시 던전 로드에 대해 얘기하자."

메이니는 일반적인 절차에 따라 상급 부대에 보고하는 식으로 진행하고자 했다. 그러나 나는 그런 식으로는 군공을 세우기 어렵다는 점을 들어 우리 선에서 직접 해결하고 후에 보고하는 방식을 완강히 고수했다.

아무래도 그쪽이 잭팟을 터뜨릴 수는 있으나 위험성이 큰 게 문제였다. 던전의 안정이 자기 안위와 직결된 던전 코디네이터 처지에서는 받아들이기 힘든 일일 것이다.

미안하지만 내 입장에서는 어떻게든 그녀의 양해를 구할 필요가 있었다. 더블바인드의 육체도 상급 부대가 나오면 그들에게 빼앗기고 만다.

특히 쳐들어올 준비를 하는 적 수괴의 육체와 영혼석 역시 지원을 나올 상급부대에게 그대로 헌납하게 될 확률이 높다. 이런 점을 계속 강변했다. 그리고 메이니에게는 충분히 용병을 고용하겠다고 약속했다.

어차피 더블바인드의 육체를 뇌 손상 없이 확보하면 필요한 정보를 다 얻을 수 있다. 그러니 내통하고 있는 적이 올 때까지 함정과 용병을 준비하고 있으면 되었다.

메이니는 결국 설득되어 충분한 용병과 함정을 설치하겠다는 전제하에 동의했다. 내게는 지난 몇 달간 넬라가 보낸 군자금이 상당히 모여 있었다. 그리고 용병들은 한 전투에만 일시 고용하는 만큼 일반적인 반년 고용비보다 훨씬 싸게 먹힌다.

사실 메이니 역시 이곳보다 더 안정된 던전으로 옮기기 위해서는 군공을 세울 필요가 있었다. 던전 코디네이터는 더 큰 던전에 가야 안전한 법이다. 전선의 던전 어디나 위험에 노출되어 있지만, 원래 큰 함선을 격침하기 어려운 법 아닌가. 물론 그래서 더욱 집중적으로 노려질 건 다른 문제다.

그런데 설득의 과정에서 메이니가 군공에 대한 욕심보다 개인적인 호의로 양보한다는 인상을 받았다. 그녀는 내가 성공하길 바라는 것 같았다. 그래서 나 역시 메이니에게 전에 없던 마음이 무럭무럭 자라났다.

던전 코디네이터가 뒤를 봐주니 일의 진행이 빨라졌다. 치즈헌터와 만나 여러 가지를 논의했다.

"돈 문제는 상관없으니 능력있는 자들을 더 고용하자고. 최소 다섯 정도는 더."

"그 정도면 충분하겠군."

고개를 끄덕이던 치즈헌터는 잠시 휴식을 취하자고 했다. 하긴 이 런저런 계획을 점검하느라 꼬박 세 시간은 떠든 것 같다.

우리는 잠시 한적한 장소를 찾아 걸었다.

치즈헌터는 내게 뭔가 말하고자 하고 있었다. 쉽게 입을 떼지 못 하고 망설이는 무언가를.

"말해봐. 들을 테니까."

"…역시 자네는 눈치가 빠르군. 단도직입적으로 말하겠네."

"좋아."

"자네, 이 일에서 손을 떼는 게 어떻겠나?"

"뭐?"

갑자기 이게 무슨 소리야. 황당함을 감추기 어려웠다.

"쉽게 납득하기 어려운 거 알고 있네. 지금까지 해온 게 있으 니까."

"대체 왜?"

침착하려고 해도 절로 미간이 찌푸려졌다.

"그게 사실 말일세. 거물이 이 일에 연관되어 있어. 상상을 초월하 는 거물 말일세. 우리가 처리할 수 있는 능력을 아득히 넘어서고 있 는 사안이네."

"누군데? 그 거물이."

"그건 나도 정확히 모르네."

"모르면서 어떻게 거물인 건 안다고 하는 거야!"

급기야 목소리가 높아졌다.

"그 인물이 아직은 베일에 가려 있어 파악하질 못했네. 하지만 한 가지 확실한 건 던전 로드인 더블바인드조차 굽신거리는 자란 말일세."

설령 그렇다고 해도 이제 와서 그만둘 수 없다.

"조언은 고맙지만 거절하지."

"부디 다시 생각하게. 목숨은 하날세. 위험을 현명하게 피해 가는 건 부끄러운 일이 아니야."

치즈헌터는 어떻게든 날 설득하고 싶은 듯했다.

하지만 나는 공들인 일을 버리고 도망갈 생각은 없었다.

"그래, 목숨은 하나겠지. 하지만 지금은 내가 죽을 때가 아니야."

"어찌 그걸 장담하는가!"

"너야말로 왜 이러는 거야?"

내 완고한 태도에 치즈헌터는 무척 실망한 기색이었다. 하지만 누군지도 모르는 거물이 무서워 이 기회를 놓치는 건 말이 안 된다. 전에도 그랬지만 기회란 놓치면 위기로 되돌아오는 법이다.

"오토. 마지막으로 한 번 더 권하겠네. 제발 포기하게."

더 생각할 것도 없었다.

"거절하겠어."

그 말에 치즈헌터는 결국 땅이 꺼져라 한숨을 내쉬었다. 그리고 뭔가 확인하는 것처럼 말한다.

"내 세 번을 권했네. 자네는 세 번 다 거절했으니 나도 어쩔 수 없구먼."

"그대로 일을 진행해 줘."

"알겠네. 어쩔 수 없지."

결론은 났다.

치즈헌터와 나는 한동안 말없이 그대로 있었다.

그러다 치즈헌터가 입을 연다.

"자네가 지하살이에서 살아남으면 좋겠네."

그의 말에 나는 간단히 답했다.

"아니길 바라."

앞뒤 자른 말에 치즈헌터는 무엇이 아니길 바라는 거냐고 물어온다.

나는 잠시 변명을 생각했다. 그리고 입을 열었다.

"부정적인 예측이 틀렸으면 한다는 얘기야."

"…자네의 승리를 빌지."

"고마워. 그때가 되면 함께 승리를 축하하자고. 나 혼자 축하주를 마시는 건 별로니까."

"…알겠네."

무언가 번뇌가 그의 머리를 무겁게 누르는 듯했다. 한참 고개를 숙이고 있던 치즈헌터는 곧 다시 얼굴을 들었다. 그리고 그의 표정은 평소와 다름없었다.

더블바인드를 잡아내기 위한 준비가 착착 진행되었다. 그렇게 메이니를 설득하고 보름쯤 지났을 때, 치즈헌터에게서 연락이 왔다. 금일 결행하는 게 좋겠다는 전언이었다.

"보비, 내가 부탁한 거 잘 처리해줘."

"물론이에요. 걱정 마세요, 주인님."

보비의 머리를 한 번 쓰다듬어준 뒤 거사를 위해 나섰다.

"좋아, 니골, 무트로! 준비하게."

"알겠습니다."

이미 어느 지점에서 돌아오는 더블바인드를 습격할지 치즈헌터가 봐 놨다. 이번 일에 동원되는 인원은 총 16명이다. 치즈헌터, 니골, 무트로를 포함한 전문가가 12명. 거기에 나와 귀족 미노타우르스 셋을 포함하면 총 16명이다.

최대한 비밀을 유지할 필요가 있었기에 대부분 전문가로 동원했고 휘하의 용병들은 믿을만한 귀족 미노타우르스만 골랐다.

물론 그들에게도 뽑기 전에 충분히 설명했다. 고지식한 그들에게 갑자기 던전 로드를 잡자고 하면 명령을 들어줄 리가 없다. 몰래 메이니를 불러서 귀족 미노타우르스들을 설득했다.

던전을 누구보다 소중히 생각하고 지키는 던전 코디네이터가 나서고, 확실한 물증까지 보여주자 귀족 미노타우르스들은 힘을 보태주기로 약속해 왔다.

그들은 비겁자나 스파이를 증오한다. 게다가 셋 중 한 명에게 더블바인드의 육체와 영혼석을 넘기고 계약을 하겠다고 하자 그들은 매우 흥분했다.

참고로 메이니가 몰래 알려준 군 기밀정보에 의하면 더블바인드의 영혼석과 육체는 3등급이라고 한다. 현재 이 귀족 미노타우르스들의 영혼석과 육체는 7등급. 획기적으로 격이 오를 수 있으니 좋아할 수밖에. 게다가 뇌만 손상되지 않으면 영혼 각인을 제외한 더블바인드의 지식과 능력, 힘을 얻을 수 있다.

미노타우르스에서 상위의 존재이자 이 지하세계의 지배자 종족인 타르나이가 될 기회는 흔치 않았다. 귀족 미노타우르스 셋은 이번 일을 확실히 해내겠다고 맹세해 왔다.

물론 더블바인드의 육체와 영혼석을 얻어도 지금의 그처럼 능수능란하게 힘을 쓰기 위해서는 수년에서 수십 년의 수행이 필요할지 모르나 그건 나중 문제다.

이후 전문가인 니골, 무트로, 그리고 미노타우르스 셋을 이끌고 2-04던전 밖으로 빠져나왔다. 그리고 꽤 먼 길을 돌아 동부 전선에서도 좀처럼 병력의 발길이 닿지 않는 동쪽 터널로 나아갔다.

그곳에서 우리는 미리 대기하고 있던 치즈헌터와 다른 전문가들을 만날 수 있었다. 16인이 모이자 제법 북적거렸으나 모두 침착하게 입을 다문 상태였다.

"어서 오게. 오늘은 좋은 날이 될 걸세. 훌륭한 사냥감을 잡을 테니까."

치즈헌터의 인사에 나는 고개를 끄덕여 보였다. 이미 더블바인드는 이쪽으로 여러 번 지나다녔다고 한다.

"일대에 터널이 여러 개지만 결국에는 이쪽 터널을 지날 수밖에 없다네. 이쪽에 제법 넓은 공동이 있지. 그리고 거기에는 석순이 길게 자라, 몸을 감추고 기습을 하기 알맞다고 할 수 있지."

임시로 작성한 듯한 지도를 보여주며 치즈헌터가 설명에 들어갔다. 나는 그의 조언을 바탕으로 모두를 지휘했다. 우리는 미리 준비한 대로 으슥한 곳에 몸을 숨기고는 지루한 기다림에 빠져들었다.

혹시라도 일을 그르치지 않기 위해 넉넉하게 시간을 잡고 나왔다. 언제 더블바인드가 다시 나타날지는 알 수가 없었다. 그리고 그로부터 두 시간이 지났을 때. 멀리서부터 조용한 발소리가 들려오기 시작했다.

"모두 정숙을 유지하라. 그리고 신호에 맞춰 놈을 기습한다. 단번에 해치워야겠지만 뇌에 손상이 가서는 안 된다."

내 명에 일대는 깊은 침묵에 빠져들었다. 가만히 있는 내가 다 무서울 지경이었다. 전문가 집단이 조용히 매복하고 있으면 이렇게 기척이 없구나 싶었다.

누군가 날 죽이기 위해 은밀히 모여 기다리고 있다면 그건 실로 살 떨리는 일이다.

현재 귀족 미노타우르스 셋도 갑주를 다 벗어던지고 안에 받쳐 입은 누빔솜옷Gambeson만 입은 상태였다. 아무래도 이들이 즐겨 입는 철판 갑옷은 움직일 때 소음이 심하다. 이런 은밀한 작전에는 맞지 않는다.

그렇게 있기를 십여 분.

마침내 더블바인드가 모습을 드러냈다.

"왔군."

훌륭한 의복 위에 갑주를 입은 중년의 타르나이.

머리 위에는 권위를 상징하는 뿔이 돋아 있고, 등 뒤로는 박쥐 날

개가 멋지게 드리워져 있었다. 우리는 그가 가까워질수록 숨소리조차 죽이며 집중했다. 그리고 마침내 더블바인드가 지정한 위치에 딱 들어왔다.

결행의 순간이었다.

"쳐라!"

전문가들의 마법과 투사체가 더블바인드에게 쏟아졌다. 더블바인드를 직접 붙잡기로 한 미노타우르스들이 폭발적인 속도로 뛰쳐나갔다. 나 역시 웨어 블랙팬서로 변신했다.

"이놈들!"

더블바인드는 분노를 감추지 못한 채 일갈한다.

파직!

가장 빠르게 날아간 전격 마법이 그의 몸 일부를 그을린 순간, 더블바인드는 고통에 인상을 찌푸리며 방어 주문을 펼쳤다. 놀라운 집중력이었다. 곧 전문가들이 머스킷 소총을 준비한다. 이대로 집중 사격을 하고 다시 달려들면 더블바인드를 충분히 제압할 수 있을 터.

하지만 그 머스킷 소총은 더블바인드가 아니라 귀족 미노타우르스들을 향해 발사됐다.

타당! 탕! 탕!

등 뒤에 총알을 맞은 그들이 휘청거린다.

물론 그 정도로 죽을 이들이 아니었지만 더블바인드가 방어 태세를 더 공고히 하게 하긴 충분했다. 그는 곧 마법을 일으켜 미노타우르스들을 단번에 날려버렸다.

"우워어어어!"

거대한 덩치의 전사들이 마법에 의해 너무나 쉽게 날아갔다. 과연 타르나이구나.

"이게 대체 무슨 짓이냐!"

총을 쏜 전문가들에게 소리치자 그들의 총구가 이번에는 나를 향한다. 이 정도 상황이 되자 무슨 일이 일어난 건지 모를 수가 없었다.

전문가들이 배신한 것이다.

주위를 돌아보니 모든 전문가가 내게 무기를 향하고 있었다.

심지어 치즈헌터조차.

"아⋯⋯."

장탄식이 흘러나온다.

"치즈헌터 너마저⋯."

치즈헌터는 검의 끝을 내게 향하더니 어깨를 으쓱인다.

"내 진작부터 말하지 않았나. 영원한 아군은 없는 법이라고. 그리고⋯."

"믿는 자만이 속게 되어 있다고 했지."

"훌륭하군. 그런데 자네는 배운 걸 써먹지 못하는군."

"⋯비통하군. 비참하고. 그리고 자네는 비열해."

실망한 내 모습이 마음에 들었는지 지켜보고 있던 더블바인드는 크게 웃어 재꼈다.

"루테르 오토! 네놈은 필요 이상의 욕심을 부렸다. 그냥 주어진 것이나 챙기고 있었으면 문제없었을 것을! 네놈은 날 잡을 생각이었겠지만, 사실 이곳이 너의 사지였던 거다."

"던전 로드, 애초에 절 제거할 거면 이곳까지 굳이 끌어낼 필요가 없지 않았습니까?"

던전 안에서도 방법은 많을 터.

"그거야 그렇다. 하지만 본관은 네놈이 그 건방진 던전 코디네이터 년과 한 편이 된 걸 알고 있지. 던전 안에서 일을 벌이면 그년이 널 도울 테니 각개격파를 위해 불러낸 거라고. 이제 좀 알겠나? 멍청한 애송이. 세상은 네 머리 위에서 굴러간다. 천둥벌거숭이 녀석이 아무리 머리를 써도 결국 이렇게 되는 법이지."

더블바인드는 정말 기분이 좋은 듯했다.

"네놈을 여기서 죽이고 던전으로 돌아가 그 건방진 년까지 처리하겠다."

나는 치즈헌터를 노려보았다. 그가 메이니의 일까지 모두 얘기한 게 틀림없었다.

"결의형제를 했으면서 어떻게 이럴 수 있어!"

내 원망에도 치즈헌터는 동요하는 기색도 없었다.

"믿음은 어리석은 일이라네, 오토. 차라리 불신만 못하지."

슬픔이 밀려왔다.

지하 세계가 어떤 곳인지 나도 잘 알고는 있다. 이곳에서 누군가를 믿는 건 눈을 감은 채 금화를 들고 걷는 것과 같은 일이었다. 금화를 빼앗기지 않으려면 눈을 부릅뜨고 흉흉한 무기까지 들어야 했다.

"나는 정말 아니길 바랐지."

내 말에 치즈헌터가 생각나는 게 있는지 눈을 크게 뜬다.

"그 말이 그 말이었군."

"…그래."

"그럼 내가 배신하리라고 이미 알고 있었단 말인가!"

정확히 말하면 알고 있었던 건 아니다. 짐작만 했을 뿐이었다. 나는 이 삭막한 세계에서 믿음을 동경하지만, 그게 얼마나 어리석은 일인지 잘 이해한다.

그래서 올가를 시켜 치즈헌터를 감시했었다. 정확히는 그녀의 드워프 지인 중 밤의 일을 하는 자들에게 부탁했다. 일종의 안전장치였던 셈이다.

내가 이럴 수밖에 없었던 건 치즈헌터가 배신하면 모든 계획이 쓸모없게 된다는 걸 깨달았기 때문이었다. 물론 이런 생각이 갑자기 떠오른 건 아니다. 나름대로의 계기가 있었으니 바로 넬라와의 저녁 식사였다.

─가까워질수록 조심하세요. 가깝다는 건 배신자의 비수가 닿을 거리가 된다는 말이에요.

그때 그녀가 내게 해준 말이 계속 머릿속을 떠나지 않았다. 그때마다 나는 누가 가장 내게 가깝나 고민했다. 보비는 유일하게 내가 믿는 대상이니 고려하지 않는다면 자연히 치즈헌터가 남았다.

나는 처음에 의형제가 된 그의 뒤를 캐는 게 내키지 않았다. 하지만 넬라가 해준 조언을 소중히 여기기로 했다. 나는 그녀의 아버지 같은 결과를 맞이하기는 싫었다.

그리고 그 결심으로 인해 올가의 드워프 지인들이 치즈헌터의 수상한 정황을 알아왔다. 그가 배신했다는 결정적인 증거는 아니었지만 의심을 짙게 하긴 충분했다. 그리고 이런 의심암귀疑心暗鬼를 더욱 부채질 한 건 치즈헌터 본인이다.

그는 세 번이나 내게 포기를 종용했다.

합리적인 설명도 없이.

그리고 치즈헌터가 내게 지하살이에서 살아남길 바란다고 말했을 때, 마음속에서 이미 결정을 내렸다.

"그래, 알고 있었지."

"하면! 왜 이대로 당한 건가!"

이해할 수 없다는 표정의 치즈헌터를 보고 나는 그가 자주 하는 것처럼 어깨를 으쓱여 보였다.

"내가 지금 당한 건가? 아직 이렇게 멀쩡히 서 있는데?"

"허?"

뭔가 분위기가 이상한 걸 눈치 챈 치즈헌터와 전문가들. 더블바인드 역시 황급히 주변을 둘러본다. 그러던 그때 얼음 화살이 치즈헌터의 복부에 작렬한다.

"찌익!"

배 한가운데 얼음 화살을 맞은 치즈헌터가 외마디 비명과 함께 뒤로 쓰러진다. 저 얼음 화살은 바로 보비의 것이었다.

"주인님!"

보비가 지원군을 이끌고 모습을 드러냈다. 룸9의 용병들과 새로 고용한 용병들이 그녀를 따르고 있었다.

그들은 본 나는 손을 들어 손가락을 팅겼다.

그 신호에 맞춰 용병들이 일제 사격을 시작했다.

탕! 타아앙! 탕! 탕!

공동 안에 요란한 총소리가 정신없이 울린다.

"으아아악!"

"크악!"

흑색화약의 연기가 안개처럼 주변을 뒤덮는 가운데 전문가들이 비명과 함께 쓰러진다. 승리를 자신하고 있던 그들은 사방에서 쏟아진 사격에 어쩌지도 못하고 당해버렸다.

나는 손을 앞으로 내리며 외쳤다.

"쳐라! 모조리 죽여라!"

사방에서 함성이 울린다.

와아아아아아!

수십 명의 용병들이 이미 전의를 상실한 전문가들을 덮쳤다.

"이런 빌어먹을! 하찮은 무리들이!"

더블바인드는 당황했는지 욕설을 퍼붓고 있었다.

그는 나의 몫이다.

앞으로 걸어가는데 용병 하나가 장전된 머스킷 소총을 건넸다.

"마법탄입니다."

"고맙군."

이 머스킷 소총은 웨어 블랙팬서의 큼직한 앞발로도 충분히 발사할 수 있는 종류였다. 왜냐면 방아쇠를 보호하는 방아쇠 울이 없었기 때문이다.

곧장 조준한 나는 더블바인드에게 발사했다.

타앙!

"크악!"

더블바인드이 어깨에 피가 튀어 오른다. 그는 주춤하며 뒤로 물러났지만 두 눈은 분기로 가득하다. 그런 그를 노리고 용병들이 우르르 달려들었다.

"이 천한 것이!"

총상을 입었으면서도 더블바인드는 타르나이 특유의 자존심 탓인지 기가 전혀 죽지 않았다. 그리고 새로운 힘을 발휘했다.

"더블바인딩!"

바로 그가 자랑하는 이중구속이었다.

순식간에 달려나간 용병들이 이중구속의 힘에 사로잡혔다. 그들은 몸이 전혀 움직이지 않는 상황에 눈을 크게 뜨고는 당황해 하는 중이었다.

"크크크큭! 크하하핫! 이래서 조무래기들은!"

앙천광소한 더블바인드는 마법을 쏘아 순식간에 용병 넷을 터뜨려 죽였다. 그리고 전격을 일으켜 움직이지 못하고 있는 또 다른 용병 셋을 일거에 날려 버렸다.

"대단하군."

역시, 이게 마법의 종사라는 타르나이인가….

그런 더블바인드가 날 노려보자 심장이 쿵쾅쿵쾅 뛰었다. 나는 즉각 주변의 용병들에게 외쳤다.

"모두 한꺼번에 튀어 나간다! 이대로 머뭇거리다가는 모두 당한다! 어차피 놈이 묶을 수 있는 수에는 한계가 있을 터!"

내 명에 투사체만 쏘던 용병들까지 가세했다. 이대로는 다 죽는다는 생각에 모두 절박한 모습이었다.

"쳐라!"

우리는 우르르 달려들었다. 하지만 더블바인드의 능력은 상상하던 것 이상이었다. 십여 명의 용병이 곧장 그 자리에 그대로 굳어버렸던 것이다.

그러나 나는 운 좋게 이걸 피해냈다.

이중구속이 발휘되려는 그 절묘한 타이밍에 섬광 뛰기로 더블바인드의 뒤로 이동했기 때문이다. 이 기막힌 타이밍을 잡기 위해서 엄청난 집중력이 필요했다. 그렇게 배후를 잡은 즉시 앞발로 있는 힘껏 더블바인드를 후려 팼다.

퍼억!

"크악!"

막강한 앞발에 맞은 더블바인드는 외마디 비명을 지르며 옆으로 뒹굴었다. 그것으로 그치지 않고 피에 젖은 그로스메서를 뽑아 블러디 웨이브를 날렸다.

콰가가가가강!

피가 파도처럼 전방을 파괴하며 쏟아져 나갔다. 전과 달리 믿을 수 없을 정도로 강해진 위력이다. 역시 빛살 모으기의 덕을 잔뜩 보고 있었다.

더블바인드는 이 공격에 비명도 지르지 못하고 삼켜졌다. 그리고 다시 일어났을 때 그는 만신창이였다.

그러나 중상을 입었어도 타르나이는 타르나이였다. 인간이 저 정도 다치면 죽어 나자빠지거나 의식을 잃어야 정상일 텐데 녀석은 다시 이중구속을 걸어왔다. 그리고 이번에는 나도 섬광 뛰기로 피하지 못했다.

아니. 처음에는 피했다고 생각했다.

녀석이 움찔하는 때, 다시 운 좋게 그 순간을 잡길 기대하며 더블바인드의 배후로 뛰었다. 하지만 그건 속임수였다. 영리하게도 그는 내가 뒤로 나타날 줄 알고 그 순간을 노려 이중구속을 건 것이다.

"크릉!"

낭패다.

이 녀석을 죽여야 하는데 손가락 하나도 까딱할 수 없었다. 베어야 하는데, 머릿속에 베면 안 된다는 생각이 소용돌이치고, 충돌한다.

아니?

애초에 나는 뭘 하려고 했던 걸까?

이 자를 지금 그로스메서로 베려고 한 건가?

베지 않으려고 한 건가?

한 번 의문이 들자 다른 의문도 꼬리를 물었다.

이 자는 내 적인가?

아니면 아군인가?

이중구속의 힘은 실로 무시무시했다. 아무것도 할 수 없었고 모든 게 헷갈렸다. 그 순간 더블바인드가 잔인한 미소를 지었다. 허리춤에서 올라온 그의 손에는 섬뜩한 단검이 들려있었다. 손잡이가 해골과 온갖 부정한 것들로 장식된 끔찍한 물건이었다.

"이 마법검에 당한 영혼은 구천을 떠도는 귀신이 된다고 하지. 감히 날치려고 해? 그 대가를 치르게 해주마! 루테르 오토!"

더블바인드의 얼굴은 악귀와도 같았다. 나는 공포를 느끼면서도 이중구속의 힘에서 벗어날 수 없었다.

이 단검을 피해야 하나?

아니면 피하지 말아야 하나?

그리고 그 순간, 단검이 배를 쑤시고 들어왔다.

"으윽!"

짧은 비명이 동굴 안에 울려 퍼진다.

!

하지만 그건 내 것이 아니었다.

더블바인드의 왼쪽 목에 냉기를 뿜어내는 볼트가 박혀 들어갔다. 보비의 얼음 화살 능력이었다. 그 순간 나는 이중구속의 힘을 벗어났다.

위기의 순간에 보비가 다시 한 번 날 구했다.

서둘러 끝내야 한다. 이 기회를 못 살리면 저 대책 없는 힘에 다시 당한다.

"이제 끝이다! 더블바인드!"

즉각 왼손으로 그의 목을 부여잡았다.

죽음을 예감했는지 더블바인드는 전력으로 내게 저항했다. 하지만 내 오른손이 내찌르듯 뻗어 간다. 그리고 길고 날카로운 발톱으로 그의 심장을 후벼 팠다.

"크어억!"

비명과 함께 피가 난자한다.

피슈웃!

동맥이 끊어진 탓에 상처 부위에서 피가 분수처럼 튀어나와 내 얼

굴을 적혔다.

"루테르 오토!"

저주를 퍼부으려는 더블바인드.

하지만 그전에 그의 목을 물어 부러뜨렸다.

추욱.

더블바인드의 몸이 힘을 잃고 늘어진다.

끝이었다.

그제야 나는 더블바인드를 집어던지고는 주저앉아 안도의 한숨을 내쉬었다.

"승리다!"

내가 죽은 더블바인드를 한 손으로 들어 올리며 외치자 이중구속이 풀린 용병들이 환호성을 내질렀다. 그리고 내 허락이 떨어지자 죽은 전문가들의 소지품을 나눠갖기 위해 신을 내며 뛰어다녔다.

다들 들뜬 분위기였으나 내 기분은 좋지 않았다.

쓸쓸한 기분과 함께 쓰러진 치즈헌터에게 다가갔다.

다행인지 불행인지 그의 숨결은 아직 끊어지지 않고 있었다. 바로 얼음 화살 때문이었다. 맞은 부위를 얼려버리기 때문에 출혈이 없는 게 특징이었다.

"치즈헌터."

그는 희미한 눈동자로 힘들게 숨을 몰아쉬고 있었다.

"오토. 축하할 만한… 승리로군…."

"그런 말은 필요 없어. 대체 왜?"

어리석은 질문이란 건 알고 있었다. 배신할 이유야 얼마든지 있겠지. 사실 지하세계에서 결의형제의 맹약이야 해변가 모래 위에 쓴 약속과 별로 다를 건 없다. 파도가 한 번 밀려들면 약속은 사라지는 법이다.

"미안하군… 하지만 말일세…. 적어도 자네가 자는 동안에 칼을 박은 건 아니지 않나…. 나름대로… 의형제에 대한 예는 다한 거야."

치즈헌터는 작은 소리로 웃었다.

많이 힘들어 보이는 게 얼마 더 버티지 못할 거 같았다.

"어차피… 지저의 의리란 게 결국 그 정도 아니겠는가…"

"……."

"자네는 훌륭한 학생이야… 내 조언을… 아주 제대로 받아들이고 있었어…."

"믿음이란 축축한 곳에 놓아둔 동굴생선 같다고 했지. 금방 상해 버리는 거라고."

"크크큭… 아주 잘 기억하고 있군. 말했잖은가…. 내게 감사할 날이 올 거라고…."

입맛이 쓰다.

앞으로 누구도 믿을 수 없을 거 같단 생각도 들었다.

"네가 배신하지 않았으면 좋았을 텐데."

"다 소용없는 가정일세… 자네는 이겼고… 나는 졌네… 그뿐이야. 이제 끝내주게…."

스릉.

피에 젖은 메서를 머리 위로 들어 올렸다.

이대로 내려치면 내 의제의 목숨은 끊어지게 된다.

아마 나는 오늘 일을 오래 기억하게 될 것이다.

그리고 앞으로 누구도 믿지 않으리라.

"남길 말은 있어?"

"자네는… 끝까지 용기를 잃지 말게… 나는 이미 예전에 끝났지
… 록투의 둥지에서, 그때 이미 죽었던 거야…. 명심하게… 자네도
용기가 꺾인다면, 나 같은 최후를 맞이할 테니."

새겨듣겠단 의미로 고개를 끄덕였다.

그러자 치즈헌터가 흐릿한 눈동자로 한동안 나를 올려다보더니,
이내 눈을 감는다.

작별의 시간이었다.

퍼억!

쇠가 뼈를 둔탁하게 절단하는 소리가 났다.

그 짧은 소리가 내 의형제와의 끝이었다.

나는 지저인들이 죽은 자에게 건네는 인사를 입에 담았다.

"지하에서 죽으면 저승이 코앞이라 편하다는군…. 부디 가는 길
만큼은 편안하길. 한 많은 삶이었으니."

생각보다 강한 더블바인딩의 위력에 혼쭐이 났다. 죽은 이도, 부
상자도 많았다. 귀족 미노타우르스들의 부상 역시 심했다. 두 명 중
상이었고, 한 명만 경상에 그쳤다.

우리는 서둘러 전장을 수습하고는 아르탈란의 모처로 향했다. 일

부는 사건의 현장에서 완전히 흔적을 지우기 위해 남았다. 그들은 마법적인 수단까지 동원해서 철저하게 일을 처리할 생각이었다. 부상자와 죽은 더블바인드의 육체 문제 때문에 모두 신속하게 움직였다.

가면서 보비에게 몇 번이고 감사했다. 사전에 협의된 대로 잘 움직여 준 덕이 내 목숨이 아직 붙어 있는 거니까.

"정말로 고마워."

"그런 말 하지 마세요. 주인님이 시키는 대로 한 것뿐이에요. 그리고 저는 절대 주인님을 배신하지 않아요."

"고마워. 내 결심에 예외가 있다면 오직 너뿐이야."

"네?"

"그런 게 있어."

"에? 잘은 모르겠지만 뭔가 좋은 거 같으니 기분 좋네요. 호호."

우리는 아르탈란의 구석에 있는 비밀스러운 건물 안에 들어갔다. 이곳에서 시술되는 모든 과정은 불법이다.

불법적인 루트로 들어온 자들에게 불법적인 시술이 이뤄지는 곳으로, 값은 비싸지만 소문이 안 나기로 유명하다. 그리고 책임자의 실력 역시 확실하다고 정평이 나 있다. 고급 몬스터강화합성을 할 줄 아는 대단한 인재라는데 왜 이런 시설을 운영하는지 미스터리라고 한다.

"이틀 안에 회복하고, 영혼 이식을 끝내야 합니다."

내 요구가 말도 안 된다는 듯 그 실력 있는 책임자는 불평해댔다.

"될 게 있고, 안 될 게 있어."

"꼭 부탁합니다. 돈을 충분히 지급하겠습니다."

"글쎄, 돈 문제가 아니래도?"

"화급을 다투는 일입니다."

결국 이틀이 아니라 사흘 안에 끝내기로 합의했다. 대신 최고급 용액을 배양액에 채워 넣고, 다른 일보다 이걸 먼저 처리하겠다는 조건으로 상당한 추가금을 지불해야 했다.

어쩔 수 없이 메이니의 힘을 이용해 약을 팔아야 할 모양이다. 사흘이나 던전 로드가 부재 하는 건 흔한 일이 아니나, 특별한 일이 없다면 넘어갈 수 있을 듯했다.

물론 그 사이 부대검열이 오거나 상급부대 인물이 방문하면 파멸이었지만. 이런 때는 그냥 운에 기대는 수밖에 없다.

그로부터 두 시간 뒤 더블바인드의 육체는 배양액 안으로 들어가 상처를 회복하기 시작했다. 내 손톱에 찔려 구멍 난 부위에서 탄산처럼 거품이 끌어 오르고 있었다. 이게 끝나면 새로운 영혼을 받아들이기 위한 안정화 작업도 해야 한다.

그리고 빼낸 3등급 영혼석은 정화와 초기화 작업을 시작했다. 등급은 죽은 매드사이언티스트 루제플과 같았으나, 더블바인드는 그와는 비교할 수 없을 정도로 강했다. 역시 동급이라도 기술과 전투 경험 등에 따라 위력의 차이가 나는 모양이었다.

그리고 다친 귀족 미노타우르스 삼인방 중에 중상인 둘도 이곳에 같이 입원시켰다. 급속 회복을 위해 돈이 제법 깨질 것 같지만 어쩔 수 없었다.

"자네가 저 육체의 주인이 되어줘야겠어. 아이언혼."

처음부터 귀족 미노타우르스 3인 중의 한 명을 뽑을 생각이었다.

한데 둘이 중상으로 누워버렸으니 자동으로 남은 아이언혼이라는 자가 당첨됐다.

시간이 있다면 다른 이가 회복될 때까지 기다려줘야겠지만 지금은 아주 서둘러야 했다.

지금 심정으로는 다만 몇 시간이라도 빨리 처리할 수 있다면 만밀 단위의 금전도 퍼부을 수 있을 정도였다.

"감사합니다. 이 은혜, 계약으로 갚겠습니다."

"그래."

일단 그가 날 위해 얼마의 기간 동안 무상봉사를 하게 될지 계산해야 했다. 이쪽 전문가들의 도움과 관련 사례를 기준으로 판단을 내렸다. 이 과정이 몇 시간이나 걸렸지만, 꼼꼼히 하는 게 서로 뒷말이 없어 좋았다.

그리고 나온 기간은 57년.

길다면 긴 기간이나 수백 년이나 장수할 타르나이의 삶에 비하면 감당할만한 수준이다. 더블바인드가 자신의 인생의 반 정도를 보냈다고 가정해도 앞으로 2~300년은 시간이 있을 터였다.

나는 일단 아이언혼에게 57년의 봉사에 동의하는지 물었고 그는 두말할 필요도 없다는 듯 끄덕였다.

우리는 영혼이식이 가능하다는 판단을 책임자가 해주면 즉각 마법으로 이 계약을 강제하기로 했다. 이후 그는 57년간 지금까지의 수준으로 군역을 담당하면 된다.

이쪽에서 마법을 걸었다고 말도 안 되는 명을 내릴 수는 없다. 가령 자살하라고 하는 식이면 마법은 전혀 능력을 발휘하지 못한다.

그저 고용주가 용병에게 할 수 있는 수준의 명령이라야 마법이 발동하는 것이다.

아이언혼의 입장에서는 어차피 계속 용병으로 살 건데, 미리 3등급 육체를 얻는 것이 기쁠 수밖에. 이제 그는 미노타우르스라는 제약을 벗어나 타르나이로서 훌륭하게 마법을 다루며 탁월한 지능을 선보이게 될 것이다.

아예 새로운 종족으로 다시 태어나는 것이나 다름없다.

3등급 영혼과 육체, 그리고 타르나이라는 이름값은 결코 장난이 아니다. 게다가 더블바인드가 쌓아온 지식과 경험도 모조리 가질 수 있으니까 말이다.

사실 원래는 내가 이 육체와 영혼석을 차지할까 생각했었다. 당연한 이야기지만 이 몸의 발전을 위해 더블바인드를 써도 된다. 하지만 한 가지 걸리는 게 있어서 그럴 수가 없었다.

바로 바페의 힘인 빛살 모으기 때문이었다.

빛살 모으기를 수련하는 과정은 외부의 마력을 내 몸에서 증폭해서 다시 밖으로 내보내는 과정을 반복하는 것이다. 한데 육체가 바뀌어버리면 이 과정에 혼란이 온다.

종족마다 마력이 몸을 통해 발현하는 마력회로가 다른 법이다. 현재 웨어 블랙팬서의 몸에 익숙해져 어려움 없이 빛살 모으기 연습을 하는 중인데, 갑자기 타르나이로 육체가 바뀌면 큰 혼란을 각오해야 한다.

타르나이라고 다 그런 건 아닌데, 더블바인드의 경우는 직접 확인해 보니 안 되겠다 싶었다.

큰일을 앞두고 그럴 수는 없다. 차라리 휘하의 용병에게 주고 전투에서 최대한 활용하는 게 좋다. 게다가 내 밑의 용병이 저 육체를 받는 게 전체적인 전력 향상에 더욱 유리하다.

어차피 나는 한 가닥 하는 편이니, 한 가닥 하는 인재가 하나 더 생기면 좋지 않겠는가.

만약 적의 침략까지 어느 정도 시간이 있는 것으로 판명되면, 나도 경매장에 들릴 생각은 있다. 웨어 블랙팬서랑 마력 회로가 비슷한 육체라면 갈아타도 큰 문제가 없을 터였다.

나라고 욕심이 나지 않는 건 아니었지만 어디까지나 전술적인 선택이다. 결정적으로 중년의 별 볼 일 없는 더블바인드의 육체로 보비와 사귀고 싶지도 않고.

보비는 지금의 내게 완벽히 익숙해져 있었으니 더블바인드의 모습을 좋아할 리가 없다.

아무래도 육체를 갈아탄다는 건 이런 것도 신경 써야 하는 문제다. 일단은 수하의 영이 들어가면 더블바인드의 뇌에서 이번 일에 관한 모든 정보를 토해내게 해야 한다.

그가 접촉했던 상대편의 인원이 언제 어떤 식으로 올지 이쪽은 미리 알 수 있는 것이다. 게다가 이 가짜 더블바인드를 효과적으로 써서 적을 함정으로 유인하는 것도 가능하다.

나는 최대한 시간을 끌 생각이다.

그래서 적이 올 곳에 함정을 만들고 용병을 필요한 만큼 고용할 것이다. 그리고 누가 오든, 설령 어떤 거물이라고 해도, 완벽히 준비된 덫 안에서 헤어날 수 없는 절망을 맛보게 해줄 작정이었다.

나는,

자신했다.

이번 일은,

엄청난 군공을 세울 기회라고.

신新 더블바인드는 구舊 더블바인드의 능력과 지혜, 지식과 경험을 모두 이어받았지만 전혀 다른 인물이다. 아이언혼이 육체와 영혼석을 차지한 이후로 더블바인드는 나의 충실한 수족으로 거듭났다.

구 더블바인드의 혼은 지금 구천을 떠돌고 있겠지.

현재 나와 보비, 올가, 홀로그램 상태의 던전 코디네이터가 던전 로드의 집무실에 모여 있었다. 몇 시간 전부터 우리는 심각한 표정으로 회의를 거듭하는 중이었다.

"놀랍군요, 설마 거미 장군이라고 불리는 밸리어트가 직접 쳐들어올 준비를 하고 있다니."

던전 코디네이터인 메이니는 걱정이 가득한 얼굴이었다.

왜 안 그럴까, 상대가 저리 거물인데.

"지금이라도 상급 부대에 도움을 청하는 게 어떨까요?"

그러나 그녀를 빼고 나머지 사람들은 모두 반대했다.

정확히 내가 반대하고 있었고, 보비, 올가, 더블바인드는 무조건 날 지지한다.

"이미 구 더블바인드를 우리들의 독단으로 숙청했습니다. 이걸 위에서 어떻게 반응할지, 낙관적으로만 예측할 수 없습니다. 그러니 정식으로 보고하기 전, 적의 수괴를 잡는 정도의 압도적인 공을 세우는 게 좋겠죠. 거미 장군이 패퇴한다면 더블바인드를 죽인 건 사소한 문제가 될 겁니다."

"그렇지만, 이길 수 있을까요? 밸리어트는 황자 군이 자랑하는 장군 중 한 명이에요. 게다가 그는 희귀하고 위험한 거미술사입니다."

"아직 시간이 있으니 충분히 준비하면 가능하다고 봅니다."

나는 이게 인생역전급 기회라 판단하고 있었다.

운이 좋아 이 험한 세계에서 어떻게 초급장교까지는 왔다. 하지만 더 나아가는 건 쉽지 않을 일이었다. 큰 공을 세우고 어서 지휘관급 장교가 되고 싶었다.

불안해하는 메이니를 최대한 설득하며 이번 싸움을 위해 파격적인 예산을 투입할 걸 약속했다.

"알겠어요, 루테르가 성공할 수 있다면…."

묘한 말투로 메이니는 수긍했다.

마치 서방님의 승승장구를 바라는 착한 부인 같은 말투라, 보비의 눈빛이 조금 날카롭게 변했다. 그리고 지금까지와 다른 태도로 메이니를 관찰하는 것이었다.

그건 그렇고, 올가. 왜 너는 왜 덩달아 눈에 날을 세우냐.

"일단 시간을 끄는 게 관건이겠군요."

묵직하게 있던 신新더블바인드가 입을 열었다.

그는 전 주인의 뇌에 들어 있는 엄청난 정보를 풀어놓아 우리를 당황하게 만들었다. 그러나 우리는 그 덕분에 적에 대해 완전히 파악할 수 있었다.

그건 그렇고 미노타우르스 시절과는 비교할 수 없는 현기가 그에게서 느껴졌다. 과연 타르나이인가.

"방법이 있겠나?"

그는 고개를 끄덕였다.

생각해 둔 게 있는 모양이다.

"한 달가량은 여유를 둘 수 있을 것 같습니다. 곧 상급부대에서 지휘검열이 나온다고 제가 그쪽에 얘기를 하겠습니다. 물론 조작된 공문을 제시하면서요. 상급부대에서 시찰이 나오면 해당 던전이 바짝 긴장하는 게 일반적인 현상입니다. 당연히 공격해올 입장에서 달갑지 않을 일이지요. 그것을 이용해 시찰이 끝난 시점에 쳐들어오도록 제안할 예정입니다. 지휘검열이 끝나고 병력들의 긴장이 풀어졌을 때, 거하게 술을 배급해 회식을 할 테니 그때를 노려달라고 말하면 될 겁니다."

똑똑하다.

전에 알고 있던 단순무식 했던 귀족 미노타우르스는 더는 존재하지 않았다.

"그럼 우리에게 얼마나 시간이 있나?"

"일단은 밸리어트가 보름 뒤에 움직일 생각을 하고 있습니다. 한 달을 늘리는데 성공하면 한 달 반이 되는 것이지요. 그의 성품상 불같이 화를 내기야 하겠지만, 작전의 성공을 위해 한 달 정도는 더 참을 인내심이 있는 인물입니다. 그러니 장군의 직위까지 올랐겠지요. 게다가 그는 정치적으로 몰려 있기에 이번 일이 실패하면 정말 기댈 곳이 없어집니다. 밸리어트가 모시고 있는 대장군 젤로베크도 그를 버릴 확률이 높습니다."

"좋아, 반드시 성공시키게. 우리에게는 꼭 그 한 달이 필요해. 그 사이에 어떻게든 용병을 추가로 고용하고 함정을 설치해야 하네. 올가."

"응! 형님."

"네게 배정된 예산은 20만 밀이야. 최대한 끌어온 거니까 이 돈으로 함정을 설치할 기획안을 짜 와."

"알겠어!"

20만 밀이면 결코 적은 금액이 아니다. 상당한 함정을 설치할 수 있을 것이다. 게다가 상급부대 지휘검열에 대비한다는 좋은 핑계도 있었다.

"보비."

"네, 룸장님."

"현재 2개 룸이 비어 있어. 내일부터 2개 룸을 채울 용병을 모집해 와. 넉넉하게 15만 밀을 배정해 줄게. 행정적 절차는 더블바인드에게 부탁하고."

단기 결전에 뛸 용병 30여 명에 15만 밀을 투입한다는 건, 최고 수준의 인재들만 모으라는 소리였다.

참고로 비싸서 내 울화통을 터뜨렸던 회색 드워프 사제가 반년에 3,000밀이었다. 그러니 15만 밀이면 호화로운 용병을 모집할 수 있을 것이다.

어차피 던전 방어는 양보다 질이다. 고블린 열이 못 막는 적의 돌격을 미노타우르스 하나가 저지해 내기도 하는 것이다.

"알겠습니다. 내일부터 아르탈란에서 최고의 인재들을 모아오겠어요."

이렇게 순식간에 35만 밀이 배정되었다.

그리고 회의는 곧 끝이 났다.

"후우……."

그렇게 중요한 일을 처리하고 쉬고 있는데 올가가 다시 돌아와 무언가를 건넨다.

"이걸 깜빡했네. 형님한테 주려던 건데?"

"이게 무슨 짐이야?"

"…아, 그게 말이야."

"어려워하지 말고 말해 봐."

네가 하는 말은 뭐든 용서해 줄 테니까, 라고 이어 말한 뻔한 걸 간신히 참아냈다.

"이거 치즈헌터의 짐이야. 밤일 하는 친구들이 그의 거처에서 가져온 거야. 혹시 형님한테 도움이 될까 해서."

"그래? 고마워. 두고 가. 천천히 살펴볼게."

"응, 그럼 수고해."

올가는 씩 웃은 뒤 손을 흔들고 떠났다.

같이 웃어주던 나는 올가가 문을 닫자마자 미소를 지웠다. 치즈헌터의 것이었다는 검은 백 때문에 마음이 안 좋았기 때문이다.

나는 어쩔까 하다가 백을 열어보았다.

"흠…."

별다른 건 없는데?

포션이나 여타 돈이 되는 걸 분류하던 나는 작은 수첩을 찾아냈다. 그런데 수첩은 마법에 의해 봉인되어 있었다. 별거 아닌 것 같아 넘기려다 호기심이 자극됐다. 그래서 마법사를 찾아가 돈을 주고 기어코 열어보았다.

그리고 안을 보자 일기가 있었다.

죽은 치즈헌터의.

일기는 특별한 양식도 없고 날짜도 없었다. 그저 메모처럼 두서없이 적혀 있었다. 그냥 생각날 때마다 적은 듯했다.

─죽다 살아났다. 모든 걸 포기한 상황에서 한 인간이 날 구원했다.

─인간의 이름은 오토. 아무래도 가명 같지만 본명은 묻지 않기로 했다. 꽤 영리한 사내지만 세상 물정을 잘 모르는 것 같았다. 자신의 기지로 그런 부분을 가리고 있었지만 전문가인 내 눈은 속일 순 없는 법.

─검투장에서 함께 싸웠다. 그때를 생각하면 피가 다시 끓어오른다. 함성과 갈채, 잊을 수가 없다. 나는 그와 함께했다. 오토는 두려움이 없어 보였다. 나는 그를 동경하지 않을 수 없었다. 오토는 내가 잃어버린 것을 갖고는 눈부시게 빛나고 있었다. 그는 마치 이야기 속에서 전하는, 지상의 별과 같아 보였다.

─던전에서 오토가 보여준 싸움은 놀라웠다. 나는 확신했다. 이 순

간이 위대한 영웅 서사시의 한 장면임을.

―확실히 이 오토란 친구는 재기발랄하다. 주변에 많은 인물을 곧
자기편으로 만드는 재주가 있었다. 신임 룸장들이 오토를 따라 몰려다
닌다.

―무척 배알이 상하긴 하지만 여자에게도 인기가 많은 것 같다. 옆에
아름다운 다크엘프가 있었고 이번에는 엘리멘탈 터치드 아가씨와 친해
졌다.

"하하…."
그 대목에 잠시 웃음이 나왔다. 그건 그렇고, 치즈헌터의 일기 상
당 부분이 나에 관한 내용이었다.

―재무담당관이 된 오토는 던전의 수상한 점을 발견했다. 내게 조사
를 의뢰했다. 나름대로 노력해 볼 작정이다. 참, 주점에선 둘이 함께 적
들을 박살냈다. 우리는 의형제가 됐다. 의형제라… 생각지도 못했다. 그
래도 나쁘지 않았다. 인간과 터널 랫츠가 의형제라니.

―요즘 내 주변이 북적인다. 처음에는 다소 짜증이 났다. 하지만 나
는 곧 인정하지 않을 수 없었다. 의외로 이게 괜찮다는 걸. 회한한 기분
이었다.

─오토의 부탁으로 더블바인드에 대해 조사하고 있다. 수상하다. 분명히 뭐가 있을 터. 제대로 조사해서 내 의형에게 보답할 작정이다. 나는 그에게 빚이 있으니까.

여기까지 읽은 나는 대체 왜 치즈헌터가 날 배신했는지 의아한 기분이 됐다. 답을 알기 위해선 계속 읽어 보는 수밖에.

─조사는 순조롭게 진행 중이다. 하지만 쉽지는 않다.

─최악이다.

─마음이 심란해 일기를 쓸 여력이 없다.

그 뒤로 일기가 아니라 마구잡이로 펜을 그은 흔적이 계속 이어졌다. 그 당시 치즈헌터의 심경은 알 수 없지만 엄청난 스트레스를 겪었다는 건 이해할 수 있었다. 한참 뒤에야 일기가 이어졌다.
하지만 필체에서 이전과 같은 단정함이 느껴지지 않는다.

─어찌 일이 이렇게 된 걸까.

─조사는 실패했다. 포로로 잡힌 직후에, 함께했던 몇이 눈앞에서 살해당했다. 눈앞에서 산 채로 록투에게 잡아먹힌 동료들이 생각났다.

—풀어주는 대가로 조건을 걸었다. 내 마음과 처지는 여전히 적에게 묶여 있다. 마음속 괴로움이 끝없는 지저의 심연과도 같은 느낌이다.

　—더블바인드의 힘은 상상 이상이었다. 그의 뒤를 봐주는 자의 힘은 더욱. 그게 거미장군 밸리어트임을 알았을 때 나는 모든 걸 포기했다. 이제 그들이 시키는 대로 할 수밖에.

　—황자군의 장군인 밸리어트는 우리가 어쩔 수 있는 존재가 아니었다. 오토도 살해당할 것이다.

　—나는 첩자 노릇을 강요당했다. 두려웠다. 내 마음에 용기가 있던 시절도 있었으나, 그건 록투의 둥지에서 꺾인 뒤 다신 찾을 수 없는 것이었다.

　—살고 싶다. 대신 내 의형제를 팔아야 한다. 그게 더블바인드가 제시한 거래 조건이었다.

　—오토에게 사실대로 모두 털어놓을까 고민해 봤다. 그러나 아무리 생각해도 무리였다. 오토는 절대로 물러나지 않을 터. 그렇다고 우리가 거미장군 밸리어트를 상대하기 무리다. 해법이 안 보인다.

　—세 번 권했다. 이 일을 포기하라고. 나는 그가 포기하길 간절히 바랐다. 하지만 결과는 예상대로였다.

─더블바인드와 협상을 했다. 오토를 사로잡는데 협력하면, 그의 목숨만은 살려주기로. 대신 장교직을 박탈하고, 던전에서의 모든 기억을 지우겠다고 했다.

─고민 끝에 그 조건을 받아들였다. 오토는 많은 걸 잃게 되겠지만 목숨만은 건지게 될 것이다. 나를 원망하겠지. 그래도 이게, 나도 살고 내 의형도 살릴 유일한 방법이다.

─다 내 잘못이다.

─함정에도 불구하고 만약 오토가 이긴다면, 그건 그것대로 나쁘지 않을 거 같다.

일기는 그걸로 끝이었다.

"하하하……."

허탈하고 마른 웃음이 흘러나왔다. 일기에서 온갖 고뇌와 괴로움이 느껴졌다. 하지만 나는 치즈헌터를 용서할 수 없었다. 어쨌건 그는 형제를 배신했으니까.

"그래도……."

내가 그에게 빛의 힘과 사명에 대해 솔직히 말했다면, 어쩌면 이 모든 결과가 달라졌을지도 모른다. 그는 도무지 승산이 없다고 생각한 탓에 적의 협박에 굴복했다. 하지만 빛의 힘을 알았다면 그렇게 반강제로 회유되지 않았겠지. 뭐, 결과론적인 얘기지만 말이다.

결국 나는 그를 믿고 비밀을 털어놨어야 했던 걸까? 그러나 믿음이란 어려운 일이었다. 특히 이 지하 세계에서는. 치즈헌터와의 일 때문에 앞으로 누군가를 믿어보자고 생각한다면 어리석은 일일 것이다.

결국 나를 배신하긴 했지만 치즈헌터 정도도 지하 세계에선 드문 사내였다. 그러니 누굴 믿겠는가.

나는 결론을 내렸다.

그래서 선언하듯 말했다.

"모든 믿음은 공증된 계약과 강제된 마법에서 나오며, 우정과 사랑은 비수와 같으니 경계하라."

내 죽은 의제가 주고 간 실로 값진 교훈이었다.

염병할 놈.

독주를 하나 까서 잔에 담았다.

주점에서 치즈헌터와 병사들은 두들긴 뒤에 같이 마셨던 술이다. 나는 보이지 않는 누군가를 향해 잔을 들어 올리며 건배했다.

"나 혼자 축하주를 들이키게 하지 말라고 했잖아?"

에필로그

오드릴은 최근에 일자리를 구했다.

넬라라는 엘리멘탈 터치드가 상단주로 있는 '불꽃 어머니' 상단이다.

그는 자신의 재기발랄함만큼이 성실한 사내였다. 하여 넬라의 눈에 띄게 되었고, 결국 그녀의 수행비서가 되었다. 오드릴은 넬라가 비록 여자지만 존경할만한 상단주란 생각을 하곤 했다. 어차피 금전을 다루는 세계에서 남자고 여자인 게 무슨 소용이겠는가.

"오늘은 던전에 갈 거야."

"준비하겠습니다."

아마 평소와 별반 다르지 않는 2-04던전으로의 상행이겠지, 오드릴은 그리 생각했다. 하지만 다른 게 있었다.

"던전 로드도 만나뵐 거니까 옷차림에 신경 써줘."

"네, 넬라 님."

던전 로드면 타르나이 귀족일 확률이 높다. 오드릴은 벌써부터 긴장이 되는 게 느껴졌다. 하지만 비서는 의연해야 한다. 그는 애써 마음을 다잡았다.

그다음은 평소와 같았다.

2-04던전에서 마정석과 적의 노획된 육체를 매입했다. 그리고 장

사가 끝났을 때 던전 로드의 집무실로 넬라를 수행하게 되었다.

"긴장돼?"

"조금요."

오드릴은 솔직히 인정했다.

"그럴 거 없어. 좋으신 분이니까."

"타르나이라고 하지 않았습니까?"

"후후후…."

넬라는 오드릴의 물음에 제대로 대답하지 않고 웃음으로 때웠다. 오드릴은 더 묻고 싶었지만 현명하게 침묵했다. 곧 그들은 육중한 문이 설치된 방 앞에 도착했다.

상관인 넬라는 전혀 긴장한 것 같지 않아 보였기에 그도 조금 침착해질 수 있었다.

쿵, 쿵.

문고리 소리가 묵직하다.

"들어오게."

"실례하겠습니다."

안에는 마치 옥좌가 생각나는 훌륭하고 커다란 의자가 있었고, 던전 로드로 추정되는 인물이 앉아 있었다. 뿔이 나고 날개를 가진 타르나이… 오드릴은 그가 말로만 듣던 2-04 던전의 주인인, 더블바인드라는 걸 알 수 있었다.

"평안하셨습니까? 던전 로드."

"어서 오게, 넬라 양."

오드릴은 과연 무슨 얘기를 나누나 싶었는데 생각보다 대단한 건 아니었다. 그저 사업에 관한 부분이었다. 마정석을 얼마나 사들였고 얼마 뒤에 대금을 지불할 건지 등에 관한 얘기였다.

뭔가 위험한 상상을 했던 오드릴은 속으로 쓴웃음을 삼켰다. 상단주 넬라가 눈부시게 아름다웠기 때문에 탐욕스러운 타르나이 귀족이 그녀의 몸을 요구하면 어쩌나란 생각까지 했으니 말이다.

하지만 현실은 그냥 일 얘기뿐이었다. 지루해진 오드릴은 던전 로드의 곁에 있는 한 인간을 살폈다. 검은 머리칼을 가진 자로 귀가 다소 뾰족한 걸 빼면 특별할 거 없는 자였다.

자신 같은 잡종(오드릴은 드워프와 인간의 혼혈이다)이 아닌 순혈에 가까운 인간이었다. 그렇지만 그 평범한 인상에도 불구하고 말로 설명하기 어려운 비범함을 느낄 수 있었다.

"던전 로드."

그때 홀로그램 같은 환영체가 방 안으로 들어온다. 던전 코디네이터인데, 오드빌은 그녀를 처음보고 대경했던 기억이 되살아나 민망해졌다.

"어서 오게."

던전 코디네이터가 던전 로드의 옆에 위치하자 보고는 다시 길게 이어졌다. 그런데 오드빌은 하품을 참으면서도 뭔가 특이한 점을 발견했다.

넬라는 분명히 던전 로드를 보고 있었지만, 어째서인지 보고 자체는 저 인간에게 하는 느낌을 받았다. 그뿐만이 아니었다. 던전 로드와 던전 코디네이터조차 그에게 태도가 조심스러운 거 같았다.

대체 저 인물이 누구인데?

장교인 건 알겠다. 하나 그러면 던전 로드의 부하가 아닌가. 도무지 이해가 잘 안 가는 상황이었다.

"흐음…."

그러나 고민할 시간은 충분하지 않았다.

이 뒤늦은 발견을 숙고하기 전에 보고가 끝난 것이었다.

"수고했네."

"감사합니다, 던전 로드."

이제 오드릴은 퇴장하면 되겠다 싶었는데 넬라가 자신은 남을 테니 먼저 돌아가라고 했다.

"네?"

"오늘 널 부른 건 이후 보고를 네게 맡길 수도 있기 때문이야. 상행에 대해 던전 로드에게 보고하는 방법, 잘 봤지?"

"아? 네."

대체 왜 상단의 상행에 대해 이곳 던전 로드에게 보고하는지는 이해가 안 갔지만 오드릴은 충분히 절차를 숙지했다.

"좋아, 그러면 먼저 나가있어."

묻고 싶은 게 많았지만 오드릴은 다시 순종했다.

지금처럼 이상한 게 많은 때일수록 침묵이 정답이었다.

"그럼, 이만."

물러난 오드릴은 육중한 문을 서서히 닫았다. 그런데 미처 닫히지 않은 문틈으로 보이는, 방안의 상황이 그의 시선을 사로잡았다.

무척 이상한 광경이었다.

위대한 타르나이가 옆에 서 있던 인간에게 자신의 자리를 양보하고 있었다. 더 이상한 건 그 인간은 자연스럽게 그 자리에 앉았다는 점이다.

일말의 사양도 없었다.

마치 그 자리가 자기 자리인 것처럼 말이다.

'이게 대체….'

더 이해하기 어려운 건 던전 로드가 저 인간에게 한쪽 무릎까지 꿇는 것이었다. 상단주 넬라와 던전 코디네이터는 공손하게 시녀처럼 인간의 뒤에 시립한다.

인간은 그걸로 그치지 않고 의자에 앉아 거만하게 손등을 내밀었다. 그러자 던전 로드가 정중하게 그의 손등에 키스하며 충성심을 보이는 것이었다.

"세상에…."

그런데 오드릴의 말은 더 이어지지 못했다.

갑자기 나타난 손이 문이 밀어서 닫아 버린 것이다.

놀라서 보니 웬 다크엘프가 그를 보며 생긋생긋 웃고 있었다.

심장이 떨릴 정도로 대단한 미색의 다크엘프.

하지만 지금은 그 미모에 감탄할 틈도 없었다.

어째서인지 그녀의 단검이 오드릴의 가슴팍에 닿아 있었기 때문이었다.

놀란 오드릴이 꼼짝도 못하자 다크엘프는 매혹적이고 위험한 미소를 지어 보이고는, 곧 검지를 세워 입술에 가져다 댄다.

"쉬잇─."

그 한 마디면 충분했다.

오드릴은 정신없이 고개를 끄덕였고, 다크엘프는 그를 보내줬다.

"헉, 헉."

도망치듯 빠져나온 오드릴은 깨달았다.

보이는 게 전부가 아님을.

이후 그는 상단주 넬라에게 그의 이름이 오토라는 것을 듣게 되었다. 현명한 오드빌은 곧 알려지지 않은 진실을 알게 되었다.

"그가… 던전의 주인이었어."

오드릴은 오래 살고 싶었으므로, 이 문제에 대해 죽을 때까지 입을 다물겠다고 다짐했다.

(다음 권에서 계속)

외전─쓰레기장의 네잎 클로버

올가, 얘! 올가.

편식하면 안 된다고 했잖니.

동굴 당근도 꼭 같이 먹어야지?

착하다, 착해.

콜휴어 영감님한테 너를 잘 돌보겠다고 약속했단 말이야. 동굴 당근을 안 먹으면 몸이 약해지니까 이거 다 먹자. 알겠지?

어휴.

말도 잘 듣는 착한 아이가 식탁에서만 이런다니.

자자, 어서.

그래도 싫다고?

누나 화낸다?

뭐? 궁금한 게 있다고? 그 얘기를 해주면 당근을 먹는다고?

요 녀석!

처음부터 그런 수작이었구나. 좋아, 말해봐.

뭐가 그리 궁금한 건데?

음?

흐에에엣!

오, 오, 올가! 너! 그런 걸 물어보면 어떻게 하니!

정말….

그건 그렇고 갑자기 주변이 더워지는 거 같은데. 정말 말해야 해?

그렇다고?

후… 사내 아이가 이런 얘기를 좋아하다니 의외네.

알겠어, 그렇다면 내가 어떻게 주인님에게 반하게 된 건지 얘기해 줄게. 대신 동굴 당근은 다 먹는 거다?

좋아, 거래 성립.

그러니까 10년도 더 지난 일이야.

그때는 우리 둘 다 좀비던 시절이지. 당시 주인님은 내게 무섭기만 한 존재였어. 합성 좀비였던 주인님은 한 손이 가재발이었는데 그 덕분에 대단히 싸움을 잘했어.

반면 나는 힘없는 여자 좀비라 잡일이나 하는 수준이었지. 너도 알겠지만 좀비의 세계에서 여자란 건 학대 당하기 쉬운 위치야. 주인님이 오시기 전에도 루제플 밑에 남자 좀비들이 있었는데 늘 나를 괴롭혔지.

두들겨 패고 심부름을 시키고 그랬단다, 못된 놈들.

그런데 그런 좀비들보다 훨씬 강한 주인님이 나타났으니 어떻겠어?

내가 주인님을 무서워하는 건 당연했지.

그런데 그때쯤 루제플 밑에 좀비는 나와 주인님밖에 남지 않게 됐어. 그래서 주인님을 따라다니게 되는 일이 많아졌어. 당시 주인님은 루제플의 명으로 쓰레기장을 뒤지고 다니는 일을 했어.

그 과정에서 하루가 멀다 하고 싸움질이었으니 내가 더 무서워할 수밖에 없었지. 당시 쓰레기장엔 여러 부류가 있었어. 건달이 관리하는 꼬맹이들, 부랑자 거지들, 재활용업자 등 모두가 거대한 쓰레기장을 헤매며 무언가를 주우러 다녔지.

당연히 서로 충돌이 있을 수밖에 없었어.

주인님은 그들과 허구한 날 다투기만 했지. 지는 날도 있었고 이기는 날도 있었고. 그러면서 주인님은 하루하루 강해지더라고.

그래서 점점 수거해 오는 게 많아지자 날 언제나 데리고 다니기 시작했어. 나는 공연히 그 가재발에 얻어맞지 않을까 걱정이라 부지런히 일했지.

그게 괜찮아 보였던 걸까?

주인님이 조금씩 날 신경 써 주더라고.

야, 너 이거 가져.

야, 너 이거 써라.

무심하게 툭툭 이것저것 던져주더라.

말르씨 셀의 쓰레기장은 무법천지지만 좀비가 쓰기엔 좋은 물건도 많았거든.

그렇게 주인님을 따라다니면서 약간씩 호감이 생기더라고. 일단 맞지 않는다는 걸 깨달았으니까.

좀비 노예에겐 그것도 무척이나 컸단다.

그렇게 우리는 긴 시간을 쓰레기장에서 보냈어.

한 해가 가고, 한 해가 가고, 또 한 해가 지나갔지.

그리고 언젠가부터 나는 주인님을 더는 무서워하지 않게 됐어.

또 주인님이 성장해 가는 걸 흥미롭게 지켜봤지.

전투력뿐 아니라 지식적인 부분도 계속 늘어갔거든.

주인님은 노예란 비참한 신분에도 결코 포기하지 않고 치열하게 하루하루를 보내는 게 신기했지.

다 놓아버린 나와 다르게.

그래서 빛나 보였고 나도 모르게 동경했던 거 같아.

그러던 어느 날 주인님이 무언가를 애타게 찾더라고.

뭐냐고 물어도 대답도 안 해주고 말이야.

찾고.

찾고.

또 찾고.

한참을 쓰레기장을 뒤졌는데 알고 보니 네잎 클로버란 걸 찾는 거야.

음? 네잎 클로버란 게 뭐냐고?

그건 마법 아이템에 들어가는 부품 중 하나란다.

가격이 좀 비싸긴 한데 쓰레기장에서도 가끔 중고품을 주울 수 있지. 매우 드문 일이긴 하지만.

네잎 클로버가 무슨 뜻이냐고?

글쎄… 거기까진 누나도 모르겠는데. 과거 지상에서 쓰던 단어라고만 들었어. 네잎 클로버는 네 개의 하트 모양이 뭉쳐있는 형태라고 생각하면 쉬워.

아무튼, 얘기를 계속해 보자면.

결국 주인님은 한참을 찾은 끝에 결국 포기한 것 같았어. 그래서 주인님에게 보답할 겸 내가 직접 찾아보기로 했어. 그런데 막상 찾으러니까 진짜 안 보이는 거야.

그때 했던 고생이 말도 못해.

한 번은 쓰레기장의 구더기에 빠져서 며칠이나 나오지 못한 적도 있고….

쓰레기장에 사는 거대한 웜에게 잡혀먹힐 뻔한 적도 있어. 아니면 재활용업자들이랑 싸움이 붙거나, 처음 가보는 지역에서 길을 잃기도 했지.

그냥 쓰레기만 얌전히 뒤질 수 있으면 그나마 다행이라고 할까? 말르씨 셀의 쓰레기더미 안에는 온갖 위험한 게 가득해서.

한 번은 유독성 가스를 터뜨리고 말았는데, 그때는 참 내가 좀비인 게 다행이더라고. 옆에서 내게 시비를 걸던 재활용업자가 다 죽는 와중에도 난 왜 그러는지도 몰랐으니까.

그렇게 다니다가 마침내 네잎 클로버를 하나 발견했지.

세상에!

그 기쁨이란!

나는 전력으로 네잎클로버를 향해 뛰어갔는데 불운하게도 그걸 발견한 게 나만은 아니었지.

덩치 큰 박쥐 오크 재활용업자 하나도 동시에 달렸던 거야. 나는 놈의 커다란 어깨에 부딪혀서 그대로 떼굴떼굴 굴러갔지.

진짜 그렇게 화가 날 수 없더라고!

천신만고 끝에 네잎 클로버를 찾았는데 눈앞에서 빼앗기다니. 그래서 성질을 못 참고 야! 하고 빽 소리를 질렀는데….

무슨 일이 일어났는지 아니?

갑자기 옆에 있던 쓰레기더미가 우르르 흔들리더니 그대로 무너진 거야.

나는 간신히 도망쳤지만 박쥐 오크 녀석은 그대로 깔려버렸지. 쓰레기장에서 제일 무서운 게 그런 일이야. 아무렇게나 버려진, 무절제한 쓰레기 더미들은 언제 어떻게 무너질지 아무도 모르거든.

그렇게 깔리면 죽는 수밖에 없어.

정말이냐고?

그래, 그 어마어마한 쓰레기 무더기를 어떻게 치울 건데. 설령 치운다고 해도 이미 깔린 놈은 죽은 뒤라고.

그런데 문제는 그 박쥐 오크 같은 게 아니야.

천신만고 끝에 찾은 네잎 클로버가 같이 깔려버렸단 사실인 거지. 진짜 욕이 다 나올 뻔했어.

정말 욕한 거 아니냐고?

올가, 너도 누나가 조근조근 상냥하고 얌전한 성격인 줄 잘 알지? 에?

어째서 나랑 눈을 못 마주치는 걸까?

제대로 대답 못하면 지금 그 동굴 당근들을 누구의 입에 억지로 처넣어버릴 수 있을 텐데.

호호호, 그렇지?

나 같이 얌전하고 여성스러운 여자에겐 욕같이 상스러운 건 어울리지 않아. 이해해 준 거 같으니 계속 얘기해 보자면, 그 이후로 나는 그 무너진 쓰레기 더미를 파기 시작했어. 한도 끝도 없는 작업이었지.

파고, 파고, 또 파고.

오로지 밑에 파묻혀 있는 네잎 클로버를 위해서.

설령 다 판다고 해도 워낙 어지러워서 찾는다는 보장도 없으면서도 포기하지 않았지.

그냥 주인님에게 도움이 되고 싶었거든.

약한 좀비이던 난 주인님의 보호를 받을 뿐이었지만 뭔가 도움이 된 적이 없어. 그리고 가능하다면 칭찬도 좀 받고 싶었지. 헤헤.

주인님이 내 머리를 쓰다듬어주면서 잘했어 보비야, 라고 말해준다면 정말 최고일 거야.

하아아….

뭐? 지금 내 눈동자가 어둡고 깊어졌다고?

그럴 리가. 오늘따라 시력이 안 좋은 거 같네, 올가.

아무튼, 그때 얼마나 팠던지 좀비의 손가락이 반절 가까이 뭉개질 정도였다니까.

끔찍하지?

그런데 당시에는 삶이 다 그런 식이었어.

내겐 점점 주인님만이 위안이자 기댈 수 있는 대상이 돼갔지. 집착이라고 해도 좋아.

그게 내가 사랑하는 방식이니까.

그래서 결국 찾았냐고?

응. 찾고 말았지.

그 산더미 같은 쓰레기를 뒤지고 이미 죽어버린 박쥐 오크 시체를 치우고, 그리고도 한참을 더 헤맨 끝에 결국 네잎 클로버를 찾아냈어.

보름이 넘게 걸렸단다.

그렇지만 마침내 그 꼬질꼬질한 네잎 클로버를 찾았을 때의 희열이란!

누나는 그때 세상을 다 가진 것 같았지.

그저 작은 마법 부품에 불과한 것이었지만, 작게 반짝이는 그 빛이 세상에서 제일가는 보물로 보였어.

그래서 쉬지도 않고 주인님께 달려갔단다.

가는 동안 몇 번이나 넘어졌는지도 모를 정도였지. 그렇지만 손에 쥔 네잎 클로버는 절대 놓지 않았단다.

그렇게 가서 주인님께 네잎 클로버를 내밀었어.

주인님!

주인님!

보세요! 이걸 보세요!

주인님은 꽤 놀라더라고. 너답지 않게 왜 이리 흥분했냐면서. 나는 그런 주인님을 깜짝 놀라게 해줄 생각으로 네잎 클로버를 내밀었단다.

그리고 어떻게 됐냐고?

하아….

다시 생각해도 좀 심란하네.

주인님이 네잎 클로버를 슥ㅡ 보더니 그러는 거야.

뭐야? 이거 어떻게 찾았어?

난 안 보여서 그냥 하나 샀는데, 라고 하더라.

와, 그때는 진짜…….

그 순간 나는 세상이 새하얗게 굳어버리는 기분이었다.

마침 운 좋게 쓰레기장에서 비싼 걸 주웠어. 그걸로 네잎 클로버 새 걸 샀지. 참, 루제플한테는 말하지 마라?

몰래 산 거니까.

그렇게 아무렇지도 않게 말하는 주인님을 보고는 눈물이 핑 돌더라고.

물론, 좀비는 눈물도 제대로 흘리지 못하지만.

그리고 가슴 속에서 무언가 시키면 게 꾸물꾸물 피어오르는 게… 오직 이 생각만 들더라고.

잘해줘 봐야 소용없어.

내가 지를 위해서 얼마나 고생을 했는데.

막 그렇게 슬픔이 원망으로 바뀌던 그 순간, 주인님이 한창 만지고 있던 뭘 내밀더라고.

자, 다 됐다.

이러면서 말이야.

그건 일종의 개목걸이 같은 거였어.

이거?

그래, 맞아. 지금도 차고 있는 이 가죽 목걸이.

주인님이 만들고 있던 건 이거였지.

간단한 보호 마법이 걸린 가죽 목걸이야.

이걸 만들기 위해 그간 네잎 클로버를 찾아 헤맨 거라고 하더라고.

주인님이 그러시더라.

평범한 마법이 걸린 물건이긴 하지만 이게 널 보호해 줄 거야. 그리고 뭔가 노예에게 거는 개목걸이 같은 형태라서 미안해.

루제플의 눈도 있고 해서 예쁜 목걸이가 아니라 이런 형태 밖에 방법이 없더라고. 네가 위험한 쓰레기장에 다니는 게 걱정돼서 이거라도 만들어 봤어.

그 순간 멍해지더라고.

<u>호호호.</u>

다시 생각해도 좀 감동적이네.

병 주고 약 주고란 느낌도 있고.

그렇게 마음이 분노했다 가라앉았다 다시 뛰기를 반복하니 정신을 못 차리겠더라고.

뭐? 엄청 감동했던 거 아니냐고?

맞아.

그래, 나란 여자 사실 쉬운 여자였나 봐.

화났던 것도 다 잊어버리고 완전히 주인님에게 감동해서 꼬리가 있으면 마구 흔들고 싶은 기분이었지.

그때 느꼈던 기분 때문에 아직도 이 목걸이를 하고 있단다. 로맨틱하다고?

뭐… 나는 그렇게 느꼈지만 주인님의 경우는 그런 게 아니었나봐. 휘하의 여자 좀비가 영 위태위태하니 뭐라도 좀 해줘야지 싶었다나.

죽으면 골치 아프니까 말이야.

아, 억울해.

그런 이유였는데 난 그때부터 혼자 반해서 지금까지 주인님을 좋아하고 있는 거란다.

그 쓰레기장에서 찾은 네잎 클로버는 어떻게 됐냐고?

주인님께 그냥 주고 잊어버렸는데, 얼마 전에 보니 아직도 갖고 계시더라.

추억의 물건이라나.

뭐, 이런 점은 꽤 괜찮은 주인님이지, 킥킥.

자, 그러니까 이제 동굴 당근을 다 먹자.

올가?

어라? 얘가 얘기를 듣다 말고 어디로 간 거야!

(외전—쓰레기장의 네잎 클로버 끝)

외전-메이니 이야기

메이니 체리트리는 원래부터 체리트리란 성을 갖고 있던 건 아니다. 사실 체리트리란 성은 지저의 감각으로 볼 때 좀 이상한 느낌이다. 뭣보다 벚나무가 지하 세계에 존재하지 않으니까.

이 땅 밑 세상에는 버섯나무밖에 없다.

물론 고위 타르나이들은 자신의 선조가 지상에서 가져온 식물 품종을, 비밀스러운 정원에서 마법으로 키우고 있던 소문이 있으나 확실한 건 아니다.

그런데 체리트리라.

확실히 이상한 일이다.

사실 그건 군부에서 부여한 코드네임 같은 것이었다.

이 이야기는 작은 소녀였던 메이니가 어떻게 던전 코디네이터가 됐는지에 관한 사연이다.

어린 메이니는 자기가 어디에 있는지 정확히 몰랐다.

하지만 높으신 분이 사는 복잡한 던전에 있는 것 정도는 알았다.

부모님은 처음부터 없었다. 유아기는 안개가 낀 것 같은 기억의 부재로 회상이 불가능했다.

메이니는 몇 번이나 떠올려 보려 했으나 종국에는 포기하고 현실을 받아들였다.

그녀가 유치원생 정도로 자라 사소한 노동이란 걸 시작할 수 있게 되었을 때부터 고된 일이 끝없이 이어졌다.

어린 메이니는 닦고, 쓸고, 나르고, 혼나고, 얻어맞고, 굶고, 춥고, 배고프고, 아프고, 외롭고, 서글프고, 그렇게 살아갔다.

그녀는 희귀한 인간도 아니었고 여태 지하에 적응한 다른 자유민 종족도 아니었다. 사회의 하층을 구성하고 있는 그냥 '잡종'이었다.

최초에 지하 문명이 설립될 때, 땅 밑으로 내려온 인간은 해가 없는 곳에서 겪는 자신들의 취약성을 극복해 보고자 했다. 하여 다양한 종족과의 결합을 통해 스스로를 개량했고 성공적인 결과를 도출할 수 있었다.

하지만 모두가 성공한 건 아니다.

잘못된 결합도 있었다.

양 종족의 열성인자로 가득 찬 실패와 낙오물들도 있었다. 그들은 지하 세계의 하층민이 되었다. 메이니 역시 그런 잡종이었다.

그래도 그녀는 꽤 사랑스러운 외형을 갖고 있었다.

뺨엔 옅은 주근깨가 있었고, 옅은 색의 머리칼은 풍성해 보기 좋았다. 영양 상태가 엉망이라 좀 푸석거리는 게 단점이었지만.

다만 안타까운 건 등 뒤에 보기 흉한 흉터가 있다는 사실이었다.

메이니가 태어났을 때 그녀의 등에는 놀랍게도 천사와 같은 날개가 있었다. 하지만 그건 제대로 자라지 못하고 보기 흉하게 뒤틀어

져 갔다.

그런 불완전함은 잡종에게는 흔한 일이었다. 해서 돌팔이 의사가 메이니의 날개를 잘라냈다. 솜씨가 엉망이었던 그는 메이니에게 큰 흉터를 남겼다.

메이니는 속상했지만 옷을 입으면 보이지 않는다는 것에 만족하기로 했다. 어차피 누군가 자신을 봐주는 것도 아니었으니까.

시간이 좀 더 지나, 메이니는 대한민국을 기준으로 보면 중학생이라 할 정도의 나이가 됐다.

못 먹어 키가 작긴 했어도 예전보다는 자랐는데, 메이니에게 그게 좋지만은 않았다. 훨씬 무거운 짐을 들어야 했기 때문이었다.

그렇듯 팍팍한 생활이었지만 메이니에게 삶이란 태어날 때부터 이런 것이었기에 체념한 채로 살아갔다.

별다른 꿈도 희망도 없었다. 그저 하루 두 끼뿐인 식사를 좀 더 먹고 싶다는 생각을 하는 정도였다.

하지만.

그런 메이니에게도 한 가지 동경하는 게 있었다.

바로 메이니가 있던 던전의 던전 코디네이터인 마리타였다. 그녀는 상냥한 성품으로 모두를 돌봐 던전의 고용인과 노예들에게 어머니처럼 생각됐다.

폭력과 야만이 넘치는 지하에서 마리타 같은 관리자는 정말 드물었다. 또한 외모도 아름답고 초월적인 느낌을 줬기에 메이니에게 그녀는 정말 신과 같은 존재였다.

메이니는 살면서 몇 번쯤 마리타와 짧은 대화를 나눌 수 있었다.

그건 메이니에게 아주 충실한 추억이자 소중한 기억의 조각이었다.

한데 다시 한 번 그런 기회가 찾아왔다. 이전의 모든 걸 합친 것보다 더 긴 대화를 나눌 그런 엄청난 기회가 말이다.

그러니까.

그건 메이니가 자신의 15번째 생일을 아무에게도 축하받지 못하고, 본인도 모르고 지나간 날로부터 이틀 뒤의 일이었다. 바닥 청소를 하고 있던 메이니는 그날따라 한가해 보이는 던전 코디네이터 마리타와 만났다. 그녀는 언제나 바쁜 존재였기에 이런 경우는 정말 드물었다.

"이리오렴. 이름이 메이니였지?"

상냥하게 자신을 불러주는 마리타의 태도에 메이니는 큰 기쁨을 느꼈다.

세상에! 나 같은 천것의 이름을 기억하시다니!

메이니는 정말 감격하지 않을 수 없었다. 파르르- 떨리는 목소리를 다잡고 겨우 대답했다.

"네, 제 이름은 메이니예요. 마리타 님."

"귀엽구나. 호호. 이리 와서 이걸 먹어보지 않겠니?"

놀랍게도 마리타는 쿠키를 내밀었다. 물론 지저식이니 밀이 아니라 다른 재료로 만든 것이었지만.

"와아! 이게 뭐죠? 마리타 님!"

메이니는 태어나서 쿠키를 처음 봤다. 어서 먹어보라는 듯 손짓하는 마리타의 태도에 한점의 의심도 없이 쿠키를 입에 넣었다.

"흐아아아!"

그리고 입안에서 처음 펼쳐지는 맛에 놀라 두 눈이 토끼처럼 동그래졌다.

"세상에! 이게 뭔가요! 마리타 님. 이런 건 한 번도 먹어본 적이 없어요!"

"후후후. 마음에 드나 보구나. 여기 많이 있으니 모두 먹으렴. 남으면 싸서 가도 좋다."

양껏 먹은 메이니는 남은 쿠키를 더러운 주머니에 최대한 쑤셔 박았다. 너무 욕심을 부린 게 아닐까 걱정스러워 올려다보니, 마리타는 인자하게 웃고 있을 뿐이었다. 그녀는 오히려 이런저런 말을 걸며 메이니와 대화하고 싶어했다.

메이니는 꿈만 같았다.

맛있는 것도 배불리 먹고 동경하는 마리타 님과 오래 이야기도 하다니!

너무 좋아서 몇 번이나 몰래 볼을 꼬집어 봤을 정도였다.

"메이니는 커서 뭐가 되고 싶니?"

"…웅. 그런 건 생각해 본 적이 없어요. 그냥 계속 청소를 하겠죠?"

마리타는 자신이 적절치 못한 질문을 한 걸 깨닫고는 안타까운 표정을 지었다.

던전의 노예에게 무슨 꿈이 있겠는가. 평생 던전 밖을 나가지 못한 채 살다가 오로지 죽음으로서만 벗어날 수 있는 노역에 시달리는 게 그들의 일생인 것을.

그런데 그때 메이니가 불쑥 말했다.

"던전 코디네이터라면 좋아요!"

"뭐?"

"마리타 님 같은 던전 코디네이터 님이 돼서 누군가에게 도움이 되는 사람이 되고 싶어요! 물론 그런 걸 할 수 없다는 걸 저도 잘 알지만요. 헤헤."

마리타는 말없이 메이니의 풍성한 머리를 쓰다듬어 줬다. 그러다 한 가지 생각을 떠올렸다. 얼마 전 군부에서 던전 코디네이터가 될 자질이 있는 아이를 보내달라는 공문이었다.

정중한 부탁을 가장하고 있었지만 강제적인 징발이었다.

누구를 보낼까 골치였는데 이 메이니란 아이면 괜찮지 않을까, 마리타는 생각했다.

무연고의 아이를 원한다는 게 걸렸지만 그 어떤 일을 하게 되더라도 던전의 노예로 남는 것 보다 백배는 나은 삶이리라. 게다가 자신처럼 나중에 사유 던전으로 빠지기라도 한다면 성공한 인생이다.

고민하던 마리타는 메이니를 군부에 보내기로 했다.

수많은 아이들이 짐수레 위에 실려 가고 있었다.

다들 죽은 듯한 표정이었으나 메이니는 혼자 신이 났다.

'세상에! 던전 밖은 이런 세상이었구나!'

메이니는 사소한 것 하나하나가 너무 신기하고 좋아서 정신을 차릴 수 없었다. 그리고 왜 다들 표정이 어두운지 이해하지 못했다. 던전 코디네이터가 된다는 건 무지 좋은 일인데 말이다.

"얘, 넌 어디에서 왔니?"

옆에 아이에게 친근하게 말을 걸어보았지만, 묵묵부답일 따름이었다.

그러던 중 누군가 낮게 읊조렸다.

"우린 모두 죽을 거야…"

그때까지 메이니는 그게 무슨 소린지 몰랐다.

하지만 군부의 시설에 도착하자 그 말의 뜻을 절절히 이해하게 됐다. 그곳에서 메이니는 지금까지의 삶을 아득히 뛰어넘는 고통과 만날 수 있었다.

던전 코디네이터를 계속해서 충원하는 건 군부의 오랜 숙제였다. 던전 코디네이터는 고급 인력이지만 수급이 쉽지 않다.

해서 군부는 일정한 조건 하에 던전 코디네이터를 양산할 수 있는지에 대해 실험하기 시작했다. 메이니와 수백의 아이들이 갇힌 시설은 그런 목적을 갖고 있었다.

모두 아주 가혹한 교육을 받았다.

"당장 이 약을 마셔라!"

훈육관이 채찍을 내리치며 억지로 쓴 약물을 마시게 했다.

아이들은 벌벌 떨며 그것을 마셨다.

"끄으윽! 살, 살려주세요!"

몇몇이 약물의 부작용을 이기지 못하고 입에서 거품을 물고 죽어갔다.

이 약은 인위적으로 빠른 시일 내에 던전 코디네이터로서의 자질을 각성시켜주는 수단이었다.

아직 실험 중이었으며 부작용의 여지가 많았다. 때문에 약이 몸에 받지 않는 아이들은 그대로 죽어갔다. 하지만 충분히 효과도 있어 살아남은 많은 아이들이 던전 코디네이터로서의 자질을 각성할 수 있었다.

군부의 육성은 그런 식이었다.

매일 죽은 아이들이 쓰레기통에 버려졌다.

메이니 역시 얼마나 울었는지 몰랐다.

돌아가고 싶었다.

축축하고 어둡고 외로운 던전이었지만 나고 자란 그곳이 무엇보다 그리웠다. 게다가 그곳에는 마리타 님도 있지 않은가.

'마리타 님이 알고 이런 곳에 보냈을 리 없어. 마리타 님도 속은 거야.'

메이니는 그렇게 철석같이 믿었다.

그리고 그녀의 생각은 사실이었다. 마리타는 메이니가 간 시설의 진상을 소문으로 알게 되자 얼굴이 창백해져 주저앉았다.

던전의 코디네이터가 작고 쓸모없는 노예 하나 때문에 이렇게 반응하는 건 확실히 의외의 일이다.

"아아! 메이니! 그 작고 귀여운 아이가!"

마리타는 진심으로 슬퍼했다.

'이대로 그 아이를 내버려 두면 안 돼. 내가 어떻게든 해야…'

아무리 생각해 봐도 마땅한 방법이 떠오르지 않았다. 게다가 던전 코디네이터는 아무리 대단하더라도 던전을 떠날 수 없는 몸이었다.

한 해가 지났다.

처음에 온 아이들이 반절 가까이 줄었지만 메이니는 끈질기게 버티는 중이었다.

친구도 한 명 생겼다.

벨이라는 이름의 작은 여자아이로 그녀는 메이니보다 몇 살 어렸다. 메이니는 벨이 여동생 같다는 생각이 들었다. 그래서 어떻게든 벨만은 지키겠다고 다짐했다.

"벨, 오늘은 아주 중요해. 잘 할 수 있지?"

"나 무서워, 메이니."

"걱정하지 마. 지금처럼 하면 될 거야."

"…알았어."

오늘 둘에게, 아니 아이들 모두에게 굉장히 중요한 날이었다. 바로 영혼 이식을 통해 육체를 갈아탈 예정이었기 때문이었다.

효율과 양산을 원하는 군부는 던전 코디네이터의 육체도 업무에 적합하게 찍어냈다. 그래서 다들 기존의 몸을 버리고 던전 코디네이터에 적합한 몸으로 갈아탈 예정이었다.

"모두 순서대로 따르라!"

엄한 훈육관을 따라 모두 영혼 이식을 하러 이동했다.

그리고 그날.

많은 아이들이 죽었다.

저비용으로 이뤄진 영혼 이식은 안전하지 않았다. 모든 과정이 끝났을 때 남은 숫자는 불과 오십 여명 정도. 다행히 메이니와 벨 모두 이식에 성공했다.

메이니는 거울에 자신의 새로운 몸을 비춰보며 신기해했다. 하늘하늘한 인상에 귀여운 소녀가 거기에 서 있었다. 뭣보다 키가 좀 더 커진 게 좋았다.

"모두 수고했다!"

훈육관이 우렁차게 소리쳤다.

"옥석은 가려졌다! 이제부터 너희들은 진짜 교육을 받게 될 것이다! 이제야 군을 위해 헌신할 자격을 얻었으니 최고의 영광으로 생각하고 기뻐하라!"

중간에 보충된 아이들까지 포함해서 총 사백이 넘는 인원이 죽었다. 그리고 남은 게 불과 오십 남짓이었다.

메이니와 벨은 슬펐지만 군부에선 오히려 기뻐하는 분위기였다. 그들의 기대보다 통과한 인원이 많았던 건지도 몰랐다.

이후 육체를 옮겨 탄 던전 코디네이터 후보들은 지독한 학습을 해야 했다. 지금까지와 같은 신체적 고난은 없어졌지만 이제는 가혹한 성취 목표가 그들을 괴롭혔다. 군부에서 제시한 기준을 채우지 못하면 이 역시 엄한 징계의 대상이었다.

그리고 한 가지 특이점이라면 성을 부여받은 것.

메이니가 받은 건 체리트리였다.

메이니 체리트리, 그게 던전에서 온 꼬맹이 메이니의 새로운 이름이었다.

하나뿐인 친구의 성은 레몬트리였다.

벨 레몬트리.

던전 코디네이터 후보들의 이름은 다 그런 식이었다. 옆에 아이들은 러버트리, 오크트리라고 했다. 물론 메이니도 아이들도 체리가 뭔지, 레몬이 뭔지, 트리가 뭔지도 몰랐다.

듣자니 체리나 레몬이나 지상에 있던 것들이라고 했다.

'아무래도 상관없겠지. 세상은 모르는 것 투성이야. 거기에 한 가지 늘어난다고 해서 무슨 상관이겠어.'

또 한 해가 지났다.

또다시 메이니가 누구에게도 축하받지 못하고, 자신도 모르고 지나간 생일로부터 이틀이 지난날.

놀랍게도 그녀는 면회라는 걸 짧게 하게 됐다.

당연한 얘기지만 군부에서 비밀스럽게 육성하는 그들에게 면회란 허용될 수 없었다. 애초에 버려진 이들을 찾아올 존재도 없었고.

하지만 메이니는 방문을 받았다.

분명히 엄청난 뇌물이 오갔을 터이다. 그러나 메이니는 그런 것까지는 몰랐다. 그저 의아해하며 훈육관을 따라갔을 뿐.

설마, 마리타 님께서 찾아오신 걸까?

심장이 두근거렸다.

아니, 미친 듯이 뛰었다.

하나 그게 곧 부질없는 기대란 걸 깨닫고는 어깨를 축 늘어뜨렸다.

당연한 이야기지만 던전 코디네이터는 던전 밖으로 나올 수가 없다. 면회를 온 사람은 그녀가 아닐 것이다.

"누구시죠?"

막상 면회 온 자를 만났을 때, 메이니는 생소함에 의아할 수밖에 없었다. 대체 눈앞의 사내는 누구일까.

한데 그자가 놀라운 말을 했다.

"마리타 님께서 보내셨다."

"뭐라고요?"

"쉿- 목소리를 낮춰라."

사내는 어떤 상자를 주고 돌아갔다.

숙소로 돌아온 메이니는 그날 밤 모두가 잠들었을 때 몰래 내용물을 살펴보았다. 그건 눈에 안 띄는 평범한 반지와 편지였다.

편지를 읽으면서 메이니는 소리죽여 울 수밖에 없었다. 마리타의 절절한 사과가 적혀 있었기 때문이었다. 그녀는 메이니가 더 나은 삶을 살길 바랐으며 설마 군부에서 그런 일을 할 줄 몰랐다고 적고 있었다.

'제게 미안해할 것 없어요, 마리타 님.'

메이니는 이 편지 한 장으로도 지옥에서 구원받은 기분이었다. 그런데 현명한 마리타는 단순히 위로의 편지만 보낸 게 아니었다.

동봉된 평범해 보이는 반지가 사실은 놀랄 정도로 특별한 마법 물품이었던 것이다. 그건 일종의 환영을 만드는 반지였다. 또 사용자에게 투명함을 부여할 수도 있었다.

마리타는 이것이 메이니의 목숨을 구하거나 필요한 곳에 도움이 되길 바란다고 적고 있었다.

－착용하기만 하면 어떻게 사용하는지 알게 될 거야. 그리고 반지

는 주인 외의 존재에게는 보이지 않을 테니 걱정하지 말렴.

과연 그 말 대로였다.

반지를 끼자마자 머릿속에 메뉴얼이 펼쳐졌다. 그리고 어떻게 반지의 힘을 구현하는지 자세히 알 수 있었다.

메이니는 마리타의 도움 덕에 전에 없던 용기가 샘 솟는 걸 느꼈다. 그리고 반드시 살아서 이 시설을 나가야겠다는 의지를 다지게 되었다.

"이 녀석들을 봐라! 게으름을 부린 놈들의 최후란 말이다!"

훈육관은 죽어 나자빠진 던전 코디네이터 후보의 육체에 채찍질을 하고 있었다.

어차피 저 육체는 또 다른 아이들을 위해 재활용될 것이지만, 지금은 공포 분위기를 조성하기 위해 쓰이는 중이었다.

"메이니. 흐윽."

옆에서 벨이 덜덜 떨기에 메이니는 손을 꽉 잡아주었다.

죽은 아이들은 군부에서 훈육관들이 요구한 암기 수준을 맞추지 못했다.

모두 죽자고 노력했으나, 지능이 떨어지는 건 어쩔 수 없었다. 오십여 명이었던 후보생들 중 몇몇은 이렇게 배제되어 이제 삼십만 남았다.

"너희도 알다시피 이제 마지막 시험만 남았다. 일정 점수 이하가 나온다면 주저 없이 폐기할 테니 각오하도록!"

거기까지 외친 훈육관이 사라지자 남은 모두는 안도의 한숨을 내쉬었다. 하지만 곧 침울한 분위기에 사로잡혔다.

"괜찮아, 벨. 우리는 반드시 던전 코디네이터가 될 수 있어. 무사히 이곳을 빠져나갈 거야."

"하지만 그것도 싫어. 메이니랑 헤어진다는 거잖아?"

"벨…."

메이니도 그게 고통스러웠다.

생전 처음 사귄 친구인 벨과 헤어져야 한다. 하지만 이건 그들로서는 어쩔 수 없는 문제였다. 게다가 자신은 이제 아이가 아니었다. 어떻게 하면 이곳에서 가장 나은 결과를 만들지 고민할 따름이었다.

'시험 결과가 걱정이야.'

솔직히 메이니는 벨이나 자신이나 점수 미달로 폐기될 걱정은 하지 않았다. 둘이 정말 모든 힘을 다해 열심히 했기에 성적은 상위권이었다. 문제는 어디로 발령이 나느냐는 점이다.

듣자니 제국의 높은 분들이 서로 싸우고 있다고 했다.

전선으로 가면 위험하고 후방으로 빠지면 안전하다.

그런데 문제는, 시험 결과에 따라 배치가 결정 난다는 건 알겠는데 구체적인 기준이 아리송하다는 점이다.

'이대로 운명을 기다리고 있을 수만은 없어.'

메이니는 결심했다.

태어나서 처음이지만 능동적으로 살아보기로.

오로지 여동생처럼 아끼는 벨을 위해서였다. 자기 자신을 위해서라면 얌전히 시험을 보는 걸 택했겠지만, 벨을 안전한 장소로 보내기 위해 반지를 사용하기로 했다.

반지에는 특별한 힘이 있었다.

환영과 투명 주문이었다.

이는 일반적인 환영, 투명과 다르게 매우 고등한 힘이었다. 해서 시설의 탐지에 걸리지 않을 거라 생각한 메이니는 그날 밤 결심한 일을 감행했다.

먼저 환영 주문으로 자신이 자는 모습을 연출하고는 투명 주문으로 몰래 방을 빠져나왔다. 그리고 잠들어 있는 훈육관의 열쇠를 훔쳐 각종 중요 서류가 보관된 방으로 들어갔다.

끼이익-.

문소리가 너무 커서 하마터면 심장이 떨어질 뻔했다고 메이니는 생각했다. 하지만 정적에 잠긴 시설은 어떤 반응도 없었다.

"휴우,"

안도의 한숨을 내쉰 그녀는 사방을 뒤져 어렵사리 관련 서류를 찾아냈다. 그리고 어떻게 발령이 나는지에 대해 파악할 수 있었다.

'됐어. 해냈어.'

숙소로 돌아왔을 때 두근거리는 심장 때문에 도저히 잠을 잘 수가 없었다. 생전 처음으로 뭔가 대단한 모험을 했다는 고양감에 사로잡혔던 것이다.

다음날 혹시나 서류를 본 게 들킬까 종일 마음을 졸였으나 다행히 아무도 눈치 채지 못했다.

'그나저나 걱정이네. 이대로라면 벨이 최전방으로 빠질 거야.'

유약해 보이는 벨이었지만 그녀의 자질은 전선의 던전 코디네이터에 딱 맞는 것이었다. 반면 메이니는 후방에 배치되는 것이 적격이었다.

'수학, 지리학, 행정학 점수가 높아야 군사령부가 있는 후방으로 빠지기 쉬워.'

선정 기준은 알았지만 문제는 시간이 없다는 것이었다.

최종 시험은 앞으로 나흘 뒤.

이제 와서 그 과목들에 힘쓴다고 해도 아무 소용없는 일로 보였다.

메이니가 이 점을 털어놓자 벨은 오히려 기뻐했다.

"정말이야? 그렇다면 너무 다행이야, 메이니. 네가 후방으로 빠질 수 있겠네. 그리고 나는 걱정하지 마. 어떻게든 되겠지."

상황이 이럼에도 오히려 자기 일처럼 기뻐해 주는 벨을 보며 메이니는 한 가지 결심을 하게 된다.

'지금껏 누구에게 제대로 도움을 줘본 적이 없는 내 인생이지만…'

메이니는 언제나 너무 약한 존재였다. 세찬 풍랑을 간신히 견뎌내는 게 고작이었다. 누군가에게 도움을 준다는 건 생각지도 못한 일이었다.

하지만 지금. 메이니는 여동생처럼 소중한 친구를 위해 수를 쓰기로 했다.

시험 당일이 되자 모두 긴장된 태도로 답을 적어갔다.

여기까지 온 후보생들은 솔직히 점수가 부족해 폐기될 일은 없는 인재들이었다. 훈육관들도 이들이 모두 통과하리라 의심치 않았다.

그저 이 새로운 던전 코디네이터들을 어디에 배치할지 가려내는 게 시험의 목표였다.

해서 잔뜩 긴장한 던전 코디네이터들과 다르게 훈육관들은 여유 있는 태도를 유지했다. 감시 역시 아주 슬렁슬렁했다. 뭔가 문제가 생기리라 여기는 훈육관은 없었다. 여러 해 이어온 지루한 교육이 끝났다는 사실에 훈육관들도 마음이 풀어진 건지 몰랐다.

메이니는 이때를 노렸다.

그녀는 반지의 힘을 다시 한 번 빌렸고 벨과 자신의 답안지를 바꿔치기했다.

'됐어!'

이제 벨 대신 자신이 전선의 던전 코디네이터가 될 운명이었지만 메이니는 더없이 기분 좋고, 기뻤다.

처음으로 소중한 이를 위해 무언가 해냈다는 행복이었다.

그건 지하에서 극히 소수의 인물들만이 느끼는 따뜻한 감정이었다.

메이니는 자신에게 마법의 반지를 준 마리타에게 감사했다. 반지는 곧 기능을 다하고 부서져 못 쓰게 됐지만 그걸로 충분했다.

그리고 며칠 뒤.

"메이니! 메이니!"

벨이 함박웃음을 지으며 달려왔다.

그녀는 자신의 발령장을 흔들며 기뻐하고 있었다.

"봐! 군사령부에 발령이 났어! 어머나! 세상에! 물자 보관을 하는 던전의 던전 코디네이터가 된 거야! 전선으로 갈 줄 알았는데 이렇게 되서 너무 좋아!"

정말 최고의 자리였다.

그녀는 동기 중에 가장 안전하고 끗발 있는 보직에 가게 된 것이다. 메이니는 따뜻한 미소를 지으며 축하해줬다.

"벨. 정말 잘 됐어. 나도 기뻐. 헤헤."

"웅! 고마워! 그런데 메이니는 어디야?"

"나도 군사령부야."

"정말! 정말? 정말? 정말?"

벨은 뛸 듯이 기뻐했다.

하지만 그건 거짓말이었다. 메이니는 자신의 발령장을 뒤로 숨기고 있었다. 벨은 메이니가 자신에게 거짓말을 할 거라고는 꿈에도 생각하지 못했기에 순진하게 믿었다.

메이니는 벨의 머리를 쓰다듬으며 생각했다.

'군사령부는 넓으니 내가 안 보인다고 해도 한동안 모르겠지. 그 사이 나 같은 건 잊어버리면 좋을 텐데….'

벨이 자신을 잊는다는 건 서글펐지만 어쩔 수 없었다.

메이니는 그녀 대신에 전선의 던전 코디네이터가 됐기 때문이었다.

그래도 메이니는 웃었다.

언젠가 마리타에게 말했던 소망을 이루었기 때문이었다. 메이니는 던전 코디네이터가 돼서 그녀처럼 누군가에게 도움을 주는 사람이 되고 싶다고 했었다.

'고맙습니다. 마리타 님. 덕분에 누군가에게 도움이 될 수 있었어요. 이제 저는 전선으로 갑니다. 길지 않은 목숨이겠지만, 살아 있는 동안에 벨 말고 또 다른 사람을 더 도울 수 있었으면 좋겠네요.'

이렇게 삭막하고 이기적인 지하 세계에서 메이니의 마음씨는 그 어떤 보석보다도 귀한 것이었다.

그녀는 의지를 다지고 전선의 2-04던전으로 향해 떠났다.

'언젠가 다시 마리타 님과 벨을 만날 날이 왔으면 좋으련만.'

(외전—메이니 이야기 끝)

DUNGEON EXPLORER

DATA 던전 탐색 자료

- 몬스터 박물지
- 무기와 방어구
- 정보, 그리고 아르탈란의 대표적인
  용역길드 소개

▶ **록투**

이들은 마치 걸어 다니는 도롱뇽처럼 생겼습니다. 물가에 둥지를 만들고 무리지어 다니며 다른 종족을 약탈하곤 합니다. 다만 문명적 수준이 굉장히 낮아 석기를 다루고 조잡한 건물을 세우는 게 고작입니다. 가끔 금속 무기도 가지고 있는데, 희생자에게서 약탈하거나 혹은 록투와도 거래하고자 하는 용기 있는 상인을 살해하고 훔친 것입니다.

사고방식이 여타 다른 종족들과 완전히 달라 이해하기 어렵습니다. 불가능할지도 모릅니다. 지하 세계에서 여러 종족이 반목할지언정 서로 간의 교류가 끊기는 일은 드뭅니다만, 누구도 록투와는 상종하고 싶어하지 않습니다. 예측하기 힘들고, 불합리하며 위험한 종족이라, 록투와의 친교는 어둠 속을 여행하는 것처럼 불안한 법이기 때문입니다.

▶ **미노타우르스**

미로 같은 던전에서 길 찾기의 달인들입니다. 거의 본능에 가깝게 출구를 찾아내는데 아무리 복잡한 미궁이라도 탈출 해내는 게 특이합니다. 심지어 마법이 걸린 미궁이라도 뚫고 나갈 정도라 하니 타고난 축복이라 할 수 있습니다.

따라서 미궁이나 별다를 바 없는 복잡한 구조의 던전이라면 미노타우르스들의 가치는 더더욱 빛을 발하게 됩니다. 비슷한 느

낌의 대형 보병인 동굴 오거들보다 미노타우르스가 앞서는 것은
이 점 때문이기도 합니다. 특히 오래된 던전일수록 복잡하기에
미노타우르스 용병은 가치는 더욱 올라갑니다.

▸ **랫맨**

　지하 세계에 빼어난 적응력을 보여주는 종족입니다. 이들은 다
른 종족이 대재난을 피해 지저로 온 것에 반해, 오래전부터 많은
지하 세계를 탐험한 여행자였습니다. 해서 지하 개척기에 그간
쌓은 노하우로 빼어난 활약을 했고, 여러 종족들에게 인정받았습
니다.

　비록 이들이 이기적이고 교활하며 거짓말을 잘하는 종족이긴
합니다만, 그것들을 커버하고 남을 정도의 다재다능함을 갖고 있
습니다. 특히 지하 세계에서 길잡이나 사냥꾼, 추격자 등으로 맹
활약 중입니다.

▸ **웨어 랫맨**

　웨어 랫맨과 랫맨의 차이는 하나입니다. 변신하느냐, 안 하느
냐죠. 랫맨은 태생 자체가 랫맨입니다만, 웨어 랫맨은 인간이 필
요할 때 랫맨으로 변신하는 것입니다. 늑대 인간을 떠올려 보시
면 이해가 쉽습니다. 웨어 랫맨 역시 늑대 인간과 같은 라이칸슬
로프의 한 종류입니다.

▸ 견인족

지하 세계에는 견인족과 묘인족이 있습니다. 이들의 기원은 지하가 아니라 지상입니다. 과거 지상에는 마법과 과학 기술이 굉장히 발달했습니다. 마법사와 과학자들은 온갖 실험을 하며 다양한 종족을 창조했는데, 대부분은 실패했습니다. 하나의 종이라 할 수 없는 것들이었죠. 하지만 성공적인 경우 중의 하나가, 개나 고양이를 인간과 합치는 일이었습니다. 그렇게 탄생한 종족이 바로 견인족과 묘인족입니다.

이들은 인간의 기준으로 보면 매우 사랑스러운 외형을 가지고 있습니다. 특히 암컷들이 귀엽기에 과거 인간의 문명이 지상을 지배하던 시절 많은 인기가 있었습니다. 하지만 지상이 대재앙으로 멸망한 뒤, 더는 귀여워해 줄 주인이 없었습니다. 하여 피난의 행렬을 따라 지하로 내려오게 됩니다. 한동안 두 종족은 괄시받았습니다만, 이후 잘 적응해 오늘날에는 제국의 중류층을 이루고 있습니다.

▸ 파이크

파이크는 5~6미터에 이르는 장창입니다. 유럽의 근세기 때에 크게 유행해서 테르시오 방진이라는 무적의 전술을 탄생시켰습니다. 기병에 대항하기 위해 파이크를 세우고 사각형의 방진을 구성하는 식입니다. 던전의 주인님에서는 지하 세계의 특성상 지구의 파이크와 다른 형태로 등장합니다. 좁은 지하의 통로에서 효과적으로 운반할 수 있도록 분리형의 구조를 갖고 있습니다.

▶ 빌

상당히 유행한 폴암의 일종으로 농기구를 기원으로 하고 있습니다. 정예병보다는 농민병이 먼저 사용한 무기로 생각됩니다. 그도 그럴 것이 빌의 변천사를 보면 초기 농기구의 형태에서 점점 개량되어 하나의 무기로 완성되어 가는 모습을 알 수 있습니다. 처음에는 농기구에 단순히 갈고리를 달아놓은 형상이었으나, 후기로 가면 거의 할버드나 다름없어집니다. 근세 후기에는 일부 지역에서 부사관의 상징으로 사용됩니다.

▶ 런들대거

중세와 근세기 단검을 대표하는 무기입니다. 무술 매뉴얼의 단검술 대부분이 이 런들대거 사용법을 기술하고 있습니다. 그 외는 극히 일부, 재판결투에서 상의를 탈의하고 싸우는 나이프술 정도입니다. 이 런들대거는 커다란 송곳이라고 볼 수 있습니다. 찌르기에 특화되어 있고 30센티미터 이상으로 길기 때문에 하프소딩의 방법까지 적극적으로 사용이 가능합니다. 자유민부터 기사들까지 모든 계층에 의해 사랑받았는데, 당시 환경 상 전투를 위해서 나이프보다 런들대거가 압도적으로 유리했기 때문입니다.

그 당시 의복은 지금에 비해 두껍기 때문에 나이프의 베기로
는 피해를 주기 어려웠습니다. 또한 도시민 중에서도 열악한 치
안 상황에 무장하는 경우도 많았습니다. 이런 때에 런들대거는
의미 있는 일격을 하기 좋은 무기였습니다.

만약 술집에서 아머로 무장한 용병대와 시비가 붙었다고 생각
해 봅시다. 나이프로는 아머에 흠집도 내기 힘듭니다만, 런들대거
로는 어렵더라도 승리를 바라볼만한 구석이 있습니다. 런들대거
의 송곳 같은 날이 갑주의 틈새를 헤집을 수 있기 때문입니다.

칼날은 없는 경우가 많으며 있어도 큰 의미가 없습니다. 또한
찌르기 위한 머리 부분만 날이 없는 형태도 있습니다. 개중에는
50센티미터가 넘는, 단검의 기준을 초월한 런들대거의 유물 역시
남아 있습니다.

▸ **갬비슨**

군용 방상내피(속칭 깔깔이)처럼 생긴 천 갑옷입니다. 보통 거
친 리넨천이나 두꺼운 양모로 10겹 이상 누벼서 만듭니다. 값이
싸고 만들기 쉬운 장점이 있어 모든 계급에서 유용하게 사용했
습니다. 찌르기에는 무력하나 베기에는 어느 정도 방어력이 있어
전장에서 자주 사용되었습니다.

가장 좋은 용법은, 갑주 밑에 보조적으로 착용하는 것이었습니

다. 이를테면 십자군의 메일 아머의 경우, 단독으로는 찌르기에 대한 방어력에 한계가 있었습니다. 하지만, 이 갬비슨을 메일 밑에 받쳐 입게 되면, 운동 에너지를 흡수하기 때문에 굉장한 방어력 상승을 보입니다. 해서 메일 아머 단독이라면 견디지 못할 화살이나 창을 든든하게 막아냅니다.

실제로 십자군 전쟁 기록을 보면, 메일 아머와 갬비슨을 이중으로 차려입은 십자군 기사들이 사라센 전사의 화살비를 맞고도 끄떡도 안 했다는 기록이 자주 등장합니다.

▶ 하프 플레이트

근세기에 테르시오의 창병들이 주로 입은 갑주입니다. 근세기가 되자 총기의 발달로 갑주는 경량화의 길을 가게 됩니다. 또한 보병의 경우 행군을 고려해 볼 때 다리 부분에 갑주를 차는 게 힘든 일이었습니다. 해서 기존의 갑종군이다 경량화해 팔, 어깨, 무릎, 정강이의 갑주를 떼어내게 됩니다. 결과적으로는 흉갑과 허벅지갑 만이 남은 스타일이 유행하게 됩니다.

중세 후기의 온갖 흉악한 무기들이 전장에 동원되는 시절이라면 죽기 딱 좋은 갑옷이었지만, 그런 무기들이 퇴출된 총기 시대에는 썩 괜찮다는 평을 받습니다.

▶ 소가죽 코트

총기 시대가 오자 전장에서 퇴출되었던 가죽 갑옷이 돌아오게 됩니다. 질긴 소가죽으로 만든 갑주로, 근세기에 대유행하게 됩니다. 구스타프 아돌프 같은 유명한 왕조차 착용할 정도입니다. 먼 거리에서 탄을 맞으면 어느 정도 방어력을 제공한다고 합니다. 또한 도검류에도 나름대로 좋은 성능을 보여줍니다. 가장 훌륭한 점은 기존의 철제 갑주들에 비해 가볍다는 점이었습니다. 소가죽 코트를 단독으로 착용하거나, 철제 흉갑 밑에 받쳐 입는 식으로도 많이 사용되었습니다. 이런 형태는 영국 시민전쟁 시절의 올리버 크롬웰의 아이언사이드 기병대에서 찾아볼 수 있습니다.

▶ 나팔총

넓은 총구를 가진 산탄총의 일종입니다. 근세기에 다방면에 사용됐습니다. 잔 탄환들을 총구 앞에 쑤셔 넣고 쏘는데, 필요하면 급한 대로 금속 파편이나 돌조각으로 대신하기도 했습니다. 사정거리는 짧은 편이나 다수의 적에게 피해를 주기 좋습니다.

▶ **정보**

정보는 크게 〈일반 정보〉와 〈고급 정보〉로 나뉩니다.

차이는 다음과 같습니다.

일반 정보는 겉으로 보이는 수준의 정보를 수집하는 것입니다. 의뢰를 하면 용역 길드에서 사람을 풀어 대상을 관찰하고, 또 주변에 탐문을 벌여 보고서를 작성합니다.

요령이 좋다면 의뢰인도 그 정도는 수행할 수 있습니다. 물론 전문가들처럼 빠르게는 못 하겠습니다만. 사실 전문가와 일반인의 차이는 그 과정이 얼마나 매끄럽냐는 점입니다.

일반인의 경우 돈을 아끼려다 어설픈 탐문으로 대상에게 되레 걸릴지도 모릅니다. 반면 전문가들이 그렇게 될 확률은 매우 낮습니다. 나름의 노하우와 정보 수집을 위한 인프라 역시 구축하고 있으니 말이죠.

하니 돈이 있다면 용역 길드에서 사람을 사서 푸는 게 현명한 선택일 것입니다. 그러니 길드가 먹고 살 수 있는 것이고요.

반면 고급 정보의 경우는 좀 더 심각한 부분입니다.

일단 의뢰조차 쉽게 받아주지 않습니다. 고급 정보는 겉으로 보이는 게 아닌 안쪽의 정보를 모으는 작업이기 때문입니다. 시간이 오래 걸리며 의뢰비도 상상을 초월합니다.

정보 길드에서는 대상의 집에 요원을 취직시키는 등 별 짓을 다 해 이를 수행하고자 합니다. 정보를 훔치는 도둑들의 창의력이 극한까지 발휘되는 작업입니다. 해서 수년의 시간이 소요될 수도 있습니다.

하지만 정말로 원하는 핵심 정보에 도달할 수 있는 게 장점입니다.

제국의 제2도시 아르탈란에는 많은 용역 길드들이 있습니다. 이들은 용역 길드라는 하나의 기치 아래 모여 있지만 저마다 특화된 자기만의 영역이 있습니다. 다음은 아르탈란에서 유명한 용역 길드의 리스트입니다.

▶ 케니치 길드

케니치란 사람이 세운 길드라고 합니다. 밀수를 주로 하는 용역 길드로 군수품을 빼돌리거나 장물을 거래하기도 합니다. 대부분의 사람들은 케니치 길드의 존재 자체를 모르는데, 이를 두고 광고가 부족한 것 아니냐는 말이 있지만 중론은 밀수꾼답게 조용히 일을 잘하고 있다는 평입니다.

▶ 파란 팔 길드

파란 팔이라고 불리는 길드장에게 기인한 이름입니다. 늙은 타르나이인 그는 과거 독에 당해 팔이 파랗게 변했다고 합니다. 한쪽 팔을 못 쓰게 됐지만 여전히 막강하며 뒷골목의 갱들에게는 공포의 대상입니다. 주로 인신매매를 하는 사악한 길드로 다른 용역 길드에게도 손가락질을 받습니다. 흉악하기 짝이 없는 범죄자로 구성된 길드원들은 여자나 어린아이를 납치해 육체를 훔칩니다.

제국의 치세가 안정된 시절에는 주춤했으나 남매의 전쟁이란 내전이 발발하자 중흥기를 누리고 있습니다. 전쟁은 고아와 과부를 양산하는 법이고 힘없는 이들은 파란 팔 길드원들의 손쉬운 표적이 됩니다.

▸ 드래곤 테일 길드

이들은 용맹한 전사들입니다. 용역 길드원답지 않게 신의가 있는 편입니다. 물론 그건 고용주의 금전이 반짝거리는 동안에나 해당되는 말이겠죠.

주로 이들은 경호를 맡습니다. 이동하는 물자나 암살 위험에 시달리는 요인을 지키는 일입니다. 그 일의 특징상 언더딥 길드와는 원수지간으로 유명합니다.

▸ 언더딥 길드

유서 깊은 암살자들의 모임입니다. 암살에 관한 용역을 받고 제대로 수행하기로 이름 높습니다. 영업적인 부분 때문에 매번 드래곤 테일 길드와 부딪칩니다. 실제로 5년 전 언더딥 길드의 아르탈란 지부가 드래곤 테일 길드원의 공격으로 박살 난 적이 있습니다. 물론 일주일 후 드래곤 테일 부길드장을 암살하는 것으로 제대로 앙갚음에 성공했습니다만, 이 때문에 둘의 관계는 회복 불능에 빠지게 됩니다.

그런데 한 가지 재밌는 소문이 있는데 언더딥 길드에 드래곤 테일 길드의 길드장이 부길드장을 죽여달라고 했다고 합니다. 이는 단순히 도청도설로 취급되고 있지만 길드장과 부길드장의 험악했던 관계를 고려해 보면, 완전히 낭설이라고 하기도 애매합니다.

▶ 실키피노 길드

유명한 도둑 실키피노의 이름을 딴 길드로, 높으신 곳과만 거래하는 정보 전문 길드입니다. 그야말로 고급 정보만을 취급하는데 길드장이 매우 아름답고 매력적인 여성인 것으로 유명합니다. 그리고 길드원 중에는 빼어난 창녀가 다수 있어 잠자리에서 적의 중요한 정보를 빼낸다고 알려져 있습니다. 실제로 아르탈란의 고급 창부 중의 1/3은 실키피노 길드원이란 소문이 있지만, 확인된 바는 아직 없습니다.

작가 후기

안녕하세요, 박제후입니다.

먼저 던전의 주인님 2권을 구매해 주신 것, 깊은 감사의 말씀 드립니다. 이번 권에서도 오주윤은 여러 가지로 고생을 합니다. 대신 그만큼 지위도 극적으로 상승했지요.

하지만 이번 권에서 오주윤이 이룬 더 큰 소득은 지저인으로서 정체성을 제대로 확립했다는 것입니다.

이전까지 오주윤은 치즈헌터의 말처럼 세상 물정을 잘 모르고 있었습니다. 루제플의 밑에서 10년이나 노예생활을 하느라, 지하 세계에 대해 책으로만 배웠으니까요. 지식은 충분했을지 모르지만 경험은 부족했습니다. 그래도 그 결점이 잘 티가 나지 않았던 건 그가 영리하게 행동했기 때문이었죠.

하지만 이제 오주윤은 지하 세계에 어울리는 던전의 주인으로 재탄생했습니다. 이건 마치 혼란과 배신으로 얻은 훈장과도 같습니다.

혹시 그의 성격이 갈팡질팡한다고 느껴보시지 않았나요? 오주윤은 자비로운 인물이면서도 동시에 무척 잔인해지기도 하는 등 성격의 변화 폭이 넓은 편입니다.

지켜보는 입장에선 불안 불안하고 왜 이럴까 싶죠. 하지만 우리는 그에게 동정심을 가져줘도 괜찮을 겁니다. 그도 그럴 게, 오주윤은 지난 지하 생활 동안 몇 번이고 자신의 정체성이 바뀌는 힘든 경험을 해왔거든요.

처음에는 벽돌굼벵이었습니다.

이후에 가재발을 가진 좀비였죠. 그는 식욕의 기쁨을 느끼며 번민했습니다. 그리고 잔인한 주인 아래서 10년 동안이나 학대받으며 탈출을 꿈꿨습니다. 이런 상황이니 오주윤의 심성에 문제가 없길 바라는 건 무리한 부탁이겠죠.

그는 웨어 블랙팬서가 된 후에는 마치 천둥벌거숭이처럼 날뛰어 댑니다. 늘 당하는 입장에서 이제는 힘을 얻고 휘두를 수 있게 됐으니까요. 록투와의 싸움에서 길잡이에게 잔인하게 대한 건 이런 이유가 큽니다.

루제플에게 당했던 학대를 고스란히 되갚은 셈이죠.

물론 그런 오주윤이지만, 위기에 처한 치즈헌터를 구하고 적이 아니라면 공격하지 않으니, 지하 세계의 기준으론 선인이라고 할 수도 있겠습니다.

우리는 그의 모습을 지구의 기준으로 판단해서는 안 됩니다. 지하 세계는 폭력이 만연한 곳이며 누구라도 저녁 장을 보러 가는 길에도 강도를 만날 수 있는 세상입니다.

죽이지 않고 돈만 빼앗는 이는 문명인이란 소리를 듣기도 합니다. 이런 세계이니 저는 오주윤의 행동을 변호해 주고 싶은 마음이 들었습니다.

그리고 2권에서 중요했던 부분이 바로 신뢰에 관한 내용이었죠. 치즈헌터와 오주윤은 안타까운 결말을 맞이하고 말았습니다. 서로가 한걸음만 더 다가가 손을 잡았다면 다른 결말이 있었을지도 모릅니다.

하지만 저는 오주윤의 행동이 비정하긴 했지만 그래도 현명했다고 생각합니다. 지저에서 신의는 쉽지 않은 일입니다. 이곳은 단순한 약속을 지키는 일조차 큰 모험이 될 수 있는 세계입니다.

더군다나 만약 바페와 빛의 힘에 관한 비밀을 털어놓았다면 더 큰 위험에 빠졌을 겁니다. 설령 치즈헌터가 배신하지 않았더라도, 그가 적에게 사로잡혀 뇌를 읽히게 되면 끔찍한 사태가 발생하겠죠.

그는 커다란 위험을 피한 셈입니다.

그리고 오주윤은 이런 경험으로 지하 세계에서 어떻게 처신해야 하는지, 나름대로의 결론에 다다르게 됩니다.

그가 신뢰의 존재를 부정하는 건 아닙니다.

이 모든 혼돈에도 불구하고 그가 보비만은 얼마나 믿고 있는지 생각해 보십시오. 하지만 이제 오주윤은, 약속은 계약과 마법에 의해서만 완전해짐을 깨달았습니다. 신뢰와 믿음이란 저 멀리 보이는 희망한 빛처럼 닿기 어려운 것이나, 서면에 의한 계약은 바로 사용할 수 있는 랜턴처럼 확실합니다. 주변을 둘러싼 어둠을 단번에 거둬주고 지하의 어둠에 삼켜지지 않게 해주는 것이죠.

치즈헌터의 죽음은 지금까지 오주윤이 했던 모든 고민에 대한 끝이자 정점과도 같이 이야기입니다.

지금까지 그는 자금과 계급적 지위는 충분했지만 진정한 던전의 주인이 될 자격은 없었습니다. 지저인이라고 하기에는 독하지 못한 부분들이 있었죠.

하지만 치즈헌터의 배신으로 이제 그는 자신의 그런 동정심을 내부로 잘 갈무리할 수 있게 됐습니다. 그렇다고 그가 갑자기 냉혈한이 된 건 아닙니다.

오주윤은 여전히 지하세계에서 좀처럼 찾아볼 수 없는 귀중한 감정인 동정심을 갖고 있죠. 하지만 그럼에도 앞으로의 투쟁에 어울리는 정신적인 강함 역시 갖추게 되었습니다.

아픔이 그를 가르친 셈입니다.

그는 던전의 주인에 어울리는 사내로 성장했습니다. 지금까지도 그럭저럭 잘해왔지만, 앞으로는 더 잘해나갈 겁니다. 하지만 산 넘어 산이라고, 이제는 거미 장군 밸리어트란 거물과 부딪치게 되었습니다.

과연 그는 던전의 주인으로서 적의 장군을 어떻게 상대할까요? 더블바인드조차 두려움에 무릎을 꿇었던 적이 2-04던전을 공격하려 하고 있습니다.

부디, 다음 권에서도 오주윤의 활약을 지켜봐 주십시오.

—박제후 배상

던전의 주인님 2

초판 1쇄 발행   2016년 4월 30일

저자 박제후
그림 PIRATA
표지 아이작 헤인 3세

발행인 원종우
발행처 (주)이미지프레임

주소 (427-060) 경기도 과천시 용마로 2, 2층
영업부 02-3667-2653 **편집부** 02-3679-2617 **팩스** 02-3667-2655
메일 vnovel@imageframe.kr **웹** vnovel.co.kr

ISBN 978-89-6052629-7 02810   **(세트)** 978-89-6052482-8

DUNGEON MAJESTY
© 2016 Park, Jehu
Published in Korea

Mariolatry Second Episode

글 오소리   일러스트 유나물

마리얼러트리
Thin Red Line
2

글 김삼쇄
그림 버쳐보이
섹시해요!
여간부님
육전기신 노스트라다 외전
CRIME: SPACE PIR
20XX .03 .23
VNOVEL